NORA ROBERTS

Sem promessa, sem compromisso

Elogios para a autora número 1 do *The New York Times*:

"Nora Roberts está cada vez melhor."
—*Milwaukee Journal Sentinel*

"Suas histórias já alimentaram os sonhos de mais de 25 milhões de leitores."
—*Entertainment Weekly*

"Nora Roberts tece histórias como ninguém."
—*Rocky Mountain News*

"Nora Roberts é de fato uma artista da palavra, que pinta suas histórias e personagens com vitalidade e imaginação."
—*Los Angeles Daily News*

"Nora Roberts tem um forte instinto para personagens e imaginação para detalhes."
—*Chicago Tribune*

"Nora Roberts se mantém firme nas listas de best sellers com sua excepcional habilidade para equilibrar alta qualidade com frequência de publicação."
—*Publishers Weekly*

"Não é possível industrializar arte e satisfazer desejos, mas Nora com certeza sabe como colocá-los na página."
—*The New York Times*

"Nora Roberts está em seu auge."
—*People*

"Os romances de Nora Roberts estão entre os melhores do gênero. São histórias cuidadosamente construídas, com personagens fascinantes."
—*USA TODAY*

"O estilo de Nora Roberts tem um toque novo e contemporâneo."
—*Kirkus Reviews*

NORA ROBERTS

Sem promessa, sem compromisso

Tradução de
Alexandre Tuche

HARLEQUIN®
BOOKS™

Rio de Janeiro
2010

CIP-Brasil. Catalogação-na-fonte
Sindicato Nacional dos Editores de Livros, RJ

Roberts, Nora, 1950-
R549s Sem promessa, sem compromisso / Nora Roberts; tradução de Alexandre Tuche. – Rio de Janeiro: HR, 2010.

Tradução de: Mind over matter
ISBN 978-85-7687-984-8

1. Romance americano. I. Tuche, Alexandre, 1964-. II. Título.

10-0109. CDD: 813
CDU: 821.111(73)-3

Título original norte-americano:
MIND OVER MATTER

Todos os personagens neste livro são fictícios. Qualquer semelhança com pessoas vivas ou mortas é mera coincidência.

Direitos exclusivos de publicação em língua portuguesa cedidos pela Harlequin Enterprises II B.V./ S.à.r.l. para Editora HR Ltda.
Rua Argentina 171 – Rio de Janeiro, RJ – 20921-380 – Tel.: 2585-2000

Impresso no Brasil

ISBN 978-85-7687-984-8

Capítulo 1

Ele esperara bola de cristal, pentagramas e algumas folhas de chá. Velas acesas e incenso não o teriam surpreendido. Embora não admitisse para ninguém, realmente ansiara por isso. Como produtor de documentários para a televisão pública, David Brady lidava com fatos desagradáveis e pesquisa meticulosa. Toda e qualquer coisa que entrasse em uma de suas produções era verificada intensamente, na maior parte das vezes por ele mesmo. A verdade era que tinha pensado que passar uma tarde com uma cartomante lhe daria um grande alívio, até mesmo agradável, da pressão diária dos roteiros, *storyboards* e orçamentos. Mas ela nem mesmo usava um turbante.

A mulher que abriu a porta da confortável casa de subúrbio em Newport Beach dava a impressão de ser mais provavelmente encontrada em uma mesa de *bridge* do que em uma sessão espírita. Ela cheirava a lilases e a poeira, não a almíscar e a mistério. A impressão de David de que era empregada ou companheira do renomado médium foi imediatamente descartada.

— Olá. — Ela mostrou uma pequena mão atraente e um sorriso. — Sou Clarissa DeBasse. Por favor, entre, Sr. Brady. O senhor está bem na hora.

— Srta. DeBasse. — David organizou o pensamento e aceitou sua mão. Ele tinha pesquisado o suficiente até o momento para estar preparado para a normalidade das pessoas envolvidas com a paranormalidade. — Aprecio o fato de me receber. Deveria perguntar como sabe quem sou?

Quando suas mãos se conectaram, ela deixou que as impressões sobre ele viessem e se fossem, para serem tratadas mais tarde. Intuitivamente, sentiu que era um homem em quem podia confiar e com quem podia contar. Bastava para o momento.

— Poderia dizer que era precognição, mas sinto dizer que é simples lógica. Estava marcado para uma e meia. — Seu agente tinha ligado para lembrá-la, se não, Clarissa ainda estaria totalmente envolvida com sua horta. — Suponho possivelmente que possa estar carregando escovas e amostras nesta mala, porém tenho a sensação de que são documentos e contratos. Mas tenho certeza de que gostaria de um pouco de café após sua viagem de carro desde Los Angeles.

— Acertou novamente. — Ele entrou numa aconchegante sala de estar com bonitas cortinas azuis e um amplo sofá que afundava visivelmente no meio.

— Sente-se, sr. Brady. Acabei de trazer a bandeja, então o café ainda está quente.

Concluindo que o sofá não era confiável, David escolheu uma cadeira e esperou enquanto Clarissa se sentava à sua frente e servia o café em duas xícaras e dois pires que não combinavam. Custou-lhe apenas um momento para examinar e analisar. Ele era um homem que se apoiava bastante nas primeiras impressões. Ela parecia, ao oferecer creme e açúcar, com a tia favorita de qualquer pessoa — arredondada sem ser realmente roliça, elegante sem ser retesada. Seu rosto era suave e bonito e tinha enrugado pouco nos cerca de 50 anos. O cabelo louro claro era cortado com estilo e não exibia fios grisalhos, o que David atribuiu à sua cabeleireira. Tinha direito à vaidade, ele pensou. Quando ofereceu a xícara, ele notou a harmonia de anéis em suas mãos. Isto pelo menos estava de acordo com a imagem que ele projetara.

— Obrigado. srta. DeBasse, devo lhe dizer que não é absolutamente o que eu esperava.

À vontade consigo mesma, ela se recostou.

— Esperava que eu o cumprimentasse na porta com uma bola de cristal nas mãos e um corvo no ombro?

O ar de riso que havia em seus olhos teria feito com que alguns homens se remexessem nas cadeiras. David apenas levantou umas das sobrancelhas.

— Algo assim. — Bebericou o café. O fato de estar quente era a única coisa a seu favor. — Li bastante sobre sua pessoa nas últimas semanas. Também vi uma fita da sua apresentação no *The Barrow Show*. — Buscou gentilmente a frase correta. — Você tem uma imagem diferente diante das câmeras.

— É o *showbiz* — disse ela de forma tão casual que se perguntou se estava sendo sarcástica. Os olhos dela permaneceram límpidos e amistosos. — Geralmente, não discuto sobre negócios, especialmente em casa, mas já que parecia importante que o senhor me consultasse, achei que ficaríamos mais confortáveis desta maneira. — Ela sorriu novamente, exibindo a mais leve das covinhas na face. — Eu o desapontei.

— Não. — E ele falava sério. — Não, não desapontou. — Como seus modos só iam até este ponto, ele largou o café. — Srta. DeBasse...

— Clarissa. — Ela lançou-lhe um sorriso tão brilhante que ele não teve dificuldades em retribuí-lo.

— Clarissa, quero ser honesto com você.

— Oh, é sempre melhor. — A voz dela estava suave e sincera quando descansou as mãos sobre o colo.

— É. — A confiança infantil que havia em seus olhos o desconcertou. Se ela era uma vigarista inveterada vidrada em dinheiro, estava se saindo muito bem em disfarçar. — Sou um homem muito prático. Fenômenos paranormais, clarividência, telepatia e este tipo de coisa não se encaixam no meu dia a dia.

Ela apenas sorriu para ele, compreensiva. Quaisquer pensamentos que lhe tenham vindo à mente permaneceram lá. Desta vez David realmente se remexeu na cadeira.

— Decidi fazer esta série sobre parapsicologia principalmente pelo seu valor de entretenimento.

— Não precisa se desculpar. — Ela levantou a mão justamente quando um grande gato preto pulou em seu colo. Sem olhar para ele, Clarissa o acariciou da cabeça ao rabo. — Veja bem, David, alguém na minha posição compreende perfeitamente as dúvidas e a fascinação que as pessoas têm por... tais coisas. Não sou radical. — Enquanto o gato se enroscava em seu colo, ela continuava a acariciá-lo, aparentando calma e satisfação. — Sou simplesmente uma pessoa que recebeu um dom e uma certa responsabilidade.

— Uma responsabilidade? — Ele começou a buscar os cigarros em seus bolsos, e então notou que não havia cinzeiros.

— Ah, sim. — Enquanto falava, Clarissa abriu a gaveta da mesa de centro e retirou um pequeno prato azul. — Pode usar isto — disse ela a propósito e depois se recostou novamente. — Um menino pode ganhar uma caixa de ferramentas pelo seu aniversário. É um presente. Ele tem escolhas a fazer. Pode utilizar suas novas ferramentas para aprender, construir, consertar. Também pode utilizá-las para serrar as pernas das mesas. Também poderia colocar a caixa de ferramentas no armário e esquecê-la. Muitos de nós fazemos a última coisa, porque as ferramentas são complicadas demais ou simplesmente poderosas demais. Já teve uma experiência mediúnica, David?

Ele acendeu um cigarro.

— Não.

— Não? — Não havia muitas pessoas que dariam um não tão definitivo. — Nem uma sensação de *déjà vu*, talvez?

Ele parou um momento, interessado.

— Suponho que todo mundo tenha tido a sensação de ter feito algo antes, de ter estado em algum lugar. Um sentimento de sinais misturados.

— Talvez. Intuição, então.

— Considera a intuição um dom mediúnico?

— Ah, sim. — O entusiasmo iluminou-lhe o rosto e rejuvenesceu os olhos. — Claro que depende inteiramente da maneira como é desenvolvida, canalizada e utilizada. A maioria de nós utiliza apenas uma fração do que temos porque nossas mentes estão bem abarrotadas de outras coisas.

— Foi o impulso que a levou a Matthew Van Camp?

Uma persiana pareceu descer sobre os seus olhos.

— Não.

Mais uma vez ele a achou enigmática. O caso Van Camp foi que lhe dera destaque junto ao público. Imaginava que ela ficaria ansiosa para falar dele, entrar em pormenores. No entanto, ela parecia se fechar diante da menção do nome. David soprou a fumaça e notou que o gato o observava com olhos entediados porém firmes.

— Clarissa, o caso Van Camp tem dez anos, mas ainda é um dos mais célebres e mais controversos dos seus sucessos.

— É verdade. Matthew tem 20 anos agora. Um jovem muito bonito.

— Existem algumas pessoas que acreditam que ele estaria morto se a sra. Van Camp não tivesse lutado tanto com o marido quanto com a polícia para utilizá-la no caso do sequestro.

— E existem outras que acreditam que tudo foi armado para ganhar publicidade — disse ela tão serenamente enquanto dava goles em sua xícara. — O filme seguinte de Alice Van Camp foi um sucesso e tanto de bilheteria. Você viu o filme? Foi maravilhoso.

Ele não era homem para ser tirado do caminho quando já havia decidido o destino.

— Clarissa, se concordar em participar desse documentário, gostaria que falasse sobre o caso Van Camp.

Ela franziu as sobrancelhas um pouco, quase fez beicinho, enquanto acariciava o gato.

— Não sei se posso ajudá-lo nesse ponto, David. Foi uma experiência muito traumática para os Van Camp. Muito traumática. Trazer tudo à tona novamente pode ser doloroso para eles.

Ele não tinha alcançado seu nível de sucesso sem saber como e quando negociar.

— E se os Van Camp concordassem?

— Ah, então é totalmente diferente. — Enquanto ela refletia, o gato se agitou no seu colo e depois começou a ronronar alto. — Sim, inteiramente diferente. Sabe de uma coisa, David? Admiro seu trabalho. Vi seu documentário sobre maus-tratos às crianças. Prendia a atenção e causava mal-estar.

— Era para ser assim.

— Sim, exatamente. — Ela poderia ter-lhe dito que muita coisa no mundo causava mal-estar, mas achou que ele não estava pronto para compreender como ela sabia, e como lidava com isso. — O que está buscando com isso?

— Um bom programa.

Quando ela sorriu, ele teve certeza de que estivera certo em não tentar ludibriá-la.

Um que faça as pessoas pensarem e questionarem.

— Você questionará?

Ele apagou o cigarro.

— Eu produzo. O quanto questiono acho que depende de você.

Parecia não só a resposta apropriada, como também a mais verdadeira.

— Gosto de você, David. Acho que gostaria de ajudá-lo.

— Fico feliz em ouvir isso. Você terá que examinar o contrato e...

— Não. — Ela o interrompeu quando ele esticou o braço para pegar a mala. — Detalhes — ela explicou fazendo um gesto com a mão. — Deixo que meu agente se incomode com essas coisas.

— Bom. — Ele se sentiria mais confortável discutindo os termos com um agente. — Eu os enviarei se me der o nome.

— A Fields Agency em Los Angeles.

Ela o surpreendera. A tranquila senhora com jeito de tia tinha uma das mais influentes e prestigiosas agências da costa do Pacífico.

— Eu os enviarei esta tarde. Gostaria de trabalhar com você, Clarissa.

— Posso ver sua palma?

Toda vez que achava que a tinha classificado, ela lhe aprontava uma. Mesmo assim, agradá-la era fácil.

— Vou fazer uma viagem marítima?

Ela não achou engraçado nem se ofendeu. Embora tenha pegado sua mão espalmada para cima, mal olhou para ela. Em vez disso, examinou-o com olhos que pareceram repentinamente frios. Viu um homem nos seus trinta e poucos anos, atraente na sua forma sombria, quase meditativa, apesar de seu cabelo escuro cortado com estilo e as roupas casualmente elegantes. Os ossos do seu rosto eram fortes, angulosos o suficiente para justificar uma segunda olhada. As sobrancelhas eram espessas, tão escuras quanto o cabelo, e dominavam os olhos surpreendentemente tranquilos. Ou o verde pálido e frio parecia tranquilo ao primeiro olhar. Ela viu uma boca firme, cheia o suficiente para ganhar a atenção de uma mulher. A mão que segurava era larga, com dedos longos, artística. Rivalizava com uma compleição alongada e atlética. Mas ela viu além disso.

— Você é um homem forte, física, emocional e intelectualmente.

— Obrigado.

— Ora, não é adulação, David. — Foi uma reprovação gentil, quase maternal. — Você ainda não aprendeu a temperar esta força com a ternura em seus relacionamentos. Suponho que seja por isso que não se casou.

Ela conseguira sua atenção agora, de forma relutante. Mas ele não usava uma aliança, se lembrou. E qualquer pessoa que se importasse em descobrir seu estado civil precisava apenas fazer algumas indagações.

— A resposta-padrão é que não conheci a mulher certa.

— Neste caso é perfeitamente verdade. Precisa-se encontrar alguém tão forte quanto você em todos os sentidos. Você encontrará, mais rápido do que pensa. Não será fácil, é claro, e só dará certo com vocês se os dois lembrarem da ternura da qual acabei de falar.

— Então vou encontrar a mulher certa, me casar e viver feliz para sempre?

— Não prevejo o futuro. Jamais. — Sua expressão se alterou novamente, tornando-se plácida. — E só leio a palma da mão das pessoas que me interessam. — Quer que lhe diga o que minha intuição me diz, David?

— Por favor.

— Que eu e você teremos uma interessante relação de longo prazo. — Ela afagou sua mão antes de soltá-la. — Vou gostar disso.

— Eu também. — Ele se levantou. — Voltarei a vê-la, Clarissa.

— Sim. Claro que sim. — Ela se levantou e cutucou o gato para que descesse. — Vai passear agora, Mordred.

— Mordred? — repetiu David enquanto o gato pulava para se instalar na almofada do sofá que afundara.

— Uma figura muito triste do folclore — explicou Clarissa. — Sempre achei que ele foi injustiçado. Afinal de contas, não podemos escapar do nosso destino, não é?

Pela segunda vez, David sentiu seu olhar frio e estranhamente íntimo sobre ele.

— Acho que não — murmurou e deixou que ela o conduzisse até a porta.

— Apreciei muito nossa conversa, David. Por favor, volte..

David saiu no ar quente da primavera e se perguntou por que tinha certeza de que voltaria.

— Claro que ele é um excelente produtor, Abe. Só não tenho certeza de que seja a pessoa certa para Clarissa.

A. J. Fields andava de um lado para outro do seu escritório com passos longos e fluidos que sempre camuflavam um excesso de energia nervosa. Ela parou para endireitar um quadro ligeiramente inclinado antes de se virar novamente para seu sócio. Abe Ebbitt estava sentado com as mãos caídas sobre a barriga arredondada, como era hábito. Ele não se deu o trabalho de colocar de volta os óculos que tinham descido pelo nariz. Observou A. J. pacientemente antes de esticar o braço para coçar um dos dois tufos de cabelo em cada lado da cabeça.

— A. J., a oferta é muito generosa.

— Ela não precisa do dinheiro.

O sangue do seu agente teve calafrios diante da frase, mas ele continuou a falar tranquilamente:

— A exposição.

— É o tipo correto de exposição?

— Você protege Clarissa demais, A. J.

— É para isso que estou aqui — retrucou ela. Parou de repente e sentou-se no canto da mesa. Quando Abe viu suas sobrancelhas se juntarem, ficou em silêncio. Ele poderia falar com ela nesse estado, nessa disposição de ânimo, mas ela não responderia. Ele a respeitava e admirava. Estas eram as razões pelas quais ele, um veterano agente de Hollywood, estava trabalhando para a Fields Agency, em vez de entrar na divisão do bolo sozinho. Tinha idade para ser seu pai, e percebia que uma década atrás os papéis teriam sido trocados. O fato de trabalhar para ela não o incomodava de modo algum. O melhor, ele gostava de dizer, nunca se importava de subordinar-se ao melhor. Passou-se um minuto, então dois.

— Ela se decidiu a fazer — sussurrou A. J., porém novamente Abe permaneceu calado. — Eu só... — Tenho um pressentimento, pensou. Ela odiava usar aquela frase. — Só espero que não seja um erro. O diretor errado, o formato errado, e ela poderia ficar com cara de boba. Não vou aceitar isso, Abe.

— Você não está dando crédito suficiente a Clarissa. Sabe que não pode deixar que suas emoções interfiram numa transação, A. J.

— É, sei. — Por isso ela era a melhor. A. J. dobrou os braços e lembrou-se disso. Havia aprendido muito cedo a canalizar a emoção. Tinha sido mais do que necessário; tinha sido vital. Quando se cresce em uma casa onde a mãe viúva frequentemente esquece pequenos detalhes tais como o pagamento da hipoteca, aprende-se a lidar com os negócios de forma profissional ou então se afunda. Ela era agente porque gostava de lucrar nas negociações. E porque era terrivelmente boa nisso. Seu escritório de Century City com sua vista sublime de Los Angeles era a prova da sua competência. Todavia, não tinha chegado lá fazendo acordos às cegas.

— Decidirei depois de me encontrar com Brady esta tarde.

Abe sorriu para ela, reconhecendo o olhar.

— Quanto mais vai pedir?

— Acho que mais dez por cento. — Ela pegou um lápis e o bateu de leve contra a palma da mão. — Mas, primeiro, pretendo descobrir exatamente o que vai entrar nesse documentário e que ângulos ele vai enfocar.

— Dizem que ele é durão.

Ela lançou-lhe um sorriso ilusoriamente doce que tinha fogo nas bordas.

— Dizem que eu também.

— Ele tem poucas chances. — Ele se levantou, puxando o cinto. — Tenho uma reunião. Mantenha-me informado sobre tudo.

— Claro. — Ela já estava fazendo cara feia para a parede quando ele fechou a porta.

David Brady. O fato de ela admirar o trabalho dele naturalmente influenciaria sua decisão. No entanto, na hora certa e pelos honorários justos, arrumaria um cliente para representar um saquinho de chá num comercial local de 30 segundos. Clarissa era um assunto diferente. Clarissa DeBasse tinha sido sua primeira cliente. Sua única cliente, lembrou-se A. J., durante aqueles primeiros anos magros. Se era sua defensora como Abe dissera, A. J. achava que tinha o direito de ser. David Brady podia ser um produtor bem-sucedido de documentários de qualidade para a televisão pública, mas tinha que provar para A. J. Fields antes de Clarissa assinar na linha pontilhada.

Houve um tempo em que A. J. tivera de provar seu valor. Começara com um grupo de 15 empregados num centro empresarial. Dez anos antes, ela disputava clientes e abria caminho para acordos a partir de um escritório que consistia de uma cabine telefônica em frente a uma *delicatessen* de esquina. Mentira sobre sua idade. Poucas pessoas estavam dispostas a confiar suas carreiras a uma jovem de 18 anos. Clarissa estava.

A. J. deu um pequeno suspiro enquanto dava um jeito numa torção no ombro. Clarissa realmente não pensava no que fazia ou no que tinha. Uma carreira bem como um chamado. Coube a A. J. discutir os detalhes. Mas eles nunca foram seu ponto forte. Quando criança, era tarefa de A. J.

lembrar-se de quando venciam as contas. Ela mantinha equilibrado o talão de cheques, havia desencorajado os vendedores que vendiam de porta em porta e fazia malabarismos com seu trabalho de escola e o orçamento doméstico. Não que sua mãe fosse uma idiota, ou negligente com a filha. Sempre houve amor, conversa e interesse. Mas os seus papéis frequentemente se invertiam. Foi a mãe quem alegou que o cachorrinho sem dono a seguira até em casa e a filha que se preocupou em alimentá-lo.

No entanto, se a mãe tivesse sido diferente, a própria A. J. não teria sido. Esta era uma questão que vinha à tona com frequência. O destino era algo que não podia ser manobrado. A. J. deu uma risada e se levantou. Clarissa adoraria essa, ela refletiu.

Ela contornou a mesa e deixou-se afundar na cadeira de braços largos que a mãe lhe dera. A cadeira, ao contrário da mesa pesada e de traços limpos, era extravagante e pouco prática. Quem mais teria mandado fazer uma cadeira em couro azul-centáurea porque combinava com os olhos da filha?

A. J. rearrumou os pensamentos e pegou o contrato de DeBasse. Estava no centro de uma mesa meticulosamente em ordem. Não havia fotografias, nem flores, nem pesos de papel bonitinhos. Tudo na mesa tinha um propósito, e o propósito era comercial.

Havia tempo de fazer mais um exame minucioso do contrato antes de seu encontro com David Brady. Antes de se encontrar com ele, entenderia cada frase, cada cláusula e cada alternativa. Estava justamente anotando a última cláusula quando a campainha tocou. Ainda escrevendo, colocou o fone no ouvido.

— Sim, Diane.

— O sr. Brady está aqui, A. J.

— Tudo bem. Tem café fresco?

— Temos borra no momento. Posso fazer um pouco.

— Só se eu tocar a campainha. Mande-o entrar, Diane.

Ela voltou o bloco de anotações para a primeira página e se levantou quando a porta abriu.

— Sr. Brady. — A. J. estendeu a mão, mas permaneceu atrás da mesa. Era importante, tinha aprendido, estabelecer certas posições de poder desde o começo. Além do mais, o tempo que lhe custou para atravessar o escritório lhe deu a oportunidade de examinar e julgar. Ele mais parecia alguém que ela pudesse ter como cliente do que como produtor. Sim, tinha certeza de que poderia ter vendido aquele olhar duro e masculino e aquele andar alongado. O detetive lacônico e calejado num seriado semanal; o caubói solitário e nômade num filme de longa-metragem. Uma pena.

David teve sua própria chance de examinar. Não esperava que ela fosse tão jovem. Era atraente naquele jeito aerodinâmico e prático que ele podia respeitar profissionalmente e ignorar pessoalmente. Seu corpo parecia esguio demais no conjunto elegantemente cortado que foi salvo da monotonia por uma blusa vermelha da cor do carro de bombeiros. O cabelo louro-claro era cortado num estilo ilusoriamente casual que se emaranhava em volta das orelhas, e depois se distorcia novamente até cobrir a gola. Ajustava-se à pele tom de mel que tinha sido beijada pelo sol — ou a uma lâmpada ultravioleta. O rosto era oval, a boca, grande, mas não demais. Os olhos tinham um azul intenso, acentuado pelas hábeis aplicações de sombra e emoldurados agora por óculos excessivamente grandes. Suas mãos se encontraram, se apertaram e se largaram como fazem as mãos nos negócios dúzias de vezes todos os dias.

— Por favor, sente-se, sr. Brady. Gostaria de um pouco de café?

— Não, obrigado. — Ele pegou uma cadeira e esperou até que ela se instalasse atrás da mesa. Ele notou que ela colocara as mãos sobre o contrato. Nada de anéis, nem pulseiras, refletiu. Apenas um pequeno relógio de correia preta. — Parece que temos vários conhecidos em comum, srta. Fields. Estranho que não tenhamos nos encontrado antes.

— É verdade, não é? — Ela lançou-lhe um leve sorriso evasivo. — Mas, por outro lado, sendo agente, prefiro ficar nos bastidores. Você conheceu Clarissa DeBasse.

— Sim, conheci. — Então ficariam fazendo rodeios por um tempo, ele concluiu e se recostou. — Ela é encantadora. Devo admitir que tinha esperado uma pessoa, digamos, mais excêntrica.

Desta vez o sorriso de A. J. foi tanto espontâneo quanto generoso. Se David estivera pensando nela em termos pessoais, a sua opinião teria mudado.

— Clarissa nunca é exatamente o que se espera. Seu projeto parece interessante, sr. Brady, mas os detalhes que tenho não são objetivos. Gostaria que me dissesse exatamente o que planeja produzir.

— Um documentário sobre fenômenos mediúnicos, ou psi, como soube que é chamado nos estudos, passando pela clarividência, a parapsicologia, as percepções extrassensoriais, a quiromancia, a telepatia e o espiritualismo.

— E as sessões espíritas e as casas mal-assombradas, sr. Brady?

Ele captou a leve desaprovação no seu tom de voz e se surpreendeu com isso.

— Para alguém que tem uma médium como cliente, você parece notavelmente cínica.

— Minha cliente não conversa com almas que se foram nem lê folhas de chá. — A. J. recostou-se na cadeira de um jeito que ela sabia que registrava confiança e posição. — A srta. DeBasse provou muitas e muitas vezes ser uma mulher extremamente sensível. Nunca alegou ter poderes sobrenaturais.

— Supranormais.

Ela inspirou calmamente.

— Você fez o dever de casa. Sim, "supranormal" é o termo correto. Clarissa não acredita em exageros.

— Que é uma as razões pelas quais quero Clarissa DeBasse no meu programa.

A. J. notou o uso fácil do pronome possessivo. Não é o programa, mas o *meu* programa. David Brady, obviamente, levava seu trabalho de forma pessoal. Tanto melhor, ela decidiu. Ele então não se importaria de parecer idiota.

— Continue.

— Conversei com médiuns, quiromantes, artistas de teatro de variedades, cientistas, parapsicólogos e ciganos de parque de diversões. Ficaria surpresa com a gama de personalidades.

A. J. falou com ar de troça:

— Tenho certeza que sim.

Embora tenha percebido que ela se divertia, deixou passar.

— Elas vão desde os obviamente farsantes aos absolutamente sinceros. Falei com chefes de departamentos de parapsicologia em várias instituições renomadas. Todos mencionaram o nome de Clarissa.

— Ela tem sido generosa consigo mesma. — Mais uma vez ele pensou ter detectado uma leve desaprovação. — Especialmente nas áreas de pesquisa e verificação.

E não havia dez por cento neste caso. Ele concluiu que isto explicava sua atitude.

— Pretendo mostrar possibilidades, fazer perguntas. A plateia dará suas próprias respostas. Nos cinco segmentos de uma hora que tenho, terei espaço para falar de tudo, desde lugares frios a cartas de tarô.

Num gesto que ela achava ter superado havia muito tempo, tamborilou os dedos sobre a mesa.

— E onde é que a srta. DeBasse se encaixa?

Ela era seu trunfo de reserva. Mas ele ainda não estava disposto a utilizá-lo.

— Clarissa é um nome reconhecido. Uma mulher que "provou seu valor", para utilizar sua expressão. Uma mulher que provou ser extraordinariamente sensível. E depois há o caso Van Camp.

A. J. franziu as sobrancelhas, pegou um lápis e começou a corrê-lo pelos dedos.

— Isso foi há dez anos.

— O filho de uma estrela de Hollywood é sequestrado, arrancado de sua babá dedicada enquanto brinca no quarto. O pedido de resgate exigido é de meio milhão. A mãe fica louca. A polícia fica desnorteada. Trinta e seis horas se passam sem uma pista, enquanto os pais do menino tentam desesperadamente levantar o dinheiro. Diante da objeção do pai, a mãe liga para uma amiga, uma mulher que fez seu mapa astrológico e de vez em quando faz leitura das mãos. A mulher vem, é claro, e se senta por uma hora segurando alguns dos objetos do garoto: sua luva de beisebol, um bichinho de pelúcia, a parte de cima do pijama que usara para dormir na noite anterior. Ao final daquela hora, a mulher dá à polícia uma descrição dos sequestradores do menino e a exata localização da casa onde ele está. Até descreve o quarto onde está sendo mantido em cativeiro, incluindo a pintura lascada no teto. O menino volta a dormir na sua própria cama naquela noite.

David retirou um cigarro, acendeu-o e soprou a fumaça, enquanto A. J. permaneceu em silêncio.

— Dez anos não eliminam este tipo de impacto, srta. Fields. A plateia ficará tão fascinada hoje quanto ficou na época.

Não deveria tê-la deixado com raiva. Foi pura tolice reagir daquela maneira. A. J. permaneceu sentada em silêncio enquanto controlava a onda de mau humor.

— Muitas pessoas acham que o caso Van Camp foi uma trapaça. Trazer o fato à tona depois de dez anos só despertará mais críticas.

— Uma mulher na posição de Clarissa deve ter que lidar com as críticas o tempo todo. — Ele viu o fogo surgir em seus olhos de forma ardente e rápida.

— Pode ser, mas não tenho a intenção de permitir que ela assine um contrato que garanta isso. Não quero minha cliente num julgamento televisionado.

— Espere. — Ele também tinha um gênio forte e podia respeitar o dela... se o compreendesse. — Clarissa vai a julgamento toda vez que está aos olhos do público. Se suas habilidades não podem enfrentar as câmeras e perguntas, não deveria estar fazendo o que faz. Como sua agente, acho que devia crer mais na sua competência.

— Isso não lhe diz respeito. — Pretendendo jogar ele e seu contrato fora, A. J. começou a se levantar quando o telefone a interrompeu. Soltando um palavrão indistinguível, ela pegou o fone. — Não estou recebendo ligações, Diane. Não... oh. — A. J. parou de falar e se controlou. — Sim. Coloque-a na linha.

— Oh, sinto incomodá-la no trabalho, querida.

— Tudo bem. Estou numa reunião, então...

— Ah, sim, eu sei. — A voz tranquila e escusatória de Clarissa chegou baixinha no seu ouvido. — Com aquele David Brady atraente.

— É uma questão de opinião.

— Tive a sensação de que vocês não se entenderiam em princípio.

Clarissa suspirou e afagou o gato.

— Tenho pensado muito naquele contrato. — Ela não mencionou o sonho, sabendo que sua agente não ia querer ouvir. — Decidi que quero assinar imediatamente. Ora, ora, sei o que você vai dizer — continuou antes que A. J. pudesse dizer uma única palavra. — Você é a agente. Você cuida da parte comercial. Faça o que achar melhor a respeito de cláusulas e outras coisas, mas quero participar do programa.

A. J. reconheceu o tom. Clarissa tinha um pressentimento. Nunca havia como discutir com eles.

— Precisamos conversar sobre isso.

— Claro, querida. Como quiser. Você e David acertam os detalhes. Você é tão boa nisso. Deixarei todas as condições por sua conta, mas assinarei o contrato.

Com David sentado à sua frente, A. J. não podia se contentar em chutar a mesa, para tolerar a derrota.

— Tudo bem. Mas acho que deve saber que tenho meus próprios sentimentos.

— Claro que sim. Venha jantar comigo hoje à noite.

Ela quase sorriu. Clarissa adorava convidar para comer a fim de serenar os ânimos. Pena que fosse uma cozinheira abominável.

— Não posso. Tenho um jantar.

— Amanhã.

— Tudo bem. Vejo você então.

Após desligar, A. J. respirou fundo e encarou David novamente.

— Desculpe-me pela interrupção.

— Não tem problema.

— Como não há nada no contrato referente ao caso Van Camp, incluir isto no programa seria estritamente da responsabilidade da srta. DeBasse.

— Claro. Já falei com ela a respeito.

A. J., muito calma e deliberadamente, engoliu a língua.

— Entendo. Não há nada específico sobre a posição da srta. DeBasse no documentário. Isto terá de ser alterado.

— Tenho certeza de que podemos resolver isso. — Então ela ia assinar, David refletiu, e ouviu mais algumas alterações sem importância que A. J. solicitou. Antes de o telefone tocar, ela estava disposta a enxotá-lo. Ele tinha visto em seus olhos. Ele controlou um sorriso enquanto negociavam outro ponto menos importante. Ele não era clarividente, mas apostaria sua verba que era Clarrisa DeBasse do outro lado da linha. A. J. Fields tinha sido pega bem no meio. O melhor lugar para os agentes, ele pensou, e recuou.

— Redigiremos o contrato e o entregaremos amanhã.

Todo mundo está com pressa, pensou, e ela própria cedeu.

— Então tenho certeza de que podemos fazer negócio, sr. Brady, se pudermos ajustar mais um ponto.

— Qual é?

— Os honorários da srta. DeBasse. — A. J. pegou o contrato novamente e ajustou os grandes óculos que usava para ler. — Receio que isto seja muito abaixo do que a srta. DeBasse está acostumada a receber. Precisaremos de mais 20 por cento.

David levantou uma das sobrancelhas. Estava esperando algo deste tipo, mas esperara antes. Obviamente que A. J. Fields não se tornara uma das melhores na sua profissão fazendo o esperado.

— Você compreende que estamos trabalhando com a televisão pública. Nosso orçamento não pode competir com a cadeia privada. Como produtor, posso oferecer mais cinco por cento, mas 20 está fora de questão.

— E cinco é insuficiente. — A. J. Fields tirou os óculos e o balançou segurando uma das hastes. Os seus olhos pareciam maiores e mais intensos sem eles. — Sei como é a televisão pública, sr. Brady, e compreendo que trabalha com sua verba. — Ela lançou-lhe um sorriso encantador. — Quinze por cento.

Agente típica, ele pensou, mais fatalista que aborrecida. Ela queria dez, e dez era precisamente o que o seu orçamento permitiria. No entanto, havia um jogo a ser jogado.

— A srta. DeBasse já está sendo paga mais do que qualquer outra pessoa no contrato.

— Está disposto a fazer isso porque ela será sua maior jogada. Também sei dos índices de audiência.

— Sete.

— Doze.

— Dez.

— Fechado. — A. J. se levantou. Em geral o acordo a teria deixado plenamente satisfeita. Como seu temperamento não estava completamente sob controle era difícil avaliar o fato de que ela obtivera aquilo que pretendia alcançar. — Ficarei esperando os contratos revisados.

— Eu os enviarei amanhã à tarde pelo mensageiro. Aquela ligação... — Ele parou enquanto ela se levantava. — Não estaria negociando comigo sem ela, estaria?

Ela o examinou por um momento e o amaldiçoou por ser astuto, inteligente e intuitivo. Todas as coisas de que precisava para sua cliente.

— Não, não estaria.

— Até logo, senhor... — Quando suas mãos se encontraram desta vez, a voz dela sucumbiu. Sensações adentraram seu corpo com o impacto de um tapa, deixando-a fraca e sem fôlego. Apreensão, desejo, fúria e deleite rolaram pelo seu corpo ao toque de carne na carne. Ela só teve um momento para repreender-se por permitir que o mau gênio abrisse a porta.

— Srta. Fields? — Ela estava olhando para ele, através dele, como se fosse uma aparição recém-saída do assoalho. Na sua mão, a dela estava flácida e gélida. Automaticamente, David tomou-lhe o braço. Se nunca vira uma mulher prestes a desmaiar, estava vendo uma agora. — É melhor se sentar.

— O quê? — Embora abalada, A. J. se recompôs. — Não, não, estou bem. Desculpe-me. Devia estar pensando em outra coisa. — Mas, ao falar, ela interrompeu todo o contato com ele e recuou. — Café demais e sono de menos. — E fique longe de mim, disse desesperadamente para si enquanto se apoiava na mesa. Fique longe. — Estou feliz por fazermos negócio, sr. Brady. Passarei tudo para minha cliente.

Sua cor retornou e os olhos estavam límpidos. No entanto, David hesitava. Um momento antes ela parecera frágil o bastante para desmoronar nas suas mãos.

— Sente-se.

— Como...

— Droga. Sente-se. — Ele a pegou pelo cotovelo e a colocou gentilmente em uma cadeira. — Suas mãos estão tremendo. — Antes que pudesse fazer qualquer coisa a respeito, ele estava ajoelhado à sua frente. — Eu a aconselharia a cancelar aquele jantar e tirar uma boa noite de sono.

Ela enroscou as mãos no colo para impedir que ele a tocasse novamente.

— Não há razão para estar preocupado.

— Geralmente tenho interesse pessoal quando uma mulher quase desmaia aos meus pés.

O tom sarcástico acalmou as agitações em seu estômago.

— Ah, tenho certeza de que sim. — Mas depois ele tomou-lhe o rosto na mão e fez com que ela fizesse um movimento brusco. — Pare com isso.

Sua pele era tão macia quanto parecia, mas ele guardaria aquele pensamento para mais tarde.

— Um toque simplesmente clínico, srta. Fields. Você não é meu tipo.

Os olhos dela esfriaram.

— Onde agradeço?

Ele se perguntou por que a fria raiva em seus olhos fazia com que ele quisesse rir. Rir e saboreá-la.

— Muito bom — murmurou e se endireitou. — Dispense o café — ele aconselhou e a deixou sozinha antes que fizesse algo ridículo.

E estando sozinha, A. J. trouxe os joelhos ao peito e comprimiu o rosto neles. O que ela ia fazer agora?, ela perguntou enquanto tentava espremer-se até tornar-se uma bola. O que, em nome de Deus, ela ia fazer?

Capítulo 2

A. J. considerou seriamente a possibilidade de parar para comer um hambúrguer antes de prosseguir para o jantar na casa de Clarissa. Não teve coragem. Além do mais, se estivesse com bastante fome, seria capaz de comer qualquer coisa que Clarissa preparasse.

Com o teto solar aberto, ela se recostou e tentou aproveitar a viagem de quarenta minutos do seu escritório até o subúrbio. Ao seu lado estava uma elegante pasta de couro contendo os contratos que o escritório de David Brady entregara como prometido. Uma vez que as mudanças que ela solicitara haviam sido feitas, não podia se queixar. Não havia absolutamente nenhuma razão substancial para que objetasse ao acordo, ou ao fato de sua cliente trabalhar com Brady. Tudo o que tinha era um pressentimento. Estivera trabalhando nisso desde a tarde anterior.

Havia sido trabalho excessivo, disse a si mesma. Não sentira nada além de uma rápida e momentânea tontura porque se levantara muito rápido. Não sentira nada por David ou a seu respeito.

Mas sentira.

A. J. se amaldiçoou pelos 16 quilômetros seguintes até se controlar.

Não podia dar-se o luxo de estar nem um pouquinho chateada quando chegasse a Newport Beach. Não havia como esconder coisas assim de uma mulher como Clarissa DeBasse. Ela teria de ser capaz de discutir não apenas sobre as condições do contrato mas também sobre o próprio David Brady com total objetividade, ou Clarissa captaria tudo como um radar.

Nos 16 quilômetros seguintes pensou na possibilidade de parar em uma cabine telefônica e dar uma desculpa. Também não teve coragem para isso.

Relaxe, ordenou a si mesma e tentou imaginar que estava em seu apartamento, fazendo longos e tranquilizantes exercícios de ioga. Ajudou. E como a tensão nos seus músculos diminuía, aumentou o rádio. Manteve o som alto até desligar o motor em frente à enorme casa de subúrbio que ela ajudara a escolher.

A. J. sempre sentia uma sensação de autossatisfação ao subir a alameda. A casa, com seu elegante gramado verde e as bonitas persianas brancas, adequava-se a Clarissa. Era verdade que, com o sucesso de seus livros e as aparições públicas, Clarissa poderia ter uma casa duas vezes maior em Beverly Hills. Mas nada seria mais cômodo para ela do que esta grande fazenda.

A. J. mudou de posição a bolsa marrom contendo o vinho que carregava sob o braço e abriu a porta que ela sabia estar raramente trancada.

— Olá! Sou um ladrão de 1,90m com 150 quilos que veio roubar todas as suas joias. Se importaria de me ajudar?

— Oh. Esqueci de trancar novamente? — Clarissa saiu alvoroçada da cozinha, secando as mãos num avental já manchado e respingado. Seu rosto estava corado com o calor do fogão. Os lábios já curvados em sinal de agradecimento.

— Sim, esqueceu de trancar novamente. — Mesmo com o braço carregado de vinho, A. J. conseguiu abraçá-la. Depois beijou os dois lados do rosto enquanto tentava discretamente descobrir o que se passava na cozinha.

— É bolo de carne — Clarissa disse a ela. — Tenho uma receita nova.

— Oh. — A. J. poderia ter conseguido sorrir se não tivesse uma lembrança tão clara do último bolo de carne. Em vez disso, ela se concentrou na mulher. — Você está maravilhosa. Eu juraria que estava indo a Los Angeles e entrando sorrateiramente na Elizabeth Arden uma vez por semana.

— Ora, não me dou a todo este trabalho. De qualquer forma, é preocupação demais que causa rugas e papadas. Deveria se lembrar disso.

— Então pareço uma bruxa, não é? — A. J. largou a pasta na mesa e tirou os sapatos.

— Sabe que não quis dizer isso, mas posso ver que você está preocupada com alguma coisa.

— O jantar — A. J. disse a ela, esquivando-se. — Só tive tempo para meio sanduíche no almoço.

— É isso. Já lhe disse uma dúzia de vezes que você não come de forma adequada. Entre na cozinha. Tenho certeza de que tudo está quase pronto.

Satisfeita por ter distraído Clarissa, A. J. começou a seguir.

— Então pode me dizer o que a está realmente incomodando.

— Não deixa passar uma — sussurrou A. J. quando a campainha tocou.

— Atenda para mim, por favor. — Clarissa lançou um olhar ansioso em direção à cozinha. — Realmente tenho que dar uma olhada na couve-de-bruxelas.

— Couve-de-bruxelas? — A. J. só conseguiu fazer uma careta enquanto Clarissa desaparecia na cozinha. — Já é ruim ter que comer bolo de carne, ainda mais couve-de-bruxelas. Devia ter comido o hambúrguer. — Quando ela abriu a porta, suas sobrancelhas já estavam arriadas.

— Você parece emocionada em me ver.

Com uma das mãos ainda na maçaneta, ela ficou olhando para David.

— O que veio fazer aqui?

— Jantar. — Sem esperar pelo convite, David deu um passo à frente e se juntou a ela no vão da porta aberta. — Você é alta. Mesmo sem os sapatos.

A. J. fechou a porta fazendo um pequeno estalo.

— Clarissa não explicou que este era um jantar de negócios.

— Acho que ela o considera puramente social. — Ele ainda não entendia por que não tinha tirado a extremamente profissional srta. Fields da cabeça. Talvez ele tivesse algumas respostas antes do fim da noite. — Por que não pensamos assim... A. J.?

Os bons modos lhe tinham sido impostos por uma mãe tranquilamente determinada. Capturada em uma armadilha, A. J. assentiu.

— Tudo bem, David. Espero que goste de viver perigosamente.

— Como disse?

Ela não pôde deixar de sorrir.

— Vamos comer bolo de carne. — Ela pegou a garrafa de champanhe que ele segurava e examinou o rótulo. — Isto deve ajudar. Por acaso você almoçou bem?

Havia uma luz em seus olhos que ele nunca percebera antes. Era uma risada, uma piada, e muito atraente.

— Aonde quer chegar?

Ela bateu de leve em seu ombro.

— Às vezes é melhor entrar nessas coisas sem estar preparado. Sente-se que vou preparar uma bebida para você.

— Aurora.

— Sim? — A. J. respondeu automaticamente antes de engolir a língua.

— Aurora? — repetiu David, experimentando como soava na sua voz. — É isto que representa o *A*?

Quando A. J. virou-se para ele, os olhos dela estavam apertados.

— Se uma única pessoa no ramo me chamar assim, saberei exatamente de onde tiraram. Você vai pagar.

Ele correu o dedo pelo lado do nariz, mas não escondeu muito o sorriso.

— Nunca ouvi nada.

— Aurora, era... — Clarissa parou na entrada da cozinha e sorriu de forma exultante. — Sim, era David. Que maravilha. — Ela examinou os dois, parados lado a lado logo na entrada da frente. Durante o instante em que ela se concentrou, a aura em volta deles estava muito clara e brilhante. — Sim, que maravilha — repetiu ela. — Estou tão feliz por você ter vindo.

— Fico agradecido por ter me convidado. — Achando Clarissa tão encantadora quanto tinha achado da primeira vez, David foi até ela. Pegou-lhe a mão, mas desta vez a trouxe até os lábios. O prazer fez seu rosto corar.

— Champanhe. Que bom. Nós abriremos depois de eu assinar os contratos. — Ela olhou rapidamente por cima dos ombros dele e viu A. J. franzindo as sobrancelhas. — Por que não prepara uma bebida para você e para David, querida? Não vou demorar muito.

A. J. pensava nos contratos na pasta e em suas próprias dúvidas. Depois se rendeu. Clarissa faria precisamente o que quisesse fazer. A fim de protegê-la, tinha que parar de brigar e aceitar.

— Posso garantir a vodca... eu mesma comprei.

— Bom — com gelo. — David esperou enquanto ela foi até o armário e pegou a garrafa e os copos.

— Ela se lembrou do gelo — A. J. disse surpresa quando abriu o balde de bronze e o encontrou cheio.

— Você parece conhecer Clarissa muito bem.

— Conheço. — A. J. serviu dois copos e depois se virou. — Ela é muito mais do que uma cliente para mim, David. É por isso que estou preocupada com o programa.

Ele caminhou até ela para levar o copo. Estranho, pensou, que só se percebesse seu aroma chegando perto, bem perto. Ele se perguntou se ela utilizava um leve jeito para atrair os homens a ela ou para impedir seu avanço.

— Por que a preocupação?

Se iam lidar um com o outro, a honestidade poderia ajudar. A. J. olhou rapidamente na direção da cozinha e manteve a voz baixa.

— Clarissa tem uma tendência a ser muito aberta com algumas pessoas. Aberta demais. Ela às vezes se expõe demais, e fica vulnerável a todos os tipos de complicações.

— Você a está protegendo de mim?

A. J. deu uns goles em sua bebida.

— Estou tentando decidir se deveria.

— Gosto dela. — Ele esticou o braço para enroscar um cacho de cabelo de A. J. no seu dedo antes que um deles percebesse sua intenção. Largou a mão novamente de forma tão rápida que ela não teve chance de perguntar. — Ela é uma mulher agradável — continuou David enquanto se virava para vagar pela sala. Não era homem de tocar uma parceira de negócios, especialmente uma que ele mal conhecia, de forma tão casual. A fim de conceder-se distância, caminhou até a janela para ver os pássaros baterem as asas em volta de um alimentador situado ao lado da casa. O gato estava lá fora, ele notou, sublimemente desinteressado uma vez que se expunha ao último sinal da luz solar.

A. J. esperou até ter certeza de que sua voz soaria apropriadamente calma e profissional.

— Aprecio isto, mas imagino que seu projeto vem em primeiro lugar. Você deseja um bom programa, e fará o que for necessário para produzi-lo.

— Correto. — O problema, concluiu, era que ela não estava tão vestida e aerodinâmica como estivera no dia anterior. Sua blusa era macia e sedosa, da cor das papoulas. Se tinha um blazer para combinar com a saia branca justa, havia deixado no carro. Ela estava descalça e o cabelo desarrumado pelo vento. Brady pegou outra bebida. Ela ainda não era seu tipo. — Mas não acredito que tenha a fama de explorar as pessoas para conseguir isto. Faço o meu trabalho, A. J., e espero o mesmo de qualquer um que trabalhe comigo.

— Muito justo. — Ela terminou a bebida indesejada. — Meu trabalho é proteger Clarissa de todas as formas.

— Não vejo que temos um problema.

— Vejam só. Está tudo pronto. — Clarissa saiu e viu os convidados não lado a lado, mas com a sala inteira entre eles. Sensível ao clima, ela sentiu a tensão, a confusão e a desconfiança. Bastante normal, concluiu, para duas pessoas teimosas e voluntariosas em lados opostos. Ela se perguntou quanto tempo levaria até que eles admitissem a atração, que dirá aceitá-la. — Espero que estejam com fome.

A. J. largou o copo vazio sorrindo naturalmente.

— David me diz que está morrendo de fome. Terá que lhe dar uma porção extra.

— Maravilhoso. — Contente, ela foi à frente no caminho para a sala de jantar. — Adoro comer à luz de velas. Você não? — Ela tinha um par de velas acesas sobre a mesa, e mais meia dúzia de velas finas e compridas no aparador. A. J. concluiu que a luz romântica sem dúvida ajudava na aparência do bolo de carne. — Aurora trouxe o vinho, então tenho certeza de que está delicioso. Você serve a bebida, David, eu servirei a comida.

— Está com uma aparência maravilhosa — David comentou, e quis saber por que A. J. abafara uma risada.

— Obrigada. Você é da Califórnia, David? — Clarissa perguntou enquanto passava uma travessa a A. J.

— Não. Do estado de Washington. — Ele serviu Beaujolais no copo de Clarissa.

— Lugar bonito. — Ele passou a Aurora uma tigela cheia de purê de batata. — Mas muito frio.

Ele podia se lembrar com certa nostalgia dos longos invernos em que ventava muito.

— Não tive nenhuma dificuldade em me aclimatar a Los Angeles.

— Cresci no Leste e vim para cá com meu marido há aproximadamente 30 anos. No outono ainda sinto um pouquinho de saudades de Vermont. Você não se serviu de legumes, Aurora. Sabe como fico preocupada por você não comer direito.

A. J. colocou couve-de-bruxelas no seu prato e esperou poder ignorá-la.

— Deveria fazer uma viagem para lá este ano — A. J. disse a Clarissa. Uma dentada no bolo de carne foi o suficiente. Ela pegou o vinho.

— Penso nisso. Tem família, David?

Ele acabara de ter sua primeira experiência com a culinária de Clarissa e não tinha se recuperado. Queria saber que receita ela tinha encontrado que pedia couro.

— Perdão?

— Tem família?

— Sim. — Ele olhou rapidamente para A. J. e viu o sorriso com conhecimento de causa. — Dois irmãos e uma irmã espalhados entre Washington e Oregon.

— Eu mesma venho de uma família muito grande. Aproveitei muito minha infância. — Ela esticou o braço e acariciou a mão de A. J. — Aurora foi filha única.

Com uma risada, A. J. deu um aperto rápido na mão de Clarissa.

— E aproveitei muito minha infância. — Quando ela viu David educadamente abrindo caminho num monte de batatas encaroçadas, sentiu um pequeno puxão na consciência. Esperou até passar. — O que o fez escolher os documentários, David?

— Sempre fui fascinado por pequenos filmes. — Ele pegou o sal e o utilizou à vontade. — Com um documentário, a trama já está lá, mas depende de você sugerir os ângulos, encontrar uma maneira de apresentá-lo a uma plateia e fazer com que se importem enquanto se divertem.

— Não é na verdade uma experiência de aprendizado?

— Não sou professor. — Corajosamente, ele voltou ao bolo de carne. — Pode-se entreter tão satisfatoriamente com a verdade e a especulação quanto com a ficção.

De alguma forma, ver seu embate com a comida a tornou mais palatável para ela.

— Não está ansioso para produzir um grande filme?

— Gosto de televisão — disse ele naturalmente, e pegou o vinho. Todos eles iam precisar. — Eu por acaso acho que tem papa demais e pouca substância.

A sobrancelha de A. J. se levantou e logo desapareceu sobre uma fina franja.

— Papa?

— Infelizmente as redes de televisão estão cheias disso. Programas como *Empire*, por exemplo, ou *It Takes Two*.

— Realmente. — A. J. inclinou-se à frente. — *Empire* é um programa com altos índices há quatro anos. — Ela não acrescentou que era um de seus favoritos.

— Exatamente o que quero dizer. Se um programa como este detém índices de audiência consistentemente altos... um programa que se apoia em fumaça, brilho e artifícios... isto prova que a plateia está recebendo um fluxo contínuo de lixo.

— Nem todo mundo acha que um programa deve ser educativo ou "bom" para ser de qualidade. O problema com a televisão pública é que ela é esnobe com tanta frequência que o americano médio a ignora. Após trabalhar oito horas, enfrentar o tráfego, cuidar dos filhos e das contas do conserto do carro, uma pessoa tem o direito de relaxar.

— Sem dúvida. — Incrível, ele pensou, como ela ficava linda quando se colocava um pouco de fogo sob ela. Talvez ela fosse uma mulher que precisasse de conflito na vida. — Mas aquela mesma pessoa não precisa excluir sua inteligência para se divertir. Isto se chama escapismo.

— Acho que não assisto à televisão o suficiente para ver a diferença — comentou Clarissa, satisfeita de ver os convidados limpando os pratos. — Mas você não representa aquela linda mulher que atua em *Empire*?

— Audrey Cummings. — A. J. passou os dedos sob a taça de vinho e a girou de leve. — Uma atriz completa que também já interpretou Shakespeare. Acabamos de fechar um acordo para que ela faça o papel de Maggie no *remake* de *Gata em teto de zinco quente*. — O êxito deste acordo ainda estava doce. Bebericando o vinho, ela inclinou a cabeça para David. — Para uma peça que fala muito sobre fumaça e suor, é admirável sua longevidade. Não podemos dizer que é uma ópera de Verdi, não é mesmo?

— Existem mais coisas relacionadas à televisão pública do que Verdi. — Ele tocara um nervo exposto, percebeu. Mas, por outro lado, ela também tinha. — Acho que você não captou o perfil de Taylor Brooks. Achei que foi um dos mais detalhados e informativos sobre uma estrela de *rock* que eu já tinha visto. — Ele pegou o vinho e fez meio brinde. — Você não o representa também, não é?

— Não. — Ela decidiu jogar completamente. — Namoramos informalmente alguns anos atrás. Tenho como praxe manter relacionamentos comerciais e pessoais separados.

— Sensato. — Ele levantou a taça de vinho e deu um gole. — Muito sensato.

— Diferentemente de você, não tenho preconceitos no tocante à televisão. Se tivesse, você possivelmente não estaria assinando contrato com uma de minhas melhores clientes.

— Mais bolo de carne? — perguntou Clarissa.

— Não conseguiria dar mais uma garfada. — A. J. sorriu para David. — Talvez David gostasse de mais um pouco.

— Por mais que aprecie comida caseira, não consigo. — Ele tentou não demonstrar demasiado alívio ao se levantar. — Deixe-me ajudá-la a tirar a mesa.

— Ah, não. — Clarissa levantou-se e recusou a proposta dele. — Isto me relaxa. Aurora, acho que David ficou um pouco desapontado comigo na primeira vez que nos encontramos. Por que não mostra a ele minha coleção?

— Tudo bem. — A. J. pegou sua taça de vinho e fez um gesto para que ele a seguisse. — Você marcou pontos — comentou ela. — Clarissa não mostra sua coleção para todo mundo.

— Estou lisonjeado. — Mas ele a segurou pelo cotovelo para que ela parasse quando começaram a percorrer um estreito corredor. — Você preferiria que mantivesse uma relação estritamente comercial com Clarissa.

A. J. levou a taça até os lábios e olhou para ele por cima da borda. Ela preferiria, por motivos que não podia citar, que ele ficasse a 80 quilômetros de Clarissa. E o dobro disso dela.

— Clarissa escolhe seus próprios amigos.

— E você se certifica de que eles não tirem proveito dela.

— Exatamente. Assim. — Ela se virou, caminhou até uma porta à esquerda e a abriu. — Seria mais eficaz à luz de vela, ainda mais com uma lua cheia, mas teremos que dar um jeito. — A. J. acendeu a luz e saiu do seu campo de visão.

Era um quarto de tamanho médio, adequado a uma casa de fazenda moderna. Aqui as janelas eram cobertas por cortinas pesadas para impedir a vista do jardim — ou impedir que fosse possível ver lá dentro. Não era difícil perceber por que Clarissa usava o véu para desanimar os curiosos. O quarto era digno de uma torre — ou uma masmorra.

Aqui estava a bola de cristal que ele esperara. Incapaz de resistir, David foi até um pedestal alto com a parte superior arredondada para examiná-lo. O vidro era liso e perfeito, refletindo apenas o mais leve sinal do tecido azul profundo embaixo dele. Cartas de tarô, obviamente velhas e bastante usadas, estavam exibidas numa caixa trancada. Num olhar mais de perto, ele viu que tinham sido pintadas à mão. Uma das prateleiras continha de tudo, desde vodu a telecinésia. Nessa prateleira havia uma vela com o formato de uma mulher alta e esguia com os braços elevados ao céu.

Um tabuleiro Ouija estava disposto sobre uma mesa entalhada com pentagramas. Uma das paredes estava coberta de máscaras de barro, cerâmica, madeira e até mesmo *papier-mâché*. Havia varinhas rabdomânticas e pêndulos. Um armário de vidro continha pirâmides de tamanhos variados. Havia mais — um chocalho indiano, gasto e frágil com a idade, contas orientais em azeviche, outras em ametista.

— Era mais o que você esperava? — perguntou A. J. após um momento.

— Não. — Ele pegou outro cristal, pequeno o bastante para repousar na palma de sua mão. — Deixei de esperar isto após os primeiros cinco minutos.

Era a coisa certa a ser dita. A. J. bebericou o vinho novamente e tentou não ficar satisfeita demais.

— É apenas um hobby para Clarissa colecionar os adornos óbvios do negócio.

— Ela não os utiliza?

— Um hobby apenas. Na verdade, começou há muito tempo. Uma amiga encontrou estas cartas de tarô numa pequena loja da Inglaterra e as deu a ela. Depois disso, as coisas viraram uma bola de neve.

O cristal estava frio e liso na sua mão enquanto ele a examinava.

— Você não aprova?

A. J. simplesmente deu de ombros.

— Não aprovaria se ela levasse a sério.

— Já experimentou isso? — Ele mostrou o tabuleiro Ouija.

— Não.

Era mentira. Ele não tinha certeza de por que mentira, ou por que ele tinha certeza.

— Então não acredita em nada disso.

— Acredito em Clarissa. Todo o resto é apenas jogo de cena.

Todavia, ele estava intrigado com isso, intrigado com a fascinação que exercia sobre as pessoas ao longo dos tempos.

— Você nunca ficou tentada a pedir a ela para olhar no cristal para você?

— Clarissa não precisa do cristal. E ela não prevê o futuro.

Ele olhou rapidamente para o vidro transparente em sua mão.

— Estranho. Seria esperado, já que ela consegue fazer as outras coisas que dizem ser capaz de fazer, que pudesse fazer isso também.

— Não disse que ela não podia. Disse que ela não faz.

David levantou os olhos do cristal mais uma vez.

— Explique.

— Clarissa leva esta coisa de destino muito a sério, bem como o fato de não tratarem o assunto com o devido respeito. Ela já se recusou, até por quantias enormes, a fazer previsões.

— Mas está dizendo que ela podia.

— Estou dizendo que ela prefere não fazer. Clarissa considera seu dom uma responsabilidade. Em vez de utilizá-lo erroneamente de qualquer maneira, prefere retirá-lo de sua vida.

— Retirá-lo. — Ele largou o cristal. — Você quer dizer que ela... uma médium... poderia simplesmente se recusar a ser isto. Apenas obstruir o... digamos, poder na falta de um termo melhor. Apenas desligá-lo?

Os dedos dela tinham ficado úmidos na taça. A. J. passou-a casualmente para a outra mão.

— Em grande parte, sim. Você tem que estar aberto a isso. Você é um receptáculo, um transmissor. O quanto você recebe ou transmite depende de você.

— Você parece saber muito a respeito.

Ele era perspicaz, ela se lembrou de repente. Muito perspicaz. A. J. sorriu deliberadamente e mexeu os ombros novamente.

— Sei muito sobre Clarissa. Se passar qualquer tempo que seja com ela nos próximos meses, você mesmo saberá bastante.

David caminhou até ela. Observou-a com cuidado enquanto pegava a taça de vinho dela e bebia. Estava quente agora e parecia mais potente.

— Por que tenho a impressão de que não está à vontade neste quarto? Ou será que não está à vontade comigo?

— Sua intuição está errando o alvo. Se desejar, Clarissa pode lhe dar alguns exercícios para afiá-la.

— Suas palmas estão úmidas. — Ele pegou-lhe a mão, e depois correu os dedos até o pulso. — Sua pulsação está rápida. Não preciso de intuição para saber disso.

Era importante — vital — que ela permanecesse calma. Fitou-o nos olhos na horizontal e desejou conseguir aparentar estar alegre.

— Provavelmente tem a ver com o bolo de carne.

— Na primeira vez em que nos encontramos, você teve uma reação muito forte e muito estranha comigo.

Ela não tinha esquecido. Tinha lhe proporcionado uma noite muito agitada.

— Eu expliquei...

— Não acreditei — interrompeu ele. — Ainda não acredito. Talvez seja porque me peguei pensando muito em você.

Ela disse a si mesma para manter-se firme. Tinha de fazê-lo. Fez uma última tentativa agora, embora os olhos dele parecessem tranquilos e intrometidos demais, e a voz demasiadamente firme. Ela pegou sua taça de vinho de volta e bebeu tudo. A. J. descobriu que foi um erro, porque podia sentir o gosto dele tanto quanto do vinho.

— David, tente se lembrar de que não sou seu tipo. — A voz dela estava fria e levemente cortante. Se ela tivesse pensado nisso mais alguns segundos, teria percebido que foi a tática errada.

— Não, você não é. — A mão dele circundou-lhe a nuca, depois deslizou para seu cabelo. — Mas que inferno.

Quando ele se aproximou, A. J. viu duas escolhas bem distintas. Podia se livrar e correr para se proteger, ou podia tratá-lo com absoluta indiferença. Como a segunda escolha parecia a mais forte, ela a preferiu. Foi seu erro seguinte.

Ele sabia como seduzir uma mulher. Como persuadir. Quando baixou os lábios em direção aos dela, eles mal se tocaram, enquanto a mão dele continuava a acariciar-lhe o pescoço e o cabelo. A. J. apertou a taça de vinho mais ainda, porém não se moveu, nem para a frente, nem para longe. Os lábios dele rasparam os dela mais uma vez utilizando apenas a insinuação de sua língua. A respiração que ela estivera prendendo saiu aos tremores.

Quando os olhos dela começaram a se fechar, quando os ossos começaram a amolecer, David se afastou de sua boca e contornou seus lábios. Nenhum dos dois notou quando a taça de vinho escorregou da mão dela e caiu no tapete.

Ele estava certo sobre o quanto era preciso se aproximar para ser seduzido pelo seu cheiro. Era forte, misterioso e íntimo, como se passasse pelos poros e pairasse sobre sua pele.

Quando trouxe os lábios de volta, ele percebeu que não era algo que esqueceria. Ela também não.

Desta vez tinha os lábios separados, prontos, dispostos. No entanto, ela se movia lentamente, mais por causa dele agora. Esta não era a moedora de homens que ele esperara, mas uma mulher quente e meiga que podia atrair apenas com a vulnerabilidade. Ele precisava de tempo para se ajustar, tempo para pensar. Quando se afastou, ele ainda não a tinha tocado, e tinha lhe dado apenas a mais simples indicação de um beijo. Os dois estavam abalados.

— Talvez, afinal de contas, a reação não tenha sido tão estranha, Aurora — murmurou ele. — Não para nenhum de nós.

O corpo dela estava em chamas; estava gélido; estava fraco. Não podia permitir que sua cabeça fizesse o mesmo. Utilizando todas as suas reservas de energia, A. J. se endireitou.

— Se vamos fazer negócios...

— E vamos.

Ela expirou longa e pacientemente diante da interrupção.

— Então é melhor você compreender as regras básicas. Não durmo por aí, nem com clientes, nem com sócios.

Isto o agradou. Não estava disposto a se perguntar por quê.

— Diminui o campo, não é?

— É o meu negócio — disparou ela de volta. — Minha vida pessoal é inteiramente dissociada da minha profissão.

— Difícil de fazer nesta cidade, mas admirável. No entanto... — Ele não pôde resistir à tentação de brincar com alguns fios de cabelo soltos na sua orelha. — Não pedi a você para brincar comigo.

Ela agarrou-lhe a mão pelo pulso para afastá-la. Ficou surpresa e satisfeita ao descobrir que a pulsação dele não estava nem um pouco mais constante que a dela.

— Tendo sido prevenido, você não se sentirá constrangido ao fazê-lo e ser rejeitado.

— Acha que isto aconteceria? — Ele trouxe a mão novamente ao seu rosto para acariciá-lo com o dedo. — Ficar constrangido.

— Pare.

Ele balançou a cabeça e examinou seu rosto novamente. Atraente, sim. Não era bonito. Nem sequer glamouroso. Frio demais. Teimoso demais. Então, por que já a estava imaginando nua e enroscada nele?

— O que há entre nós?

— Animosidade.

Ele sorriu, repentina e completamente encantando-a. Ela podia tê-lo assassinado por isso.

— Talvez um pouco, mas mesmo isso é forte demais para uma ligação tão curta. Um minuto atrás eu me perguntava como seria fazer amor com você. Acredite ou não, não faço isso com todas as mulheres que conheço.

As palmas de A. J. estavam úmidas novamente.

— Devo sentir-me lisonjeada?

— Não. Apenas imagino que negociaremos melhor se nos entendermos.

A necessidade de se virar e correr era desesperadora. Desesperadora demais. A. J. manteve-se firme.

— Entenda isso. Eu represento Clarissa DeBasse. Tomarei conta de seus interesses, do seu bem-estar. Se tentar fazer qualquer coisa que a prejudique profissional ou pessoalmente, eu o reduzirei a pó. Fora isso, realmente não temos nada com que nos preocupar.

— O tempo dirá.

Pela primeira vez ela se afastou um pouco dele. Não considerou uma retirada quando caminhou e pôs a mão no interruptor de luz.

— Tenho uma reunião durante o café de manhã. Vamos assinar os contratos, Brady, de modo que possamos fazer nosso trabalho.

Capítulo 3

As reuniões de pré-produção geralmente deixavam a equipe cansada e mal-humorada. David as apreciava. Listas de números que insistiam em ser equilibrados atraíam o seu lado prático. Traduzir esses números em luzes, cenários e adereços desafiava sua criatividade. Se não apreciasse encontrar maneiras de fundir os dois, jamais teria decidido ser produtor.

Era um homem conhecido por saber o que queria e por alterar as circunstâncias para ajustar-se ao seu desejo. A reputação permeava sua vida profissional e chegava à pessoal. Como produtor ele era durão e, segundo muitos diretores, nem sempre justo. Como homem era generoso e, segundo muitas mulheres, nem sempre caloroso.

Costumava dar liberdade de criação a um diretor, mas só até certo ponto. Quando o diretor se sentia instigado a desviar-se da visão geral que David tinha de um projeto, ele o impedia completamente. Ele discutia, ouvia e, às vezes, transigia. Um diretor astuto percebia que a transigência não tinha afetado minimamente os desejos do produtor.

Em um relacionamento ele se tornava uma companhia fácil e atenta a uma mulher. Se a mulher preferisse rosas, havia rosas. Se preferisse passeios pelo campo, havia passeios pelo campo. Mas se ela tentasse dar nos nervos, ele a impedia completamente. Ele discutia, ouvia e, às vezes, transigia. Uma mulher astuta percebia que a transigência não tinha afetado minimamente seus desejos.

Os diretores o chamavam de durão, mas admitiam de má vontade que trabalhariam com ele novamente. As mulheres o chamavam de indiferente, mas sorriam quando ouviam sua voz ao telefone.

Nenhuma destas coisas vieram até ele através de uma estratégia cuidadosamente pensada, mas simplesmente porque ele era um homem cuidadoso com os seus pensamentos íntimos — e com suas necessidades íntimas.

Quando as reuniões de pré-produção terminaram, o cenário da locação e o formato se firmaram, David ficou ansioso pelos resultados. Ele escolhera sua equipe um a um, até o último técnico. Como desenvolvera um interesse pessoal por Clarissa DeBasse, decidiu começar com ela. Sua escolha, ele estava certo, não tinha nada a ver com sua agente.

Seu desejo inicial de entrevistá-la em sua própria casa foi interceptado rapidamente por um breve memorando de A. J. Fields. A srta. DeBasse tinha direito à sua privacidade. Ponto final. Sem vontade de ser atrapalhado por um tecnicismo, David providenciou para que o estúdio fosse decorado exatamente com a mesma atmosfera familiar e suburbana. Ela seria entrevistada pelo jornalista veterano Alex Marshall. David queria abrir caminho pela especulação através da credibilidade. Um homem com a reputação de Marshall poderia fazer isto para ele.

David ficou nos bastidores e deixou que sua equipe assumisse o controle. Ele tivera problemas com o diretor antes, mas os dois projetos em que os dois colaboraram haviam conquistado prêmios. Para David, o produto final era o que importava.

— Ponha um filtro naquela luz — o diretor ordenou. — Talvez tenhamos que dar a impressão de estarmos sentados no departamento de móveis do *shopping center*, mas quero ambientação. Alex, quando passar a introdução, gostaria que desse um jeito no ângulo.

— Tudo bem. — Relutantemente, Alex apagou seu charuto de dois dólares e pôs-se a trabalhar.

David verificou o relógio. Clarissa estava atrasada, mas não o suficiente para causar alarme ainda. Dentro de mais dez minutos ele pediria que um assistente ligasse para ela. Ele observou Alex passar a introdução de forma impecável, e então esperou que o diretor implicasse com as luzes. Concluindo que não precisavam dele no momento, David optou por fazer a ligação ele mesmo. Só que ele a faria para o escritório de A. J. Não havia mal nenhum em atormentá-la, pensou ele ao passar pelas portas do estúdio. Ela parecia ser a melhor para isso.

— Oh, David, realmente peço desculpas.

Ele parou quando Clarissa desceu o corredor às pressas. Ela não era a tia de ninguém hoje, pensou ele ao segurar suas mãos. Seu cabelo estava todo jogado para trás, dando-lhe uma aparência vistosa e deixando-a anos mais jovem. Havia um colar de elos de prata em volta do pescoço que continha uma ametista do tamanho do seu polegar. A maquiagem fora engenhosamente aplicada de modo a acentuar os olhos azuis, tal como o vestido, profundo e intenso, os acentuava. Esta não era a mulher que lhe servira bolo de carne.

— Clarissa, você está maravilhosa.

— Obrigada. Sinto dizer que não tive muito tempo para me preparar. Troquei os dias, veja só, e estava livrando as petúnias das ervas daninhas quando Aurora veio me pegar.

Ele se pegou olhando pelo corredor abaixo por cima do seu ombro.

— Ela está aqui?

— Está estacionando o carro. — Clarissa olhou para trás por cima do ombro e soltou um suspiro. — Sei que represento uma provação para ela. Sempre fui.

— Ela não parece se sentir assim.

— Não, não se sente. Aurora é tão generosa...

Ele guardaria sua opinião sobre isso.

— Está pronta ou gostaria de tomar um pouco de café ou chá antes?

— Não, não, não gosto de estimulantes quando estou trabalhando. Eles costumam anuviar as coisas. — As mãos deles ainda estavam unidas quando o olhar dela se prendeu ao dele. — Você está um pouco inquieto, David.

Ela disse isso no momento em que ele olhou para trás e viu A. J. descendo o corredor.

— Fico sempre ansioso durante uma filmagem — disse ele distraidamente. Por que foi que ele não notou antes como ela caminhava? Rápida e fluida.

— Não é isso — comentou Clarissa e afagou sua mão. — Mas não invadirei sua privacidade. Ah, aqui está Aurora. Vamos começar?

— Já começamos — murmurou ele, ainda observando A. J.

— Bom dia, David. Espero não te-lo tirado da sua programação.

Ela estava polida e profissional como estivera na primeira vez em que ele a viu. Por que só agora notava pequenos detalhes? A gola da blusa cobria o pescoço comprido e elegante. A boca não estava pintada. Ele queria aproximar-se para ver se tinha o mesmo perfume. Em vez disso, pegou o braço de Clarissa.

— De jeito nenhum. Imagino que queira assistir.

— É claro.

— É logo aqui dentro, Clarissa. — Ele abriu a porta. — Gostaria de apresentá-la ao seu diretor, Sam Cauldwell. Sam. — Não parecia incomodar a David o fato de ele estar incomodando o diretor. A. J. notou que ele ficou onde estava e esperou que Cauldwell viesse até ele. Ela mal podia censurá-lo por isso uma vez que ela mesma teria feito uso da mesma técnica. — Esta é Clarissa DeBasse.

Cauldwell controlou a óbvia impaciência e segurou sua mão.

— É um prazer, srta. DeBasse. Li seus dois livros para me dar uma ideia para a sua parte do programa.

— Muita gentileza sua parte. Espero que tenha gostado deles.

— Não sei se "gostar" é a palavra certa. — Ele balançou a cabeça rapidamente. — Eles certamente me deram o que pensar.

— A srta. DeBasse está pronta para começar quando vocês estiverem preparados.

— Ótimo. Poderia se sentar aqui? Faremos um teste de voz e verificaremos a iluminação novamente.

Enquanto Cauldwell a conduzia, David viu A. J. observá-lo como um falcão.

— Você tem o hábito de rondar seus clientes, A. J.?

Satisfeita por Clarissa estar bem por enquanto, A. J. virou-se para ele.

— Sim. Do mesmo jeito que imagino que você ronda os seus diretores.

— Ossos do ofício, certo? Pode-se ter uma visão melhor daqui.

— Obrigada. — Ela foi com ele para a parte esquerda do estúdio, vendo quando Clarissa foi apresentada a Alex Marshall. O veterano jornalista era alto, magro e distinto. Vinte e cinco anos no ramo tinham gravado algumas rugas em seu rosto, mas os fios grisalhos em seu cabelo davam um bom contraste com seu profundo bronzeado. — Sábia escolha para o narrador — comentou ela.

— O rosto no qual os Estados Unidos confiam.

— Sem dúvida, é claro. Além do mais, não consigo imaginá-lo tolerando qualquer besteira. Traga uma quiromante do Sunset Boulevard e ele fará com que ela se pareça com uma idiota independentemente do roteiro.

— É isso aí.

A. J. lançou-lhe um olhar sereno.

— Ele não fará Clarissa de boba.

Ele meneou a cabeça de forma lenta e afirmativa.

— É com isto que estou contando. Liguei para seu escritório na semana passada.

— É, eu sei. — A. J. viu Clarissa rir de alguma coisa que Alex disse. — Minha assistente não retornou a ligação?

— Não queria falar com sua assistente.

— Tenho estado ocupada. Você quase recriou a sala de estar de Clarissa, não foi?

— Esta é a ideia. Você está tentando me evitar, A. J. — Ele mudou de posição apenas o suficiente para obstruir-lhe a visão, de modo que ela fosse forçada a olhar para ele. Como ele a tinha aborrecido, ela fez um exame minucioso, começando nos sapatos com cano alto de lona gasta, passando pelas confortáveis calças pregueadas até o colarinho aberto da sua camisa antes de se concentrar no seu rosto.

— Esperava que você tivesse entendido.

— E talvez você tenha sucesso. — Ele correu o dedo pela sua lapela, sobre um broche em meia-lua. — Mas ela vai impedir. — Ele olhou por cima do ombro para Clarissa.

Ela se disciplinou para isso, admoestou a si própria e ensaiou as respostas corretas. De alguma forma, não foi tão fácil quanto imaginara.

— David, você não parece ser um daqueles homens que são atraídos à rejeição.

— Não. — Seu polegar continuava a mover-se sobre o broche quando olhou novamente para ela. — Você não parece ser uma daquelas mulheres que fingem desinteresse a fim de atrair.

— Não finjo nada. — Ela olhou diretamente nos seus olhos, determinada a não deixar transparecer nem um pingo do seu desconforto. — Estou desinteressada. E você está no meu caminho.

— Isto é algo que pode passar a ser um hábito. — Mas ele se deslocou para o lado.

Levaram mais cerca de 45 minutos de discussão, alterações e ajustes técnicos até que eles estivessem prontos para filmar. Como ela estava aliviada por David estar ocupado em outra parte, esperou pacientemente, o que quis dizer que ela só verificou o relógio meia dúzia de vezes. Clarissa estava sentada comodamente no sofá bebendo água. Mas sempre que levantava os olhos e olhava na sua direção, A. J. ficava feliz por ela ter decidido vir.

A filmagem começou a contento. Clarissa estava sentada no sofá com Alex. Ele fazia perguntas; ela respondia. Conversaram sobre clarividência, precognição, o interesse de Clarissa em astrologia. Clarissa tinha o dom de pegar frases longas e confusas e torná-las simples e compreensíveis. Uma das razões pelas quais se via frequentemente requisitada no circuito de palestras era sua habilidade em pegar os mistérios da psi e relacioná-los ao cidadão médio. Era a área na qual A. J. podia ter certeza de que Clarissa DeBasse se sairia bem. Ela relaxou e pegou um pedaço de doce da pasta em vez do almoço.

Eles filmaram, refilmaram, alteraram ângulos e se repetiram para a câmera. Passaram-se horas, mas A. J. estava satisfeita. Qualidade era a ordem do dia. Ela não queria nada menos para Clarissa.

Eles, então, trouxeram as cartas.

Ela quase dera um passo adiante quando o mais leve sinal de Clarissa a deixou furiosa e no lugar onde estava. Ela odiava isso, sempre tinha odiado.

— Algum problema?

Ela não o percebera surgir ao seu lado. Lançou um olhar fulminante a David antes de cravar sua atenção no cenário novamente.

— Nós não discutimos nada deste tipo.

— As cartas? — Surpreso com sua reação, David também observou o cenário. — Nós resolvemos com Clarissa.

A. J. fincou pé.

— Da próxima vez, Brady, resolva comigo.

David decidiu que qualquer resposta incisiva que pudesse dar esperaria até quando a voz de locutor de Alex se elevasse cheia e límpida no estúdio.

— Srta. DeBasse, usar cartas para testar a percepção extrassensorial é um expediente bastante padronizado, não é?

— Um teste bastante limitado, sim. Também auxiliam a testar a telepatia.

— Esteve envolvida em experiências deste tipo antes, em Stanford, na Universidade da Califórnia em Los Angeles, Colúmbia, Duke, bem como em instituições inglesas.

— Sim, estive.

— Poderia explicar o processo?

— Claro. As cartas utilizadas nos testes de laboratório geralmente são de duas cores com talvez cinco formatos diferentes. Quadrados, círculos, linhas onduladas, este tipo de coisa. Usando-as, é possível determinar o acaso e o que vai além do acaso. Quer dizer, com duas cores, é naturalmente uma proposta de 50 por cento de acerto e de erro. Se um indivíduo acerta as cores 50 por cento das vezes, é aceito como acaso. Se ele acerta 60 por cento, então é dez por cento além do acaso.

— Parece relativamente simples.

— Só com as cores, sim. Os formatos alteram isso. Com, digamos, 25 cartas em carreira, o verificador é capaz de determinar pelo número de acertos, as respostas corretas, o quanto acima do acaso o indivíduo adivinhou. Se ele acerta 15 em 25 vezes, pode-se supor que as suas habilidades de percepção extrassensorial estejam altamente em sintonia.

— Ela é muito boa — murmurou David.

— Com certeza. — A. J. cruzou os braços e tentou não ficar aborrecida. Este era o ramo de Clarissa, e ninguém o conhecia melhor.

— Poderia explicar como funciona... com você, quero dizer? — Alex lentamente embaralhou as cartas enquanto falava com ela. — Tem uma sensação quando tira uma carta?

— Uma imagem — corrigiu Clarissa. — Pega-se uma imagem.

— Está dizendo que se tem uma imagem real da carta?

— Uma imagem real pode ser obtida na sua mão. — Ela sorriu para ele pacientemente. — Tenho certeza de que lê muito, sr. Marshall.

— Sim, leio.

— Quando lê, as palavras e as expressões formam imagens na sua cabeça. É muito parecido com isso.

— Entendo. — A dúvida dele era óbvia e, para David, a reação perfeita. — É imaginação.

— A percepção extrassensorial requer controle da imaginação e um aguçamento da concentração.

— Qualquer pessoa pode fazer isso?

— Isto é algo que ainda está sendo pesquisado. Existem algumas pessoas que acham que a percepção extrassensorial pode ser aprendida. Outras acreditam que se nasce médium. Minha opinião fica entre um e outro.

— Pode explicar?

— Acho que todos temos certos talentos ou habilidades, e o quanto elas são desenvolvidas ou utilizadas depende do indivíduo. É possível bloquear as habilidades. É mais habitual, acho, simplesmente ignorá-las de modo que elas nunca sejam questionadas.

— As suas habilidades têm sido documentadas. Gostaríamos de dar uma demonstração improvisada aqui, com sua cooperação.

— É claro.

— Este é um baralho comum. Um dos membros da equipe o comprou esta manhã, e você não mexeu nele. Está correto?

— Não, não mexi. Não sou muito esperta com jogos. — Ela sorriu, meio se desculpando, meio achando graça, e encantou o diretor.

— Agora, se eu escolher uma carta e segurá-la assim? — Alex puxou uma do meio do baralho e a segurou de costas para ela. — Pode me dizer qual é?

— Não. — Seu sorriso não desapareceu quando o diretor começou a sinalizar para parar o teipe. — Terá de olhar para a carta, sr. Marshall, pensar nela, e realmente tentar imaginá-la na sua mente. — Enquanto o teipe continuava a rodar, Alex balançou a cabeça afirmando e indicando que faria o que ela pediu. — Sinto dizer que não está se concentrando muito, mas é uma carta vermelha. Melhor. — Ela sorriu exultante para ele. — Nove de ouros.

A câmera captou a surpresa no rosto dele antes que virasse a carta. Nove de ouros. Ele puxou uma segunda carta e repetiu o processo. Quando chegaram na terceira, Clarissa parou e franziu as sobrancelhas.

— Está tentando me confundir pensando em uma carta em vez da que está na sua mão. Embaça um pouco as coisas, mas o dez de paus aparece mais forte.

— Fascinante — Alex murmurou ao virar o dez de paus. — Realmente fascinante.

— Sinto dizer que este tipo de coisa é frequentemente nada mais que um jogo de salão — corrigiu Clarissa. — Um mentalista hábil pode fazer quase a mesma coisa... de maneira diferente, é claro.

— Está dizendo que é um truque.

— Estou dizendo que pode ser. Eu mesma não sou boa em truques, então, não tento fazê-los, mas sei apreciar um bom espetáculo.

— Você começou a carreira lendo as palmas das mãos. — Alex largou as cartas, não inteiramente seguro de si.

— Há muito tempo. Tecnicamente, qualquer pessoa pode ler a mão, interpretar as linhas. — Ela estendeu a dela para ele. — Linhas que representam finanças, emoção, duração de vida. Um bom livro da biblioteca lhe dirá exatamente o que procurar e como encontrar. Na verdade, um sensitivo não lê tanto a mão quanto absorve sentimentos.

Encantado, porém longe de estar convencido, Alex estendeu a dele.

— Não compreendo bem como se pode absorver sentimentos olhando para a palma da minha mão.

— Você os transmite — ela disse a ele. — Tal como transmite tudo mais, suas esperanças, suas tristezas, suas alegrias. Posso pegar sua mão e num olhar rápido dizer que você se comunica bem e tem uma sólida base financeira, mas isto nem sequer seria uma notícia muito surpreendente. Porém... — Ela esticou a sua para ele. — Se não se importa — começou e segurou a mão dela na sua. — Posso olhar novamente e dizer que... — Ela parou, piscou e ficou olhando para ele. — Oh.

A. J. fez um movimento à frente e foi impedida por David.

— Deixe-a em paz — murmurou ele. — Isto é um documentário, lembre-se. Não podemos fazer com que seja encenado e em ordem. Se ela se sentir desconfortável com esta parte do teipe, podemos cortá-la.

A mão de Clarissa estava tranquila e firme sob a de Alex, porém seus olhos estavam arregalados e atordoados.

— Devo ficar nervoso? — ele perguntou, apenas meio de brincadeira.

— Ah, não. — Ela deu uma leve risada e limpou a garganta. — Não, de jeito nenhum. Tem vibrações fortes, sr. Marshall.

— Obrigado. Eu acho.

— É viúvo já há 15, 16 anos. Foi um marido muito bom. — Ela sorriu para ele e relaxou novamente. — Pode orgulhar-se disso. E um bom pai.

— Aprecio isso, srta. DeBasse, mas não é novidade.

Ela continuou como se ele não tivesse falado nada.

— Os seus dois filhos estão estabelecidos agora, o que tranquiliza sua cabeça, como faz com a de qualquer pai. Eles nunca lhe deram muita preocupação, embora tenha havido um período com o seu filho, nos seus vinte e poucos anos, quando teve alguns percalços. Mas algumas pessoas levam mais tempo para achar seu caminho, não é mesmo?

Ele não estava mais sorrindo, mas fitando-a tão intensamente quanto ela o fitava.

— Suponho que sim.

— É um perfeccionista, no trabalho e na vida particular. Isto dificultou um pouco as coisas para seu filho. Ele não conseguia atender suas expectativas. Não deveria ter se preocupado tanto, mas é claro que todos os pais se preocupam. Agora que ele próprio vai ser pai, você está mais próximo. A ideia de ter netos lhe agrada. Ao mesmo tempo, faz com que pense mais no futuro... na sua própria morte. Mas me pergunto se é sábio de sua parte estar pensando em se aposentar. Está no apogeu da sua vida e acostumado demais com prazos e correrias para se contentar com aquele barco de pesca por muito tempo. Agora se você... — Ela parou, balançando um pouco a cabeça. — Desculpe-me. Costumo divagar sem parar quando alguém me interessa. Sempre receio me intrometer demais.

— Absolutamente. — Ele fechou a mão e deixou o punho um pouco frouxo. — Srta. DeBasse, a senhorita é incrível.

— Corta! — Cauldwell poderia ter se ajoelhado e beijado os pés de Clarissa. Alex Marshall pensando em aposentadoria. Falava-se pouco deste boato. — Quero ver o *playback* em 30 minutos. Alex, obrigado. É um grande começo. Srta. DeBasse... — Ele teria segurado sua mão novamente se não estivesse um pouco temeroso de liberar as vibrações erradas. — Foi sensacional. Mal posso esperar para ver seu próximo segmento.

Antes que ele tivesse terminado de agradecer, A. J. estava a seu lado. Ela sabia o que aconteceria. O que invariavelmente acontecia. Um dos membros da equipe viria contar a Clarissa sobre uma "coisa estranha que aconteceu com ele". Depois haveria outro pedindo para que lesse sua mão. Alguns estariam sorrindo de forma afetada, outros estariam curiosos, mas dentro de dez minutos Clarissa estaria cercada.

— Se estiver pronta, levo você para casa — A. J. começou a falar.

— Achei que tínhamos resolvido isso. — Clarissa olhou em volta vagarosamente em busca de sua bolsa, sem qualquer ideia de onde a tinha colocado. — É longe demais para você dirigir até Newport Beach e voltar novamente.

— Apenas parte do serviço. — A. J. entregou-lhe a bolsa que ela estivera segurando durante a filmagem.

— Oh, obrigada, querida. Não podia imaginar o que tinha feito com ela. Vou pegar um táxi.

— Temos um motorista para você. — David não precisou olhar para A. J. para saber que ela estava soltando fumaça. Ele quase conseguia sentir o calor. — Nem sonhando deixaríamos você pegar um táxi para voltar.

— Muita gentileza.

— Mas não será necessário — A. J. interpôs-se.

— Não, não será. — Suavemente, Alex introduziu-se e pegou o braço de Clarissa. — Espero que a srta. DeBasse me permita levá-la para casa depois de jantar comigo.

— Seria maravilhoso — disse Clarissa a ele antes que A. J. pudesse pronunciar uma palavra. — Espero não tê-lo constrangido, sr. Marshall.

— De jeito nenhum. Na verdade, fiquei fascinado.

— Que bom. Obrigada por ficar comigo, querida. — Ela beijou o rosto de A. J.

— Sempre me deixa à vontade. Boa noite, David.

— Boa noite, Clarissa. Alex. — Ele parou ao lado de A. J. enquanto davam os braços e saíam do estúdio. — Um casal bonito.

Antes que as palavras saíssem de sua boca, A. J. virou-se contra ele. Se fosse possível fazer surgir presas, ela o teria feito.

— Seu idiota. — Ela estava a meio caminho das portas do estúdio quando ele a deteve.

— O que está corroendo você?

Se ele não tivesse dito com um sorriso no rosto, ela talvez houvesse se controlado.

— Quero ver aqueles últimos minutos do teipe, Brady, e se eu não gostar do que vir, está fora.

— Não me lembro de nada no contrato sobre você ter direitos de edição, A. J.

— Não há nada no contrato também dizendo que Clarissa leria mão.

— Concedido. Alex improvisou isso e funcionou muito bem. Qual é o problema?

— Você ficou assistindo, droga. — Precisando descarregar seu mau humor em alguma coisa, ela passou à força pelas portas do estúdio.

— Fiquei — concordou David enquanto pegava-lhe o braço para diminuir sua velocidade. — Mas, obviamente, não vi o que você fez.

— Ela estava cobrindo. — A. J. passou a mão pelo cabelo com os dedos abertos. — Ela sentiu algo assim que pegou a mão dele. Quando examinar o teipe verá cinco ou dez segundos onde ela simplesmente fica parada olhando.

— Então é algo mais para a mística. É eficaz.

— Que se dane o seu "eficaz"! — Ela se virou tão rapidamente que quase o jogou contra uma parede. — Não gosto de vê-la atingida desta maneira. Por acaso me importo com ela como pessoa, não apenas como mercadoria.

— Tudo bem. Espere. Espere! — Ele a alcançou novamente quando passou pela porta externa. — Não parecia haver nada de errado com Clarissa quando ela saiu.

— Não gosto disso. — A. J. desceu correndo os degraus em direção ao estacionamento. — Primeiro as malditas cartas. Estou cansada de vê-la testada desta maneira.

— A. J., as cartas são uma coisa natural. Ela fez aquele mesmo teste, com intensidade muito maior, para institutos em todo o país.

— Eu sei. E me deixa furiosa ela ter que provar a si mesma repetidamente. E depois aquele negócio de leitura de mão. Alguma coisa a chateou. — Ela começou a andar de um lado para outro na grama junto à calçada. — Havia algo ali e nem mesmo tive a chance de conversar com ela a respeito antes de aquele repórter de 1,80m com voz de ouro se intrometer.

— Alex? — Embora tenha tentado, por pelo menos cinco segundos, se controlar, David caiu na gargalhada. — Meu Deus, você é impagável.

Os olhos dela se apertaram, seu rosto empalideceu de raiva e ela parou de andar de um lado para outro.

— Então você acha engraçado, não é? Uma mulher confiável e surpreendentemente inocente sai com um quase estranho e você ri. Se alguma coisa acontecer com ela...

— Acontecer? — David revirou os olhos em direção ao céu. — Meu bom Deus, A. J. Alex Marshall não é um maníaco. Ele é um membro altamente respeitado da mídia. E

Clarissa certamente tem idade suficiente para tomar suas próprias decisões... e marcar seus próprios encontros.

— Não é um encontro.

— Pois assim me pareceu.

Ela abriu a boca, fechou-a novamente e depois rodopiou em direção ao estacionamento.

— Agora espere um minuto. Eu disse para esperar. — Ele a segurou pelos dois braços e a aprisionou entre seu próprio corpo e um carro estacionado. — Estarei condenado se tiver de correr atrás de você por Los Angeles inteira.

— Volte lá dentro e dê uma olhada naquela tomada. Quero vê-la amanhã.

— Não recebo ordens de agentes paranoicas nem de mais ninguém. Vamos decidir isto aqui mesmo. Não sei o que está havendo com você, A. J., mas não posso acreditar que esteja chateada desta maneira porque uma cliente está saindo para jantar.

— Ela não é apenas uma cliente. — A. J. atirou-lhe de volta. — David, é minha mãe.

Seu anúncio furioso deixou os dois momentaneamente sem fala. David continuou a segurá-la pelos ombros enquanto ela lutava para normalizar a respiração. É claro que ele deveria ter visto isso, reconheceu. O formato do rosto, os olhos. Principalmente os olhos.

— Estou ferrado.

— Só posso reforçar isso — murmurou ela, e depois se encostou contra o carro. — Veja bem. Isso não é para ser publicado. Compreendeu?

— Por quê?

— Porque nós duas preferimos assim. Nossa relação é algo privado.

— Tudo bem. — Ele raramente discutia com privacidade. — Tudo bem. Isto explica por que você tem um interesse tão pessoal, mas acho que leva um pouco longe demais.

— Não me importo com o que você pensa. — Como a sua cabeça estava começando a martelar, ela se endireitou. — Com licença.

— Não. — Calmamente, David obstruiu seu caminho. — Algumas pessoas podem dizer que se intrometem na vida da sua mãe porque não têm o suficiente para preencher a sua própria.

Os olhos dela ficaram obscurecidos, sua pele muito pálida.

— Minha vida não é da sua conta, Brady.

— Não no momento, mas, enquanto o projeto estiver em andamento, a de Clarissa é. Dê-lhe um pouco de espaço, A. J.

Por ter soado tão razoável, os pelos do seu pescoço se eriçaram.

— Você não compreende.

— Não. Talvez você deva me explicar.

— E se Alex Marshall pressioná-la para uma entrevista durante o jantar? E se ele quiser pegá-la sozinha para pressioná-la?

— E se ele simplesmente quis jantar com uma mulher interessante e atraente? Você poderia dar mais crédito a Clarissa.

Ela cruzou os braços.

— Não deixarei que ela se machuque.

Ele poderia discutir com ela. Poderia até tentar considerar. De alguma forma, achava que nenhuma das duas coisas funcionaria bem ainda.

— Vamos dar um passeio de carro.

— O quê?

— Um passeio de carro. Você e eu. — Sorriu para ela. — Por acaso é no meu carro que você está encostada.

— Ah, perdão. — Ela se endireitou novamente. — Preciso voltar ao escritório. Há uma papelada que deixei pendente hoje.

— Então pode ficar pendente até amanhã. — Ele sacou as chaves e destrancou a porta. — Eu poderia dar um passeio ao longo da praia.

Ela também. Tinha exagerado. Não havia dúvida disso. Ela precisava de um pouco de ar, de um pouco de velocidade, alguma coisa para espairecer. Talvez não fosse prudente ir com ele, mas...

— Vai abaixar a capota?

— Certamente.

Ajudou. O passeio, o ar, o cheiro do mar, o som do rádio. Ele não conversou com ela nem tentou persuadi-la a fazê-lo. A. J. fez algo que ela raramente se permitia fazer na companhia de outras pessoas. Relaxou.

Quanto tempo fazia, ela se perguntou, desde a última vez em que dirigiu pela costa, sem se importar com o tempo ou com o destino? Se não conseguia se lembrar, então fazia muito tempo. Ela fechou os olhos, esvaziou a mente e deleitou-se.

Quem exatamente era ela?, David se perguntou enquanto a observou relaxar, pouco a pouco, ao seu lado. Ela era a agente durona e séria de olho em dez por cento de um acordo? Era a filha ferozmente protetora e obviamente dedicada que estava catando dez por cento do talento da mãe num minuto e fazendo alarde sobre exploração no seguinte? Ele não conseguia descrevê-la.

Ele era bom juiz do caráter das pessoas. No seu negócio ele estaria produzindo filmes caseiros, se não fosse um. No entanto, quando a beijara, não tinha encontrado a mulher firme e autoconfiante que esperara, mas sim uma mulher nervosa e vulnerável. Por alguma razão, não se ajustava inteiramente em quem ela era, ou o que decidira ser. Poderia ser interessante descobrir a causa.

— Está com fome?

Meio que sonhando, A. J. abriu os olhos e olhou para ele. Como foi que ele não tinha visto isso antes?, David se perguntou. Os olhos. Os olhos eram tão parecidos com os de Clarissa. O formato, a cor, a... profundidade, concluiu ele por falta de melhor palavra. Passou pela sua cabeça que talvez ela fosse como Clarissa de outras maneiras. Depois abandonou a idéia.

— Desculpe-me — murmurou ela. — Eu não estava prestando atenção. — Mas ela poderia ter descrito o rosto dele em detalhes minuciosos, desde os pômulos duros até o leve entalhe do queixo. Expirando longamente, ela se recolheu. Uma mulher prudente controlava seus pensamentos de forma tão meticulosa quanto fazia com suas emoções.

— Perguntei se estava com fome.

— Estou. — Ela esticou os ombros. — Até onde vamos?

Não longe o bastante. O pensamento correu espontaneamente pela sua cabeça. Nem sequer longe o bastante.

— Cerca de 30 quilômetros. Você escolhe. — Ele passou para o acostamento da estrada e indicou um restaurante de um lado e uma barraca de hambúrguer do outro.

— Vou ficar com um hambúrguer. Se pudermos sentar na praia.

— Não há nada que eu aprecie mais que um encontro barato.

A. J. se revelou.

— Isto não é um encontro.

— Eu esqueci. Você pode pagar sua parte. — Ele nunca a ouvira rir assim antes. Natural, feminina, atrevida. — Só por isso vou correndo. — Mas ele não a tocou enquanto caminharam até a barraca. — O que vai ser?

— O hambúrguer jumbo, batata frita grande e o *supershake*. Chocolate.

— Pedido de respeito.

Enquanto esperavam, eles observaram alguns nadadores do começo da noite chapinhando nas partes rasas. As gaivotas deram um voo rasante, chilreando e flanando, esperando doações. David deixou-as desapontadas quando pegou os sacos de papel.

— Para onde?

— Lá embaixo. Gosto de ficar observando. — A. J. caminhou na praia, ignorando sua saia de linho, e deixou-se cair na areia. — Não vou à praia com frequência suficiente. — Ela tirou os sapatos e colocou os pés com meias na areia de modo que sua saia subiu até as coxas. David deu uma boa e longa olhada antes de se sentar a seu lado.

— Nem eu — disse ele, perguntando-se como aquelas pernas, e todo o resto dela, ficariam num biquíni.

— Acho que fiz uma cena e tanto.

— Creio que sim. — Ele pegou o hambúrguer e o entregou a ela.

— Odeio fazer isso — disse ela, e deu uma mordida feroz. — Não tenho fama de ser uma agente desagradável ou brigona, apenas durona. Só perco a objetividade com Clarissa.

Ele enfiou os copos de papel na areia.

— A objetividade vai para o espaço quando amamos alguém.

— Ela é tão boa! Não falo apenas do que ela faz, mas por dentro. — A. J. pegou as batatas que ele ofereceu e mordiscou uma. — As pessoas boas podem se machucar com muito mais facilidade que as outras, sabia? E ela é tão disposta a dar-se! Se ela desse tudo o que quisesse, não sobraria nada.

— Então você está aí para protegê-la.

— É isso mesmo. — Ela se virou em sinal de desafio.

— Não estou discutindo com você. — Ele levantou uma das mãos. — Por alguma razão, gostaria de entender.

Dando uma pequena risada, ela olhou para o mar.

— Você tinha que estar lá.

— Por que não me conta como foi? A sua adolescência?

Ela nunca a discutira com ninguém. Mas também nunca se sentou numa praia para comer hambúrgueres com parceiros de negócios. Talvez fosse um dia para as primeiras vezes.

— Ela foi uma mãe maravilhosa. É. Clarissa é tão amável, tão generosa...

— Seu pai?

— Ele morreu quando eu tinha 8 anos. Era vendedor, então passava muito tempo fora. Era um bom vendedor — acrescentou com o espectro de um sorriso. — Tivemos sorte neste ponto. Havia economias e um pouco de ações. O problema era que as contas não eram pagas. Não que faltasse dinheiro. Clarissa simplesmente se esquecia. Você pegava o telefone e ele estava mudo porque ela não lembrava onde tinha guardado a conta. Acho que foi aí que comecei a tomar conta dela.

— Você era extremamente jovem para isso.

— Não me importei. — Desta vez o sorriso floresceu completamente. Havia, como em sua mãe, as mais leves covinhas nas bochechas. — Eu era tão melhor do que ela em administrar. Tivemos um pouco mais de entrada assim que ela começou a ler as mãos e a fazer mapas. Ela realmente meio que desabrochou naquela época. Tem necessidade de ajudar as pessoas, de dar-lhes... não sei... tranquilidade. Esperança. Todavia, foi uma época estranha. Morávamos num bairro bonito e as pessoas entravam e saíam de nossa sala de estar. Os vizinhos ficavam fascinados, e alguns vinham com regularidade para as leituras, mas do lado de fora havia uma certa distância. Era como se não estivessem bem certos de Clarissa.

— Deve ter sido desconfortável para você.

— De vez em quando. Ela estava fazendo o que tinha de fazer. Algumas pessoas afastaram-se de nós, da casa, mas ela não parecia notar. De qualquer forma, a coisa se espalhou e ela se tornou amiga dos Van Camp. Imagino que eu teria uns 12 ou 13 anos. Na primeira vez em que as estrelas de cinema apareceram na casa, fiquei boquiaberta. Dentro de um ano se tornou algo natural. Sei de atores que ligam para ela antes de aceitarem um papel. Ela sempre lhes dizia a mesma coisa. Eles tinham de confiar em seus sentimentos. A única coisa que Clarissa nunca fará é tomar decisões por outra pessoa. Mas, mesmo assim, eles ligavam. Então o menino dos Van Camp foi sequestrado. Acabei retirando-a para Newport Beach. Ela pode não se fazer notar lá, mesmo quando surgir outro caso.

— Houve os assassinatos de Ridehour.

Ela se levantou repentinamente e se aproximou do mar. David se levantou e caminhou com ela.

— Você não faz ideia de como ela sofreu por isso. — As emoções tremiam em sua voz quando abraçou a si própria. — Você não consegue imaginar que sofrimento algo assim pode causar em uma pessoa como Clarissa. Eu quis impedi-la, mas sabia que não podia.

Quando ela fechou os olhos, David pôs uma das mãos sobre seu ombro.

— Por que iria querer impedi-la se ela poderia ajudar?

— Ela se angustiava. Sofria. Meu Deus, ela quase viveu aquilo, mesmo antes de ser chamada. — Ela abriu os olhos e então se virou para ele. — Compreende que mesmo antes de ser chamada ela estava envolvida?

— Não tenho certeza de que compreendo.

— Não, não pode entender. — Ela balançou a cabeça de forma impaciente por esperar que sim. — Suponho que você tem de passar pela situação. Em todo caso, eles pediram ajuda. Não precisa mais do que isso com Clarissa. Cinco meninas mortas. — Ela fechou os olhos novamente. — Ela nunca fala disso, mas sei que ela viu todas elas. Eu sei. — Ela então afastou o pensamento, como sabia que tinha de fazer. — Clarissa vê suas habilidades como um dom... mas você não faz ideia da maldição que isso pode ser.

— Você gostaria que ela parasse. Encerrasse. É possível?

A. J. riu mais uma vez e passou as duas mãos pelo cabelo que o vento tinha desmanchado.

— Ah, sim, mas não para Clarissa. Já aceitei que ela precisa doar. Só me certifico para que não seja a pessoa errada a ganhar.

— E você? — Ele teria jurado que algo nela tinha congelado diante da pergunta casual. — Tornou-se uma agente para proteger sua mãe?

Ela relaxou novamente.

— Em parte. Mas aprecio o que faço. — Os olhos dela estavam límpidos mais uma vez. — Sou boa nisso.

— E a Aurora? — Ele passou as mãos em seus braços e subiu até os ombros.

Um desejo cresceu dentro dela, apenas com o toque. Ela o bloqueou.

— Aurora só está lá para Clarissa.

— Por quê?

— Porque sei como proteger a mim bem como à minha mãe.

— Do quê?

— Está ficando tarde, David.

— É. — Uma das mãos deslizou para a garganta. A pele dela estava macia ali, beijada pelo sol e macia. — Estou começando a pensar a mesma coisa. Nunca realmente terminei de te beijar, Aurora.

As mãos dele eram fortes. Ela notara antes, mas parecia fazer mais diferença agora.

— É melhor assim.

— Estou começando a achar isso também. Se eu pudesse descobrir por que desejo tanto.

— Dê um pouco de tempo. Passará.

— Por que não experimentamos? — Ele levantou uma das sobrancelhas ao olhar para ela. — Estamos numa praia pública. O sol não se pôs. Se eu beijá-la aqui, não pode passar disso, e talvez descobriremos por que nos amedrontamos mutuamente. — Quando ele a puxou para mais perto, ela se enrijeceu. — Está com medo? — Por que o fato de que talvez pudesse estar, apenas um pouco, o excitaria?

— Não. — Como tinha se preparado, ela quase acreditou que fosse verdade. David não teria o controle desta vez, disse a si mesma. Ela não permitiria. Deliberadamente, levantou os braços e os entrelaçou em volta de seu pescoço. Quando ele hesitou, ela comprimiu seus lábios nos dele.

Ele teria jurado que a areia se moveu sob seus pés. Tinha certeza de que o bater das ondas aumentara de volume até encher o ar como um trovão. Fora sua intenção controlar a situação de forma experimental. Mas as intenções mudaram quando as bocas se encontraram. O gosto dela era quente, frio, doce, picante. Ele tinha uma necessidade desesperada de descobrir em quais de seus sentidos confiar. Antes que um deles estivesse preparado, mergulhou no beijo e a arrastou consigo.

Rápido demais. A cabeça dela rodopiou com o pensamento. Longe demais. Mas o corpo ignorou o alerta e retesou-se contra o dele. Ela queria, e o desejo era mais nítido e mais intenso do que qualquer outro jamais fora. Ela precisava, e a necessidade era mais profunda e mais intensa do que qualquer outra. À medida que as sensações martelavam no seu corpo, os dedos enroscaram-se no cabelo dele. A ânsia por ele aumentou tão rapidamente que ela gemeu. Não era certo. Não podia ser certo. Todavia, o sentimento que formava um redemoinho em seu corpo era exatamente certo e sempre tinha sido.

Uma gaivota deu um voo rasante sobre suas cabeças e se foi, deixando apenas o passar de uma sombra, o eco de um som.

Quando eles se separaram, A. J. recuou. Com a distância veio um calafrio, mas ela o acolheu com alegria após o calor debilitante. Ela teria então se virado sem dizer uma única palavra, mas as mãos dele estavam sobre ela de novo.

— Venha para casa comigo.

Ela então teve de olhar para ele. A paixão, mal controlada, obscurecia seus olhos. O desejo, afiado com a tentação, tornava sua voz áspera. E sentia... demais. Se ela fosse, cederia demais.

— Não. — Sua voz não estava bem firme, mas foi decisiva. — Não quero isso, David.

— Nem eu. — Ele então parou. Não queria que as coisas fossem tão longe. Não queria sentir tanto. — Não estou certo de que isso vá fazer alguma diferença.

— Temos controle sobre nossas próprias vidas. — Quando ela olhou para o mar novamente, o vento jogou seu cabelo para trás, deixando o rosto sem moldura. — Sei o que quero e o que não quero na minha.

— Quer mudança. — Por que ele estava discutindo? Ela não disse nada que ele próprio não tivesse pensado.

— Só se nós as permitirmos.

— E se eu dissesse que queria você?

A pulsação na sua garganta bateu rapidamente, tão rápido que ela não sabia se as palavras seriam compreendidas por ele.

— Eu diria que você está cometendo um erro. Você estava certo, David, quando disse que eu não era o seu tipo. Siga seu primeiro impulso. É geralmente o melhor.

— Neste caso acho que preciso de mais dados.

— Faça o que bem entender — disse ela como se não fizesse diferença. — Tenho que voltar. Quero ligar para Clarissa e ter certeza de que ela está bem.

Ele pegou o braço dela pela última vez.

— Não poderá sempre usá-la, Aurora.

Ela parou e lançou-lhe o olhar frio e íntimo tão parecido com o de sua mãe.

— Eu não a uso, absolutamente — murmurou. — Esta é a diferença entre nós. — Ela se virou e fez o caminho de volta pela areia.

Capítulo 4

Havia o luar, parte dele, emitindo uma luz bruxuleante. Havia o aroma de jacintos — a mais leve fragrância na mais leve das brisas. De algum lugar vinha o som da água, correndo, borbulhando. Num assoalho de madeira de tábuas largas havia sombras, o encanto de um carvalho se mexendo do lado de fora da janela. Um quadro na parede atraiu a atenção e a manteve. Não era mais que cortes de linhas vermelhas e violeta sobre uma tela bem branca, mas de alguma maneira retratava energia, movimento, tensões com subcorrentes de sexo. Havia um espelho, mais alto do que a maioria. A. J. se viu refletida nele.

Ela parecia indistinta, etérea, perdida. Com sombras em toda volta parecia-lhe que podia simplesmente entrar no vidro e desaparecer. O calafrio que passou pelo seu corpo vinha não de fora, mas de dentro. Havia algo a temer aqui, algo tão nebuloso quanto seu próprio reflexo. O instinto lhe disse para fugir, e fugir rápido, antes que descobrisse o que era. Mas, ao se virar, algo obstruiu-lhe o caminho.

David estava entre ela e a fuga, as mãos firmes sobre os ombros dela. Quando ela o fitou viu que seus olhos estavam obscurecidos e impacientes. O desejo — dele ou dela — tornou o ar espesso, de modo que até respirar tornou-se um esforço.

Não quero isso. Ela disse isso? Simplesmente pensou? Embora não pudesse ter certeza, ouviu sua resposta com clareza suficiente, curta e aborrecida.

— Não pode continuar fugindo, Aurora. Nem de mim, nem de si mesma.

Ela estava então escorregando para dentro de um túnel muito escuro com extremidades suaves começando a incendiar.

A. J. fez um movimento brusco na cama e se sentou, ofegante e tremendo. Não viu o luar, mas os primeiros raios do sol entrando pelas janelas do quarto. O seu quarto, ela repetiu para si mesma enquanto retirava o cabelo desgrenhado pelo sono dos olhos. Não havia jacintos aqui, nem sombras, nem um quadro perturbador.

Um sonho, ela repetiu vezes sem fim. Tinha sido apenas um sonho. Mas por que tinha que ser tão real? Ela quase podia sentir a leve pressão sobre os ombros, onde as mãos dele haviam pressionado. A sensação turbulenta e agitada passando pelo seu sistema não desaparecera. E por que ela sonhara com David Brady?

Havia várias razões lógicas com as quais podia se confortar. Ele estivera em sua mente nas últimas semanas. Clarissa e o documentário se fixaram na sua cabeça e eles estavam emaranhados. Ela andara trabalhando muito, talvez demais, e o último descanso de verdade que tivera foram aqueles poucos minutos com ele na praia.

Todavia, era melhor não pensar nisso, no que havia acontecido, ou quase acontecera, no que tinha sido dito ou ficou sem ser dito. Seria melhor, muito melhor, pensar em horários, trabalho e obrigações.

Não haveria sono agora. Embora mal passasse das seis, A. J. empurrou as cobertas para o lado e se levantou. Algumas xícaras fortes de café puro e uma ducha fria a colocariam novamente em ordem. Tinham que colocá-la. Sua rotina estava intensa demais para permitir que desperdiçasse tempo se preocupando com um sonho.

A cozinha era espaçosa e muito organizada. Ela não permitia desordem, nem mesmo num cômodo onde passava pouco tempo. Os balcões e os utensílios tinham um branco brilhante, tanto pelo cuidado da sua empregada quanto por falta de uso. A. J. desceu os dois degraus que separavam a cozinha da área do *living* e encaminhou-se na direção do aparelho que melhor conhecia. A máquina de café.

Desligou o alarme automático, que iniciaria a preparação às 7:05, e o mudou para "Iniciar". Quando saiu do banho, 15 minutos depois, o cheiro de café — de normalidade — estava de volta. Ela bebeu a primeira xícara pura, pela cafeína e não pelo sabor. Embora estivesse uma hora adiantada, A. J. ateve-se à rotina. Nada tão tolo e sem substância como um sonho ia tirá-la do sério. Ela engoliu um punhado de vitaminas, preferindo-as a preocupar-se com o café da manhã, depois levou uma segunda xícara de café para o quarto para se vestir. Enquanto examinava o que seu armário continha, reviu seus compromissos do dia.

Brunch, uma combinação de café da manhã e almoço, com um cliente muito bem-sucedido e muito nervoso que estava sendo cortejado para uma série do horário nobre. Não faria mal algum examinar o roteiro para o programa-piloto mais uma vez antes de discutirem o assunto. Uma reunião na sua própria sala de conferência com os empregados antes do almoço vinha a seguir. Depois havia um almoço de negócios tardio com Bob Hopewell, que começara a escolher o elenco do seu novo filme. Ela tinha dois clientes que achava que eram feitos sob medida para os papéis principais. Após rever mentalmente seus compromissos, ela decidiu que precisava mesmo era de um toque de elegância.

Foi com um conjunto de seda cor de pêssego-claro. Atendo-se à rotina, estava vestida e em pé diante dos espelhos tamanho natural do seu armário em 20 minutos. Pensando melhor, pegou a pequena meia-lua que às vezes usava na lapela. Enquanto a estava fechando, o sonho voltou. Ela não parecia tão confiante, tão diferente, no sonho. Ela estava mais suave, não estava? Mais vulnerável.

A. J. levantou uma das mãos para tocar o vidro. Estava frio e liso. Apenas uma imagem. Tal como tinha sido apenas um sonho, ela se lembrou balançando a cabeça. Na realidade não podia dar-se o luxo de ser suave. A vulnerabilidade estava fora de questão. Uma agente nesta cidade seria comida viva se demonstrasse fraqueza. E uma mulher — uma mulher corria riscos terríveis se deixasse que um homem visse aquilo que é vulnerável. Ela não correria riscos.

Puxando a bainha do paletó, fez um último exame antes de agarrar a mala. Em menos de 20 minutos, estava destrancando a porta do conjunto de escritórios.

Não era algo incomum a própria A. J. abrir os escritórios. Desde que alugara seu escritório num prédio sem elevador no começo da carreira, desenvolveu o hábito de chegar antes dos empregados. Naqueles tempos seu pessoal consistia de uma recepcionista de meio expediente que sonhava com uma carreira de modelo. Agora tinha duas recepcionistas, uma secretária e uma assistente, bem como um monte de agentes. Acendou o interruptor de modo que a luz brilhasse sobre os vasos de bronze e as paredes cor-de-rosa. Nunca se arrependera de chamar um decorador. Havia classe aqui, classe discreta e atenuada com doses sutis de poder. Se tivesse deixado que ela decidisse, teria escolhido algumas mesas firmes e abajures clássicos.

Uma olhada rápida no relógio mostrou-lhe que ela podia fazer várias ligações para a Costa Leste. Deixou a única luz acesa na área da recepção e se trancou no escritório. Em meia hora já tinha acertado verbalmente deixar seu nervoso compromisso do *brunch* para depois e fazer um piloto de uma série semanal, lançar iscas antes da negociação de uma renovação de contrato para outro cliente que trabalhava num drama diário e colocar pressão num produtor ao recusar sua oferta do projeto de uma minissérie.

Uma boa manhã de trabalho, A. J. concluiu, refletindo sobre a avaliação do produtor de que ela era uma píton míope e interesseira. Ele faria uma contraproposta. Ela recostou-se na cadeira e deixou os sapatos caírem ao chão. Quando ele fizesse, sua cliente ganharia destaque nos créditos e 250 mil. Ele trabalharia para isso, A. J. pensou ao se esticar. Havia lido o roteiro e viu que o papel exigiria fisicamente e seria emocionalmente exaustivo. Ela compreendia quanto sangue e suor um bom ator colocava em um papel. Na sua opinião, eles mereciam cada centavo que pudessem ganhar, mas era função dela livrá-los da mão fechada do produtor.

Satisfeita, ela decidiu mergulhar na papelada antes que o telefone começasse a tocar. Então ouviu as passadas.

A princípio, apenas olhou para o relógio, perguntando-se quem seria tão cedo. Depois ocorreu-lhe que embora seu pessoal fosse bastante dedicado, ela não conseguia pensar em ninguém que viesse trabalhar 30 minutos antes da hora. Levantou-se, completamente decidida a ver com os próprios olhos, quando as passadas cessaram. Ela deveria simplesmente gritar, pensou, e depois lembrou-se de todos os filmes de *suspense* que tinha visto. A heroína confiante gritava, e depois se descobria presa num cômodo com um maníaco. Engoliu em seco e pegou um peso de papel feito de metal pesado.

As passadas recomeçaram, se aproximando mais. Mais ainda. Lutando para manter a respiração constante e serena, A. J. atravessou o carpete e parou ao lado da porta. As passadas pararam bem do outro lado. Com o peso de papel suspenso, pôs a mão na maçaneta, prendeu a respiração e a escancarou. David conseguiu agarrar seu pulso antes que ela o nocauteasse.

— Sempre recebe os clientes desta maneira, A. J.?

— Vá para o inferno! — Ela deixou o peso de papel cair no chão quando a sensação de alívio inundou-lhe o corpo. — Você me matou de susto, Brady! O que está fazendo entrando aqui sorrateiramente a esta hora?

— A mesma coisa que você está fazendo aqui a esta hora. Acordei cedo.

Como seus joelhos tremiam, ela cedeu à urgência de se sentar.

— A diferença é que este é o *meu* escritório. Posso entrar aqui a hora que eu quiser. O que deseja?

— Poderia alegar que não consigo ficar longe da sua personalidade reluzente.

— Corta essa.

— A verdade é que tenho que pegar o avião para Nova York para uma filmagem em locação. Estarei ocupado por alguns dias e queria que você passasse um recado a Clarissa para mim. — Não era absolutamente verdade, mas ele não se importou em mentir. Era mais fácil de engolir do que o fato de que precisava revê-la. Ele acordara naquela manhã sabendo que precisava vê-la antes de partir. Admita isso para uma mulher como A. J. Fields e ela correrá como o diabo ou lhe dará um passa-fora.

— Tudo bem. — Ela já estava de pé e buscando um bloco de anotações. — Terei prazer em passar a mensagem. Mas, da próxima vez, tente se lembrar que algumas pessoas atiram em outras que entram nos lugares antes da hora.

— A porta estava destrancada — salientou ele. — Não havia ninguém na recepção, então decidi ver se havia alguém por aqui antes de simplesmente deixar um recado.

Parecia razoável. Era razoável. Mas não condizia com A. J. ficar louca de medo antes das nove da manhã.

— Qual é o recado, Brady?

Ele não tinha a mais vaga ideia. Colocou as mãos nos bolsos e olhou rapidamente em volta do escritório em tom pastel meticulosamente em ordem.

— Lugar bonito — comentou. Ele notou que até mesmo os documentos com os quais ela obviamente estava trabalhando sobre a mesa estavam em pilhas organizadas. Não havia nem mesmo um clipe de papel fora do lugar. — Você é uma criatura organizada, não é?

— Sou. — Ela bateu o lápis impacientemente no bloco. — O recado para Clarissa?

— Como ela está, a propósito?

— Está bem.

Ele demorou-se um momento para ir examinar a única pintura que havia na parede. Uma paisagem marítima, muito tranquila e tranquilizante.

— Lembro-me de que você estava preocupada com ela... sobre o fato de ir jantar com Alex.

— Ela se divertiu muito — murmurou A. J. — Ela me disse que Alex Marshall foi um perfeito cavalheiro, com uma mente fascinante.

— Isso a incomoda?

— Clarissa não vê os homens. Não dessa maneira. — Sentindo-se uma idiota, ela largou o bloco sobre a mesa e caminhou até a janela.

— Há algo errado no fato de ela ver os homens? Desta maneira?

— Não, não, claro que não. É só...

— Só o quê, Aurora?

Ela não deveria estar discutindo sobre sua mãe, mas pouquíssimas pessoas sabiam de sua relação, então A. J. abriu-se antes que pudesse se conter:

— Ela fica meio ofegante e aérea sempre que o menciona. Eles passaram o dia juntos no domingo. No barco dele. Não me lembro de Clarissa jamais ter posto o pé num barco.

— Então ela está experimentando algo novo.

— É disso que tenho medo — revelou a meia-voz. — Tem alguma ideia do que é ver sua mãe nos primeiros estágios da paixão cega?

— Não. — Ele pensou no relacionamento confortável da sua própria mãe com o pai. Ela preparava o jantar e pregava seus botões. Ele tirava o lixo e consertava a torradeira. — Não posso dizer que já vi.

— Bem, não é o sentimento mais confortável, posso lhe dizer. O que sei sobre este homem, afinal de contas? Oh, ele é um adulador. Pelo que sei, tem sido um adulador com metade das mulheres no sul da Califórnia.

— Está escutando o que diz? — Com certo ar de riso, David juntou-se a ela na janela. — Você parece uma mãe importunando a filha adolescente. Se Clarissa fosse uma mulher comum de meia-idade, haveria um pouco de razão para se preocupar. Não acha que o fato de ela ser o que é lhe dá uma vantagem? Parece que ela julgaria o caráter das pessoas muito bem.

— Você não compreende. As emoções podem obstruir as coisas, principalmente quando se trata de algo importante.

— Se isto for verdade, talvez devesse olhar para suas próprias emoções. — Ele sentiu-a congelar. Não precisava tocá-la; não precisava se aproximar mais. Ele simplesmente sentia. — Você está deixando que sua afeição e preocupação em relação à mãe façam-na exagerar por uma coisa tão simples. Talvez devesse pensar em canalizar esta emoção para outra coisa.

— Clarissa é tudo pelo qual posso dar-me o luxo de demonstrar emoção.

— Um jeito estranho de expressar as coisas. Você pensa em suas próprias necessidades? Emocionais? — murmurou ele, e então correu uma das mãos pelo cabelo dela. — Físicas?

— Não é da sua conta. — Ela teria se virado, mas ele manteve a mão no seu cabelo.

— Você pode afastar várias pessoas. — Ele sentiu a primeira estocada da sua raiva quando ela olhou fixamente nos seus olhos. Por mais estranho que parecesse, ele gostara. — Acho que você seria extremamente boa em pegar a lança e expulsar os homens para fora do seu caminho. Mas não adiantará comigo.

— Não sei por que achei que poderia conversar com você.

— Mas você o fez. Isto deveria lhe dar algo para refletir.

— Por que está insistindo comigo? — perguntou ela, o fogo surgindo-lhe nos olhos. Ela lembrou-se do sonho com demasiada nitidez. O sonho, o desejo, os medos.

— Porque quero você. — Ele ficou perto, o bastante para que o cheiro dela o envolvesse. Perto o bastante de modo que as dúvidas e a desconfiança nos olhos dela se tornassem nítidas. — Quero fazer amor com você por muitíssimo tempo num lugar muito tranquilo. Quando acabarmos, talvez eu descubra por que parece que não consigo dormir por ficar sonhando com isso.

A garganta dela estava seca o bastante para doer e as mãos pareciam gelo.

— Já lhe disse uma vez que não durmo por aí.

— Isso é bom — murmurou ele. — Isso é muito bom, porque acho que nenhum de nós dois precisa de muitas comparações. — Ele ouviu o som da porta da frente dos escritórios se abrindo. — Parece que você está aberta para negócios, A. J. Apenas mais um recado pessoal. Estou disposto a negociar os termos, horários e locais, porém o mais importante é que vou passar mais de uma noite com você. Pense nisso.

A. J. venceu o impulso de pegar o peso de papel e atirar nele enquanto ele caminhava para a porta. Em vez disso, ela se lembrou de que era uma profissional e era hora do expediente.

— Brady.

Ele se virou com uma das mãos na maçaneta e sorriu para ela.

— Sim, Fields.

— Você não chegou a me dar o recado para Clarissa.

— Não dei? — Que se dane, decidiu. — Mande a ela minhas lembranças. Vejo você por aí, madame.

David nem mesmo sabia que horas eram quando destrancou a porta da sua suíte de hotel. A filmagem de dois dias se prolongara para três. Agora tudo o que tinha a fazer era descobrir que partes cortar e permanecer dentro do orçamento. Segundo as instruções, a empregada não tinha tocado as pilhas e pilhas de papel sobre a mesa na sala. Elas estavam como ele as deixara, uma mistura caótica de planilhas, programações e notas de produção.

Após um dia de trabalho de 12 horas, ele ordenara que seu pessoal fosse dormir. Ligou para o serviço de quarto e pediu um bule de café antes de sentar-se e começar a trabalhar. Após duas horas, estava bem satisfeito com os números para voltar a examinar os dois dias e meio de gravação.

O próprio Instituto Danjason de Parapsicologia tinha sido impressionante, e estranhamente formalista, à maneira dos institutos. Foi difícil imaginar que uma organização dedicada ao estudo de vergar colheres através da força de vontade e da telepatia pudesse ser formalista. A equipe de parapsicólogos com a qual trabalharam tinha sido árida e precisa como qualquer grupo de cientistas. Tão árida, na verdade, que David se perguntou se eles convenceriam a plateia ou simplesmente a fariam dormir. Ele teria que supervisionar a edição com cuidado.

A experiência tinha sido bastante interessante, concluiu. Pelo fato de utilizarem não apenas sensitivos mas também gente das ruas. A experiência e as conclusões foram feitas do modo científico mais rigoroso. Como foi feito? A aplicação da teoria de probabilidade matemática junto acumulação maciça de dados. Parecia formal e arrogante. Para David era adivinhação de carta.

No entanto, ao colocar equipamento sofisticado e pessoas inteligentes e altamente educadas juntos, ficou entendido que os fenômenos psíquicos estavam sendo estudados de modo sério e intenso. Estava apenas começando a ser reconhecida como ciência após décadas de lenta e exaustiva experimentação.

Então houve a entrevista em Wall Street com o corretor e médium de 32 anos. David soltou uma espiral de fumaça e a viu flutuar em direção ao teto enquanto deixava aquele segmento em particular rodar na sua cabeça. O homem não fizera segredo do fato de que utilizava suas habilidades para operar na Bolsa de Valores e multiplicar seu dinheiro. Era uma habilidade, ele explicara, tal como eram ler, escrever e calcular. Também alegara que vários altos executivos e algumas das companhias mais poderosas do mundo haviam utilizado poderes mediúnicos para chegar ao topo e lá permanecer. Ele descrevera a percepção extrassensorial como uma ferramenta tão importante no mundo dos negócios quanto um sistema de computação ou uma régua de cálculo.

Uma ciência, um negócio e um desempenho.

Fez com que David pensasse em Clarissa. Ela não lidou com tecnologia confusa nem encheu seu discurso de probabilidades matemáticas. Não discutiu as tendências do mercado ou a média do Índice Dow Jones. Simplesmente falara, de pessoa para pessoa. Quaisquer poderes que tivesse...

Balançando a cabeça, David se interrompeu. Preste atenção nisto, pensou enquanto corria as mãos pelo rosto.

Estava começando a acreditar em tudo, embora soubesse, devido à própria pesquisa, que para toda experiência de laboratório havia dezenas de charlatães tocadores de sino e controladores de cartas enganando uma plateia ingênua. Engoliu fumaça em uma garganta já afetada antes de apagar o cigarro. Se não continuasse a olhar para o documentário de forma objetiva, teria uma bagunça tendenciosa nas mãos.

Mas, mesmo olhando objetivamente, podia ver Clarissa como o centro do trabalho. Podia ver o eixo sobre o qual todo o resto se apoiava. Com os olhos semicerrados, David podia imaginar — a entrevista com os parapsicólogos de olhos sombrios e jalecos brancos, com suas absurdas condições laboratoriais. E então um corte para Clarissa conversando com Alex, falando mais ou menos da mesma coisa no seu estilo mais simples. Depois haveria a parte do corretor no seu escritório nos píncaros de Wall Street, depois novamente de volta para Clarissa, sentada no cômodo sofá. Ele teria o mentalizador de *smoking* que haviam obtido em Las Vegas fazendo sua rápida e vistosa apresentação. Depois Clarissa de novo, calmamente identificando as cartas sem olhar para elas. Contrastes, ângulos, informação, mas tudo levaria de volta a Clarissa DeBasse. Ela era o gancho — instinto, intuição ou poderes paranormais, ela era o gancho. Ele quase podia ver o desdobrar do produto acabado.

No entanto, queria o grande lance, algo com energia e drama. Isto o trazia de volta a Clarissa. Precisava daquela entrevista com Alice Van Camp, e outra com alguém que estivera diretamente envolvido no caso Ridehour. A. J. poderia tentar obstruir seu caminho. Ele simplesmente teria que passar por cima dela.

Quantas vezes pensara nela nos últimos três dias? Vezes demais. Com que frequência flagrava sua mente sendo levada de volta àqueles momentos na praia? Com frequência demasiada. E quanto ele queria abraçá-la assim novamente, junto e firme? Muitíssimo.

Aurora. Ele sabia que era perigoso pensar nela como Aurora. Aurora era meiga e acessível. Era apaixonada e generosa e só um pouquinho insegura. Todavia, seria mais inteligente ele se lembrar de A. J. Fields, intransigente e irritadiça ao extremo. Mas era tarde e seu quarto estava quieto. Era em Aurora que pensava. Era Aurora que ele queria.

Por impulso, David pegou o telefone. Apertou as teclas rapidamente, sem dar-se chance de pensar no ato. O telefone tocou quatro vezes antes de ela responder.

— Fields.

— Bom dia.

— David? — A. J. levantou o braço para segurar a toalha antes que ela escorregasse do seu cabelo pingando.

— Sim. Como está?

— Molhada. — Ela trocou o fone de mão enquanto se esforçava para vestir um roupão. — Acabei de sair do banho. Algum problema?

O problema era, refletiu ele, que estava a quase cinco mil quilômetros de distância e se perguntava qual seria a aparência de sua pele brilhando com a água. Tentou pegar outro cigarro e encontrou o maço vazio.

— Não. Deveria haver?

— Geralmente não recebo ligações a esta hora, a menos que haja um. Quando voltou?

— Não voltei.

— Não? Quer dizer que ainda está em Nova York?

Ele recostou-se na cadeira e fechou os olhos. Engraçado. Não tinha percebido o quanto queria ouvir a voz dela.

— Da última vez que vi.

— São só dez horas aí. O que está fazendo de pé tão cedo?

— Ainda não fui dormir.

Desta vez não foi rápida o bastante para agarrar a toalha antes que ela aterrissasse nos seus pés descalços. Ignorou-a quando arrastou os dedos pelo emaranhado de cabelo molhado.

— Entendo. A vida noturna em Manhattan exige muito, não é?

Ele abriu os olhos para olhar rapidamente as pilhas de documentos, bandejas transbordando e xícaras de café vazias.

— É. É dançar até o alvorecer.

— Tenho certeza. — Ela franziu as sobrancelhas e curvou-se para pegar a toalha. — Bem, você deve ter algo importante na cabeça para interromper a badalação e ligar. O que é?

— Queria falar com você.

— Assim imaginei. — Ela começou, de forma mais áspera do que o necessário, a esfregar a toalha no cabelo. — Sobre o quê?

— Nada.

— Brady, você andou bebendo?

Ele deu uma risada rápida e se recostou novamente. Não conseguia se lembrar da última vez em que tinha comido.

— Não. Não acredita em conversas amistosas, A. J.?

— Claro, mas não entre agentes e produtores a longa distância no raiar do dia.

— Experimente algo diferente — sugeriu ele. — Como está?

Cautelosa, ela se sentou na cama.

— Estou bem. Como está você?

— Assim está bom. É um começo muito bom. — Dando um bocejo, ele percebeu que poderia dormir na cadeira sem nenhum problema. — Para falar a verdade, estou um pouco cansado. Passamos a maior parte do dia entrevistando parapsicólogos que utilizam computadores e equações matemáticas. Conversei com uma mulher que alega ter tido meia dúzia de experiências extracórporeas. As projeções astrais.

Ela não conseguiu impedir o sorriso.

— Sim, ouvi falar da expressão.

— Diz que viajou para a Europa assim.

— Economiza na passagem de avião.

— Imagino que sim.

Ela sentiu uma pequena pontada de compaixão, um pequeno vislumbre de diversão.

— Está com dificuldades de separar o joio do trigo, Brady?

— Pode-se dizer isso. De qualquer forma, parece que vamos passar um tempo na Costa Leste. Uma quiromante nas montanhas a oeste de Maryland, uma casa na Virgínia que é assombrada por uma garota e um gato. Existe um hipnotizador na Pensilvânia especializado em regressão.

— Fascinante. Parece que você vai ter toneladas de divertimento.

— Penso se você não teria nenhum negócio que a trouxesse para estas bandas.

— Não, por quê?

— Digamos apenas que não me importaria em ver você.

Ela tentou ignorar o fato de que a ideia a agradava.

— David, quando você coloca as coisas desta maneira, fico fraca nos joelhos.

— Não sou muito de linguagem poética. — Ele não estava levando isso exatamente como planejado, pensou, franzindo as sobrancelhas. Além disso, não tinha se dado tempo para planejar. Sempre um erro. — Veja bem. Se eu dissesse que andava pensando em você, que queria vê-la, você simplesmente diria alguma coisa detestável. Eu acabaria tendo uma discussão em vez de uma conversa.

— E você não pode se dar ao luxo de ultrapassar o orçamento.

— Viu? — No entanto, o fato o divertiu. — Vamos fazer uma pequena experiência aqui. Tenho assistido experiências há dias e acho que aprendi.

A. J. recostou-se na cama. Não lhe ocorreu o fato de que já estava dez minutos atrasada.

— Que tipo de experiência?

— Você diz alguma coisa bonita para mim. Como será totalmente artificial, então começaremos com esta premissa... Prossiga — sugeriu ele após 15 segundos de completo silêncio.

— Estou tentando pensar em alguma coisa.

— Não banque a engraçadinha, A. J.

— Tudo bem. Aqui vai. O seu documentário sobre as mulheres no governo foi muito informativo e completamente imparcial. Achei que mostrava uma ausência surpreendente de chauvinismo masculino ou feminino.

— É um começo, mas por que não tenta algo um pouco mais pessoal?

— Mais pessoal — refletiu ela, e sorriu para o teto. Quando foi a última vez em que flertara pelo telefone deitada na cama? Já tinha feito isso? Achou que não fazia mal nenhum, a uma distância de cinco mil quilômetros, sentir-se como se tivesse 16 anos e frívola. — Que tal esta? Se um dia você decidir que quer experimentar o outro lado da câmera, posso torná-lo um astro.

— Clichê demais — decidiu David, mas se pegou sorrindo.

— Você é muito implicante. Que tal se eu dissesse que acho que você poderia, apenas poderia, dar um companheiro interessante? Não é difícil olhar para você, e sua cabeça não é tão obtusa.

— Está ficando morno, A. J.

— É pegar ou largar.

— Por que não levamos a experiência para a próxima fase? Passe uma noite comigo e descubra se sua hipótese está correta.

— Receio não poder largar tudo aqui e voar para a Pensilvânia, ou onde quer que seja, para testar uma teoria.

— Estarei de volta no meio da semana que vem.

Ela hesitou, admoestou-se, e depois agiu por impulso.

— *Double Bluff* vai estrear aqui na próxima semana. Sexta-feira. Hastings Reed é um dos meus clientes. Ele certamente vai roubar o Oscar.

— De volta aos negócios, A. J.?

— Por acaso tenho dois ingressos para a pré-estreia. Você compra a pipoca.

Ela o surpreendera. Passando o telefone para a outra mão, David teve o cuidado de falar de modo informal.

— Um encontro?

— Não confie demais na sorte, Brady.

— Pegarei você na sexta.

— Às oito — disse ela, já se perguntando se estava cometendo um erro. — Agora vá dormir. Tenho que ir trabalhar.

— Aurora.

— Sim?

— Pense em mim de vez em quando.

— Boa noite, Brady.

Ela desligou o telefone e depois se sentou com ele aninhado no colo. O que tinha dado nela para fazer isso? Era sua intenção dar as entradas e ver o filme quando o burburinho tivesse cessado. Em primeiro lugar, não ligava para pré-estreias resplandecentes. E, o mais importante, sabia que passar uma noite com David Brady era uma tolice. E perigoso.

Quando foi a última vez em que se permitiu ser seduzida por um homem? Um milhão de anos atrás, lembrou-se, dando um suspiro. E onde isso a tinha levado? Ao choro e à repulsa de si mesma. Mas não era mais criança, recordou. Era uma mulher bem-sucedida e autoconfiante que podia lidar com dez David Brady numa mesa de negociação. O problema era que não tinha certeza de que poderia lidar com apenas um dele em qualquer outro lugar.

Soltou um longo suspiro antes de seu olhar passar pelo relógio. Com um palavrão abafado, saltou da cama. Que se dane David Brady e sua própria insensatez. Ela ia se atrasar.

Capítulo 5

Ela comprou um vestido novo. A. J. disse a si mesma que, como agente-representante do ator principal num importante filme pré-estreando em Hollywood, via-se obrigada a comprar um. Mas sabia que o tinha comprado para Aurora, não para A. J.

Às cinco para as oito da sexta à noite ficou diante do espelho e examinou o resultado. Nada de conjunto chique e profissional agora. Mas talvez ela não pudesse ter ido longe desta vez na outra direção.

No entanto, era preto. Preto era prático e estava sempre na moda. Ela virou para ver o lado direito e então saiu. Certamente não era vulgar. Mas, no geral, talvez tivesse sido mais prudente ter escolhido algo mais conservador que o tubinho de seda preta sem alças e quase aberto nas costas. De frente, era provocante. De lado, inteiramente sugestivo. Por que não tinha notado no vestiário como o tecido grudava ao corpo? Talvez tivesse notado, admitiu, expirando longamente. Talvez fosse frívola o suficiente, tola o suficiente, para comprá-lo porque não fazia com que se sentisse como agente ou qualquer outro tipo de profissional. Simplesmente a fazia sentir-se mulher. Isso ia causar problema.

De qualquer forma, poderia resolver parte do problema com um pequeno casaco de contas. Satisfeita, pegou um pesado medalhão de prata preso a grossos elos. Justamente quando o estava prendendo, A. J. ouviu a porta. Demorando-se, calçou os sapatos que estavam ao pé da cama, verificou o que havia na bolsa e pegou o casaco de contas. Lembrando-se de pensar em todo o processo como uma experiência, abriu a porta para David.

Não esperava que lhe trouxesse flores. Ele não parecia o tipo de gestos românticos tradicionais. Como parecia estar tão confuso quanto ela, eles simplesmente ficaram parados por um momento, se olhando fixamente.

Ela estava estonteante. Ele nunca a achara bonita antes. Atraente, sim, e sexy no sentindo mais frio e mais distante. Mas esta noite estava de tirar o fôlego. O vestido não reluzia, não brilhava, mas simplesmente fluía com as linhas longas e sutis do seu corpo. Era o suficiente. Mais do que o suficiente.

Ele deu um passo à frente. Limpando a garganta, A. J. deu um passo para trás.

— Bem na hora — comentou ela, e tentou sorrir.

— Já estou me arrependendo de não ter vindo cedo.

A. J. aceitou as rosas e esforçou-se para não demonstrar interesse, quando queria enterrar o rosto nelas.

— Obrigada. São lindas. Gostaria de uma bebida enquanto as coloco na água?

— Não. — Só olhar para ela era suficiente.

— Só vou demorar um minuto.

Enquanto ela se afastava, seu olhar passou da sua nuca para as omoplatas e as costas macias generosamente expostas até a cintura, onde o tecido do vestido mais uma vez se impunha. Quase fez com que mudasse de opinião sobre a bebida.

Para manter a cabeça longe de loiras altas com pele suave, ele deu uma olhada no apartamento. Não parecia ter o mesmo gosto para decoração de Clarissa.

A sala era fria, tão fria quanto sua ocupante, e igualmente aerodinâmica. Ele não podia culpar as cores gélidas ou as linhas ordenadas, mas se perguntava exatamente quanto de si Aurora Fields tinha colocado no lugar onde morava. À maneira do seu escritório, não havia nada fora do lugar. Não havia lembranças frívolas expostas para inspeção pública. A sala tinha classe e estilo, mas nada da paixão que ele encontrara na mulher. E não revelava segredos, nem mesmo um sussurro. Ele viu-se mais determinado do que nunca a descobrir quantos ela tinha.

Quando A. J. voltou, ela estava firme. Tinha arrumado as rosas em uma de suas raras extravagâncias — um vaso alto e fino de cristal Baccarat.

— Como você está pronto, nós podemos chegar lá um pouquinho cedo e olhar as celebridades. É diferente de lidar com elas num almoço de negócios ou assistindo a uma filmagem.

— Você está parecendo uma bruxa — murmurou ele. — Pele branca, cabelo preto. Quase dá para sentir o cheiro de enxofre.

As mãos dela não estavam mais firmes ao pegar o casaco.

— Tive uma antepassada que foi queimada como bruxa.

Ele pegou o casaco dela, lamentando o fato de que assim que ele fosse vestido muito do seu corpo estaria coberto.

— Acho que não deveria estar surpreso.

— Em Salem, durante os anos loucos. — A. J. tentou ignorar como os dedos dele se prolongaram ao ver o casaco nela. — Claro que ela não era mais bruxa que Clarissa, mas era... especial. Segundo os diários e documentos que Clarissa reuniu, ela tinha 25 anos e era muito bonita. Cometeu o erro de alertar seus vizinhos para um incêndio no celeiro dois dias antes de acontecer.

— Então foi julgada e executada?

— As pessoas geralmente têm reações violentas ao que não compreendem.

— Conversamos com um homem em Nova York que está tendo um grande e súbito sucesso na Bolsa de Valores ao "ver" as coisas antes de acontecerem.

— Os tempos mudam. — A. J. pegou a bolsa e depois parou na porta.

— Ela morreu sozinha e sem um tostão. Seu nome era Aurora. — Ela levantou uma das sobrancelhas quando ele não disse nada. — Vamos?

David colocou sua mão sobre a dela quando a porta se fechou atrás deles.

— Tenho a sensação de que ter um parente executado como bruxa é muito significativo para você.

Depois de dar de ombros A. J. retirou a mão da dele para apertar o botão do elevador.

— Nem todos têm um na sua árvore genealógica.

— E?

— E digamos que eu tenha um bom conhecimento de como as opiniões podem ser diferentes. Elas se estendem desde a condenação cega até a fé cega. Os dois extremos são perigosos.

Ao entrar no elevador, ele disse, considerando as circunstâncias:

— E você se esforça bastante para proteger Clarissa dos dois extremos.

— Exatamente.

— E você? Está se defendendo ao manter segredo da sua relação com Clarissa?

— Não preciso me defender da minha mãe. — Ela havia passado pela porta antes de conseguir controlar sua onda de mau humor. — É mais fácil para mim trabalhar para ela se mantivermos o relacionamento familiar fora disso.

— Lógico. Acho você consistentemente lógica, A. J.

Ela não tinha plena certeza de que era um elogio.

— E existe o fato de que sou muito acessível. Não queria que os clientes corressem a mim para pedir a minha mãe para lhes dizer onde tinham perdido seu anel de diamantes. O seu carro está no estacionamento?

— Não. Estamos bem em frente. E eu não estava criticando, Aurora. Apenas perguntando.

Ela sentiu o mau humor desaparecer tão rapidamente quanto tinha surgido.

— Tudo bem. Costumo ficar um pouco sensível quando envolve Clarissa. Não estou vendo o carro — começou a dizer, passando os olhos distraidamente por uma limusine cinza antes de voltar a observar com as sobrancelhas levantadas. — Ora — ela murmurou. — Estou impressionada.

— Bom. — O motorista já estava abrindo a porta. — Esta era a ideia.

A. J. aconchegou-se. Já tinha viajado de limusine vezes sem fim, acompanhando clientes, deixando-os ou pegando-os no aeroporto. Mas nunca dava como certa tamanha comodidade. Ao permitir-se o prazer, ela viu David retirar uma garrafa do gelo.

— Flores, limusine e agora champanhe. Estou impressionada, Brady, mas também...

— Vai estragar — ele terminou enquanto retirava a rolha como um especialista. — Lembre-se de que estamos testando sua teoria de que eu daria uma companhia interessante. — Ele ofereceu-lhe uma taça. — Como estou indo?

— Bem até agora. — Ela deu um gole e apreciou. Se havia tido experiência com qualquer coisa, lembrou-se, era em como manter um relacionamento leve e sem exigências. — Receio que estou mais acostumada a paparicar do que ser paparicada.

— Qual é a sensação de estar do outro lado?

— Um pouquinho boa demais. — Ela retirou os sapatos e deixou os pés afundarem no carpete. — Eu poderia ficar sentada e rodando por várias horas.

— Por mim tudo bem. — Ele correu um dos dedos ao lado da sua garganta até a ponta do casaco. — Quer deixar o filme para lá?

Ela sentiu o tremor começar onde deslizava seu dedo, e depois percorrer todo o caminho até a boca do estômago. Ela compreendeu claramente que ainda não estava acostumada com David Brady.

— Acho que não. — Ela secou a taça e estendeu-a para ser enchida novamente.

— Acho que você vai a muitas delas.

— Pré-estreias? — Ele colocou champanhe na sua taça até ela efervescer na borda. — Não. Hollywoodianas demais.

— Oh. — Com um brilho nos olhos, A. J. olhou rapidamente em volta da limusine. — Entendo.

— Esta noite parecia ser uma exceção. — Ele fez um brinde a ela, apreciando a maneira como se sentava com uma elegância tão descuidada no canto suntuoso da limusine. Ali era seu lugar. Agora. Com ele. — Como representante de alguns dos maiores nomes do negócio, você deve vir a essas coisas algumas vezes por ano.

— Não. — Os lábios de A. J. se curvaram ao bebericar o champanhe. — Eu as odeio.

— Está falando sério?

— Completamente.

— Então, o que é que estamos fazendo?

— Experimentando — ela lembrou-lhe e largou a taça quando a limusine parou no meio-fio. — Apenas experimentando.

Havia uma multidão de pessoas aglomeradas nas partes cercadas por cordas na entrada do cinema. O clique das câmeras, o espocar dos flashes. Não parecia importar para a multidão que o casal descendo da limusine não fosse rostos reconhecíveis. Era Hollywood. Era noite de estreia. Era o auge do esplendor. A. J. e David foram aplaudidos e ovacionados. Ela piscou duas vezes quando três *paparazzi* colocaram as câmeras em seu rosto.

— Incrível, não é? — murmurou ele ao conduzi-la em direção à entrada.

— Faz com que lembre da razão pela qual agencio em vez de atuar. — Numa defesa instintiva da qual ela não se deu conta, ela se afastou das câmeras. — Vamos encontrar um canto escuro.

— Eu topo.

Ela teve que rir.

— Você nunca desiste.

— A. J.! A. J., *querida*!

Antes que ela pudesse reagir, ela se viu espremida num busto macio e generoso.

— Merinda, que bom te ver.

— Oh, não consigo expressar o quanto estou emocionada de você estar aqui. — Merinda MacBride, a queridinha do momento de Hollywood, afastou-a de forma teatral. — Um rosto amigo, sabe como é. Estas coisas são uns zoológicos.

Ela brilhava dos pés à cabeça, dos diamantes que pendiam nas orelhas ao vestido de lantejoulas que parecia ter sido pintado sobre ela por um artista grato. Ela lançou um sorriso a A. J. que teria derretido chocolate a dez passos.

— Você está divina.

— Obrigada. Você não está sozinha?

— Ah, não. Estou com Brad... — Após um minuto de hesitação, ela sorriu novamente. — Brad — repetiu, como se tivesse decidido que os sobrenomes não fossem importantes. — Ele está pegando uma bebida para mim. — Seu olhar mudou de posição e fixou-se em David. — Você não está sozinha também.

— Merinda MacBride, David Brady.

— Um prazer. — Ele pegou-lhe a mão e, embora ela tivesse virado os nós dos dedos para cima em sinal de expectativa, não a trouxe aos lábios. — Já vi o seu trabalho e o admiro.

— Ora, obrigado. — Ela o examinou, avaliou e classificou em questão de segundos. — Somos clientes em comum da firma da A. J.?

— David é produtor. — A. J. viu os olhos azuis de bebê de Merinda se aguçarem. — De documentários — acrescentou, entretida. — Talvez você tenha visto um pouco do seu trabalho na televisão pública.

— Claro. — Ela sorriu exultante para ele, embora nunca tivesse assistido à televisão pública na sua vida e não tinha intenção de começar. — Admiro muitíssimo os produtores. Principalmente os atraentes.

— Tenho alguns roteiros que a interessariam — disse A. J. para desviar sua atenção.

— Oh? — Instantaneamente, Merinda largou o número de mulher sedutora. A. J. Fields não recomendava um roteiro a menos que houvesse conteúdo nele. — Mande-os para mim.

— Segunda-feira bem cedinho.

— Bem, tenho de encontrar Brad antes que ele se esqueça de mim. David. — Ela lançou-lhe seu claro olhar ardente. Documentários ou não, ele era produtor. E muito atraente. — Espero nos encontrarmos mais uma vez. — Obrigada, A. J. — Ela beijou o seu rosto de leve. — Vamos almoçar.

— Em breve.

David mal esperou que ela estivesse onde não pudesse mais ouvi-los.

— Você lida com isso o tempo *todo*?

— Ssh!

— Eu quero dizer o tempo *todo* — continuou ele, observando enquanto os quadris firmemente cobertos de Merinda cortavam a multidão. — Todo dia. Como é que você não enlouquece?

— Merinda pode ser um pouco dramática demais, mas se você já viu qualquer de seus filmes, saberá o quanto é talentosa.

— A mulher parecia carregada de talento para mim — começou ele, mas parou de sorrir quando A. J. franziu as sobrancelhas. — Como *atriz* — ele continuou. — Achei que ela estava excepcional em *Only One Day.*

A. J. mal conseguiu conter o sorriso. Tinha corrido várias semanas para conseguir aquele papel para Merinda.

— Então você viu seus filmes.

— Não moro numa caverna. Aquele filme foi o primeiro que não... digamos, se concentrava em sua anatomia.

— Foi o primeiro em que a representei.

— Ela tem sorte ao escolher agentes.

— Obrigada, mas vale nos dois sentidos. Merinda é uma propriedade de alto valor.

— Se vamos passar a noite juntos, é melhor eu não tocar nela.

Foram interrompidos mais uma meia dúzia de vezes antes de conseguirem entrar no cinema. A. J. esbarrou com clientes, conhecidos e parceiros, cumprimentou, beijou e elogiou enquanto rejeitava convites para festas após a sessão.

— Você é muito boa nisso. — David pegou dois assentos no corredor perto do fundo do cinema.

— Parte do trabalho. — A. J. se recostou. Não havia nada que gostasse tanto quanto uma noite no cinema.

— Um pouco cansada, A. J.?

— Cansada?

— Impassível ao *glamour* de tudo isso, sem se deixar afetar pelo sistema de estrelas. Você não tem nenhuma emoção em particular ao trocar beijos e abraços com alguns dos maiores e mais respeitados nomes do negócio.

— Negócio — repetiu ela, como se isso explicasse tudo. — Não é estar cansada... é ser sensata. E a única vez que vi você boquiaberto foi quando se viu cara a cara com três polegadas de decote numa loira de 1,80m. Ssh — ela murmurou antes que ele pudesse comentar. — Começou e odeio perder os créditos iniciais.

Com o cinema escuro e a plateia quieta, A. J. lançou-se para dentro do filme. Desde sua infância, ela fora capaz de se transportar para a grande tela. Ela não chamaria de "fuga". Não gostava da palavra. Chamava de "envolvimento". O ator que fazia o papel principal era cliente seu, um homem que ela conhecia intimamente e a quem havia consolado em dois divórcios. Os aniversários de seus três filhos estavam anotados em sua agenda. Ela ouviu suas arengas, suas reclamações, suas dúvidas. Era tudo parte do trabalho. Mas no momento em que o via no filme, ele era para ela o papel que desempenhava e nada mais.

Cinco minutos depois, não estava mais num cinema lotado em Los Angeles, mas sim numa casa grande em Connecticut. E havia um assassinato sendo planejado. Quando as luzes se apagaram e houve o estrondo do trovão, ela agarrou o braço de David e encolheu-se no assento. Não sendo do tipo que deixa escapar uma velha oportunidade, ele passou um dos braços em volta dela.

Quando foi a última vez, ele se perguntou, que se sentara num cinema com o braço em volta de sua companhia? Concluiu que tinha sido perto de 20 anos, e ele sentia muita falta. Direcionou a atenção para o filme, mas foi distraído pelo seu cheiro. Ainda era leve, pouco discernível, porém preenchia seus sentidos. Ele tentou se concentrar na ação e no drama na tela. A. J. prendeu a respiração e aproximou-se dois centímetros. A tensão na tela parecia muito prosaica comparada à dele. Quando as luzes se acenderam, ele se viu lamentando de que não havia mais algo como programação dupla.

— Foi bom, não foi? — Com os olhos brilhando de prazer, ela se virou para ele. — Foi realmente muito bom.

— Muito bom — concordou ele, e levantou a mão para brincar com sua orelha. — E se o aplauso representa alguma indicação, seu cliente foi um sucesso.

— Graças a Deus. — Ela deu um suspiro de alívio antes de se afastar para interromper o que estava se tornando um contato enervante. — Eu o convenci a fazer o papel. Se ele tivesse fracassado, minha cabeça rolaria.

— E agora que ele pode receber críticas favoráveis?

— Será por causa de seu talento — disse ela naturalmente. — E é bastante justo. Você se importaria se saíssemos antes de ficar uma loucura?

— Eu preferiria. — Ele se levantou e a conduziu pelos grupos de pessoas que já estavam se formando nos corredores. Não tinham andado três metros e o nome de A. J. foi chamado três vezes.

— Aonde você vai? Está fugindo? — Hastings Reed, 1,90m de puro sexo e virilidade, obstruiu o corredor. Ele estava animado com a vitória de ver-se triunfar na tela e nervoso de que talvez pudesse ter julgado mal a reação da plateia. — Você não gostou?

— Foi maravilhoso. — Compreendendo sua necessidade de ser tranquilizado, A. J. ficou na ponta dos pés para beijar de leve seu rosto. — Você estava maravilhoso. Nunca esteve melhor.

Ele devolveu o elogio com um abraço de esmagar os ossos.

— Temos que esperar pelas críticas.

— Prepare-se para aceitar os elogios humildemente e de boa vontade. Hastings, este é David Brady.

— Brady? — Quando Hastings pegou a mão de David, seu rosto gravado em bronze ficou vincado, franzindo as sobrancelhas. — Produtor?

— É isso mesmo.

— Meu Deus, eu adoro seu trabalho. — Já nos ares, Hastings apertou a mão de David seis vezes antes de finalmente soltá-la. — Sou presidente honorário dos Direitos das Crianças Maltratadas. O seu documentário fez um trabalho excelente de levantar a questão e conscientizar as pessoas. Na verdade, foi o que fez eu me envolver em primeiro lugar.

— É bom ouvir isso. Queríamos fazer as pessoas pensarem.

— Fez-me pensar. Eu tenho filhos. Preste atenção. Lembre-se de mim se um dia fizer uma continuação. Sem honorários. — Ele sorriu para A. J. — Ela não ouviu isso.

— Ouviu o quê?

Ele riu e a puxou para junto de si mais uma vez.

— Esta mulher é incrível. Não sei o que teria feito sem ela. Não ia aceitar este papel, e ela me atormentou até aceitá-lo.

— Eu nunca atormento — disse ela de forma suave.

— Reclamações, tormentos e intimidações. Graças a Deus. — Ele sorriu e finalmente deu uma boa olhada nela. — Nossa, mas você parece algo que um homem poderia engolir imediatamente. Nunca a vi vestida assim.

Para encobrir um rápido rubor de constrangimento, ela levantou os braços para endireitar a gravata.

— E pelo que me lembro, na última vez que vi você, estava usando *jeans* e cheirando a cavalo.

— Acho que sim. Você vai ao Chasen's?

— Na verdade, eu...

— Você vai. Veja bem. Tenho algumas entrevistas rápidas, mas te verei lá em meia hora. — Ele afastou-se dois passos e foi engolido na multidão.

— Ele tem uma... personalidade incrível — comentou David.

— Para dizer o mínimo. — A. J. olhou rapidamente para o relógio. Ainda estava cedo. — Acho que eu deveria pelo menos dar as caras, visto que ele contará com isso. Posso pegar um táxi se você preferir não ir.

— Já ouviu alguma coisa sobre ir embora com o sujeito que a trouxe?

— Isto não é dança rural — salientou A. J. enquanto avançavam pela multidão que se deixava ficar.

— As mesmas regras se aplicam. Posso dar conta do Chasen's.

— Tudo bem, mas só um pouquinho.

O "pouquinho" durou até depois das três.

Caixas de champanhe, montanhas de caviar e pilhas de canapés fascinantes. Até mesmo uma pessoa tão prática como A. J. achava difícil resistir a uma comemoração em grande escala. A música estava alta, mas não parecia importar. Não havia cantos tranquilos para onde escapar. Por causa de sua clientela e os contatos de David, eles conheciam quase todo mundo na sala. Alguns minutos de conversa aqui, outro momento ali, corroeram horas do tempo. Enredada no sucesso de seu cliente, A. J. não se importou.

Na pista de dança lotada, ela permitiu-se relaxar nos braços de David.

— Incrível, não é?

— Nada tem um sabor tão doce quanto o sucesso, principalmente quando misturado com o champanhe.

Ela olhou rapidamente em volta. Era difícil não ficar fascinada com os rostos, os nomes, os corpos. Ela era parte disso, uma parte muito complexa. Mas por sua própria escolha, ela não era uma parte íntima.

— Geralmente, evito este tipo de coisa.

Ele deixou os dedos deslizarem de leve por suas costas acima.

— Por quê?

— Oh, não sei. — Cansaço, champanhe e prazer combinados. O seu rosto repousou no dele. — Acho que sou mais uma pessoa de segundo plano. Você se encaixa.

— E você não?

— Ummm. — Ela balançou a cabeça. Por que é que os homens tinham um cheiro tão maravilhoso, tão maravilhosamente diferente? E era uma sensação tão boa quando você abraçava e era abraçada por um. — Você é parte do talento. Eu apenas trabalho com cláusulas e números.

— E quer que seja assim?

— Absolutamente. Mesmo assim, isto é bom. — Quando a mão dele correu pelas suas costas, ela se esticou. — Muito bom.

— Eu preferiria estar a sós com você — murmurou ele. Toda vez que a abraçava assim, ele achava que enlouqueceria. — Em alguma salinha escura onde a música estivesse baixa.

— É mais seguro. — Mas ela não fez objeção quando os lábios dele roçaram sua têmpora.

— Quem precisa de segurança?

— Eu preciso. Preciso de segurança, ordem e sensatez.

— Qualquer pessoa que escolha envolver-se neste negócio joga segurança, ordem e sensatez pela janela.

— Eu não. — Ela se virou para olhar para ele. Era uma sensação tão boa relaxar, fluir com a noite, deixar que os passos dela emparelhassem com os dele sem qualquer pensamento consciente. — Eu apenas faço os acordos e deixo os riscos para os outros.

— Pega os dez por cento e cai fora?

— Isso mesmo.

— Eu poderia ter acreditado nisso algumas semanas atrás. O problema é que vi você com Clarissa.

— Isto é algo completamente diferente.

— É bem verdade. Também vi você com Hastings hoje à noite. Você se envolve com os clientes, A. J. Talvez consiga convencer a si mesma de que eles não passam de assinaturas, mas sei que não é bem assim. Você é um *marshmallow*.

Suas sobrancelhas se uniram.

— Ridículo. *Marshmallows* são engolidos.

— Eles também são resilientes. Admiro isso em você. — Ele encostou os lábios nos dela antes que A. J. pudesse se mover. — Estou começando a perceber que admiro muitas coisas em você.

Ela teria se afastado então, mas ele a manteve junto com bastante facilidade e continuou a balançar.

— Não misturo negócio com sentimentos pessoais.

— Está mentindo.

— Talvez eu brinque com a verdade — disse ela, repentinamente dignificada —, mas não minto.

— Você estava disposta a dar cambalhotas esta noite com o sucesso daquele filme.

A. J. tirou o cabelo do rosto. Ele viu coisas demais com demasiada facilidade. Um homem não deveria ver isso.

— Tem alguma ideia de como posso usar isso como alavanca? Vou arrumar cinco milhões para o Hastings no próximo filme.

— Você "vai arrumar para o Hastings" — repetiu David. — Até o seu fraseado a entrega.

— Está vendo coisas que não existem.

— Não, acho que estou encontrando coisas que você guardou. Tem algum problema com o fato de que decidi que gosto de você?

Tendo perdido o equilíbrio, ela perdeu o passo e viu-se ainda mais comprimida.

— Acho que eu lidaria melhor se nós ainda déssemos nos nervos um do outro.

— Acredite em mim. Você me dá nos nervos. — Até que seu sangue estivesse fervendo lentamente, seus músculos dando nós e se esticando e seu desejo se acelerando. — Há centenas de pessoas nesta sala e minha cabeça continua retornando ao fato de que eu poderia tirá-la do que existe deste vestido em exatos 30 segundos.

O calafrio desceu pelas costas dela como uma flecha.

— Você sabe que não era isso que eu queria dizer. Você seria mais inteligente se mantivesse a cabeça nos negócios.

— Mais inteligente, mais seguro. Estamos buscando coisas diferentes, A. J.

— Seja como for, podemos concordar nisso.

— Poderíamos concordar em mais coisas se nos déssemos a chance.

Ela não sabia exatamente por que sorrira. Talvez fosse porque soou como uma fantasia. Ela gostava de assisti-las, de ouvi-las, sem realmente acreditar nelas.

— David. — Ela repousou os braços nos ombros dele. — Você é um homem muito bacana, em alguns aspectos.

— Acho que posso retribuir este elogio.

— Deixe-me explicar detalhadamente para você como vejo as coisas. Número 1: somos parceiros de negócios no momento. Isto impede qualquer possibilidade de que pudéssemos estar seriamente envolvidos. Número 2: enquanto este documentário estiver sendo feito, minha principal preocupação é, e continuará a ser, o bem-estar de Clarissa. Número 3: estou muito ocupada e qualquer tempo livre que me sobre utilizo para relaxar do meu próprio jeito... que é sozinha. E número 4: não estou preparada para relacionamentos. Sou egoísta, crítica e desinteressada.

— Muito bem colocado. — Ele beijou sua testa de modo amistoso. — Está pronta para ir?

— Estou. — Um pouco perplexa com a reação dele, ela saiu da pista de dança para buscar o casaco. Eles deixaram o barulho e a multidão para trás e entraram no ar fresco das primeiras horas da manhã. — Às vezes me esqueço de que o *glamour* e o brilho podem ser bons em pequenas doses.

Ele a ajudou a entrar na limusine que estava esperando.

— Moderação em todas as coisas.

— A vida é mais estável assim. — Isolada do motorista e do mundo exterior por um espesso vidro fumê, A. J. recostou-se no assento. Antes que pudesse soltar o primeiro suspiro de satisfação, David se aproximou, com a mão firme no seu queixo. — David...

— Número 1 — começou —: sou o produtor deste projeto e você é agente de uma, apenas uma, das pessoas de talento. Isso quer dizer que somos parceiros de negócios no mais amplo sentido e isso não impede um envolvimento. Já estamos envolvidos.

Não houvera calor em seus olhos na pista de dança, ela pensou rapidamente. Não como havia agora.

— David...

— Você expressou seu ponto de vista — ele lembrou-lhe. — Número 2: enquanto este documentário estiver sendo feito, você pode se preocupar com Clarissa o quanto quiser. Isto não tem nada a ver conosco. Número 3: nós dois estamos ocupados, o que quer dizer que não queremos perder tempo com desculpas e subterfúgios sem consistência. E número 4: quer você pense que está preparada ou não para um relacionamento, você está no meio de um neste exato momento. É melhor se acostumar.

O mau humor invadiu-lhe os olhos e esfriou sua voz.

— Não tenho que me acostumar a nada.

— O diabo que não. Aposte nisso.

Desejo frustrado, paixão não aplacada, raiva fervendo. Ela sentiu tudo quando a boca dele comprimiu a sua. A primeira reação foi pura autopreservação. Ela lutou contra ele, sabendo que se não se livrasse rapidamente, estaria perdida. Mas ele parecia saber, de alguma forma, que sua luta era contra ela mesma, não contra ele.

Ele a abraçou mais firme. Sua boca exigia mais, até que — apesar dos temores, apesar das dúvidas, apesar de tudo — ela cedeu.

Soltando um gemido abafado, ela o envolveu com os braços. Os dedos dela deslizaram por suas costas acima e se perderam no cabelo. A paixão, ainda não aplacada, aumentou até ameaçar consumir-se. Ela podia sentir tudo, a linha dura do seu corpo contra o dela, o ceder suave do assento nas suas costas. Havia o calor dos lábios dele quando comprimiam e se esfregavam nos dela e o ar frio que entrava silenciosamente pelas aberturas.

E ela podia sentir o gosto — o efeito subsistente do champanhe quando suas línguas se emaranharam. Ela podia sentir um sabor mais misterioso, um sabor mais profundo que era sua carne. Ainda mais selvagem, porém menos reconhecível, era o gosto da sua própria paixão.

A boca de David abandonou a dela para buscar outras delícias. Sobre a pele nua e vulnerável do pescoço e dos ombros ele as encontrou. As mãos dele não estavam gentis quando se moveram sobre ela. Sua boca não estava macia. O coração dela começou a bater num ritmo rápido e caótico diante do pensamento de ser tomada com tamanho desejo, tamanha fúria.

Guiada pelos próprios demônios, ela permitiu que as mãos se deslocassem, explorassem e se demorassem. Quando a respiração dele estava tão irregular quanto a sua, os lábios se encontraram novamente. O contato não fez nada para acalmar e tudo para provocar. Desesperada para ter mais, ela abaixou os dentes para mordiscar, para atormentar.

Soltando uma blasfêmia, ele a girou até que estivessem esparramados no assento longo e largo.

Os lábios dela se abriram quando ela olhou para ele. Ela podia ver o brilho intermitente das luzes da rua que passavam. Sombra e luz. Sombra e luz. Hipnótico. Erótico. A. J. levantou o braço para tocar-lhe o rosto.

Ela era toda creme e seda deitada embaixo dele. Seu cabelo estava desalinhado em volta de um rosto corado de excitação. O toque dos seus dedos no rosto dele foi leve como um sussurro e fez o desejo retumbar em todo seu corpo.

— Isto é loucura — murmurou ela.

— Eu sei.

— Não deve acontecer. — Mas devia. Ela sabia. Soube desde o primeiro encontro. — Não pode acontecer — corrigiu ela.

— Por quê?

— Não me pergunte. — A voz dela diminuiu de intensidade até tornar-se um sussurro. Ela não resistiu à tentação de deixar os dedos brincarem naquele rosto mesmo quando se preparava para negar os dois. — Não consigo explicar. Se conseguisse, você não entenderia.

— Se existe outra pessoa, não ligo a mínima.

— Não, não existe ninguém. — Ela fechou os olhos por um momento, depois os abriu novamente para fitá-lo. — Não existe outra pessoa.

Por que ele hesitava? Ela estava ali, excitada, a poucos centímetros da total rendição. Ele tinha apenas que ignorar a súplica confusa em seus olhos e possuir. Porém mesmo com o sangue quente, o desejo pressionando, ele não conseguiu ignorar.

— Pode não ser agora, pode não ser aqui, mas será um dia, Aurora.

Seria. Tinha que ser. A parte dela que sabia disso lutava um frenético cabo de guerra com a parte que tinha de negá-lo.

— Solte-me, David.

Capturado pelos seus próprios sentimentos, debatendo-se com suas próprias necessidades, ele a levantou.

— Que tipo de jogo está jogando?

Ela estava fria. Congelando. Sentia cada calafrio individualmente percorrer sua pele.

— Chama-se sobrevivência.

— Que se dane, Aurora. — Ela era tão bonita! Por que repentinamente tinha de ser tão bonita? Por que repentinamente tinha de parecer tão frágil? — O que estar comigo, fazer amor comigo, tem a ver com sua sobrevivência?

— Nada. — Ela quase riu quando sentiu a limusine parando. — Absolutamente nada se fosse simples assim.

— Por que complicar? Queremos um ao outro. Somos adultos. Todos os dias as pessoas se tornam amantes sem causar-se quaisquer danos.

— Algumas pessoas. — Ela tremeu ao expirar. — Não sou algumas pessoas. Se fosse tão simples, faria amor com você bem aqui no banco traseiro deste carro. Não vou dizer que não quero. — Ela virou-se para fitá-lo e a vulnerabilidade nos olhos dela estava assombrada por arrependimentos. — Mas não é simples. Fazer amor com você seria fácil. Apaixonar-me por você, não.

Antes que ele pudesse se mover, ela abriu a porta e já estava na rua.

— Aurora. — Ele alcançou-a, uma das mãos no seu braço, mas ela livrou-se. — Não pode esperar simplesmente ir embora depois de uma declaração como esta.

— É exatamente o que estou fazendo — corrigiu ela, e livrou-se dele pela segunda vez.

— Eu a ajudarei. — Com a força de vontade que lhe restara, ele ateve-se à paciência.

— Não. Vá embora.

— Temos que conversar.

— Não. — Nenhum dos dois estava preparado para o desespero na voz dela. — Quero que você vá. Está tarde. Estou cansada. Não estou pensando direito.

— Se não discutirmos sobre isso agora, simplesmente teremos de fazê-lo depois.

— Depois, então. — Ela teria lhe prometido qualquer coisa naquele momento para obter a liberdade. — Quero que vá agora, David. — Quando ele continuou a segurá-la, a voz dela estremeceu. — Por favor, preciso que vá embora. Não consigo lidar com isso agora.

Ele podia lutar com sua raiva, mas não com sua fragilidade.

— Tudo bem.

David esperou até ela desaparecer no interior do prédio. Em seguida se encostou no carro e tirou um cigarro. Mais tarde então, ele se prometeu, eles conversariam. Ele ficou onde estava, esperando que seu sistema se normalizasse. Eles conversariam, assegurou-se mais uma vez. Mas era melhor esperar até que os dois estivessem mais calmos e mais razoáveis.

Ele jogou o cigarro fora e entrou novamente na limusine. Rogou a Deus que pudesse deixar de pensar nela tempo suficiente para dormir.

Capítulo 6

Ela queria andar de um lado para outro. Queria subir e descer, puxar o cabelo e andar um pouco mais. Forçou-se a ficar sentada quieta no sofá e esperar enquanto Clarissa servia o chá.

— Estou tão feliz por ter aparecido, querida. É tão raro você poder passar uma tarde comigo.

— As coisas estão sob controle no escritório. Abe está me cobrindo.

— Um homem tão bom. Como está o netinho dele?

— Garoto mimado. Abe quer comprar o Dodger Stadium para ele.

— Os avós têm o direito de mimar do mesmo modo que os pais têm a obrigação de disciplinar. — Ela manteve os olhos abaixados, ansiosa para não mostrar seus próprios desejos e aplicar pressão. — Como está o chá?

— Está... diferente. — Saber que o elogio morno satisfaria Clarissa, poupou-a de uma rematada mentira. — O que é?

— Fruto da roseira. Acho-o muito tranquilizante tomado à tarde. Você parece estar precisando se acalmar um pouco, Aurora.

A. J. largou a xícara e, cedendo à necessidade de movimento, se levantou. Ela sabia quando tinha refletidamente esvaziado sua agenda que viria até Clarissa. E sabia que viria em busca de ajuda, embora tivesse dito a si mesma repetidas vezes que não precisava.

— Mamãe. — A. J. sentou-se no sofá novamente enquanto Clarissa bebericava o chá e esperava pacientemente. — Acho que estou com problemas.

— Você exige demais de si. — Clarissa esticou o braço para tocar-lhe a mão. — Sempre exigiu.

— O que vou fazer?

Clarissa recostou-se enquanto examinava a filha. Nunca tinha ouvido esta frase dos lábios dela, e agora que tinha, queria ter certeza de que daria as respostas certas.

— Você está apavorada.

— Aterrorizada. — Ela se levantou novamente, não conseguindo permanecer sentada. — Está se afastando de mim. Estou perdendo o controle.

— Aurora, nem sempre é necessário agarrar-se a ele.

— Para mim é. — Ela olhou de novo, dando um meio-sorriso. — Você deve entender.

— Entendo. Claro que entendo. — Mas ela desejou tantas vezes que a filha, sua única filha, ficasse em paz consigo mesma. — Você se defende constantemente para não ser magoada porque foi ferida uma vez e decidiu que não se repetiria. Aurora, você está apaixonada por David?

Clarissa sabia que David estava no centro do problema. Naturalmente, ela sabia sem que uma palavra fosse dita. A. J. podia aceitar isso.

— Posso ficar se não me retrair agora.

— Seria tão ruim amar alguém?

— David não é apenas alguém. Ele é forte demais, irresistível demais. Além disso... — Ela parou tempo suficiente para se equilibrar. — Pensei que estava apaixonada uma vez antes.

— Você era jovem. — Clarissa chegou o mais próximo possível da raiva de verdade. Ela colocou a xícara no pires fazendo um pequeno estalo. — A paixão cega é um assunto diferente. Exige mais e retribui menos do que o amor.

A. J. parou no meio da sala. Realmente não havia para onde ir.

— Talvez isto seja apenas paixão cega. Ou um desejo sexual.

Clarissa levantou uma das sobrancelhas e bebericou o chá calmamente.

— Você é a única que pode responder a isso. Seja como for, acho que não teria se livrado dos seus compromissos para vir me ver no meio de um dia útil se estivesse preocupada com desejo sexual.

A. J. riu, caminhou até o sofá e deixou-se cair ao lado dela.

— Oh, mamãe. Não existe ninguém como você.

— As coisas nunca foram normais para você, não é mesmo?

— Não. — A. J. deitou a cabeça no ombro de Clarissa. — Eram melhores. Você era melhor.

— Aurora, seu pai me amava demais. Ele amou e aceitou, sem realmente compreender. Nem mesmo consigo compreender como teria sido minha vida se não tivesse abandonado o controle e retribuído o amor dele.

— Ele era especial — murmurou A. J. — A maioria dos homens não é.

Clarissa hesitou apenas um momento, e depois limpou a garganta.

— Alex me aceita também.

— Alex? — Desconfortável, A. J. sentou-se ereta novamente. Não havia como se enganar com o rubor no rosto de Clarissa. — Você e Alex estão... — Como se fazia uma pergunta dessas a uma mãe? — Está levando Alex a sério?

— Ele me pediu em casamento.

— O quê? — Atordoada demais para raciocinar, A. J. fez um movimento brusco para trás e ficou de boca aberta. — Casamento? Você mal o conhece. Vocês se conheceram há apenas algumas semanas. Mamãe, certamente você é madura o suficiente para perceber que algo tão importante quanto o casamento requer muita reflexão.

Clarissa sorriu para ela, exultante.

— Que mãe excelente você dará um dia. Nunca fui capaz de dar um sermão assim.

— Não pretendo dar sermão — resmungou A. J. e pegou o chá. — Não quero que você entre numa coisa dessas sem refletir de forma apropriada.

— Viu só? É exatamente isto que quero dizer. Tenho certeza de que você pegou isso do lado do seu pai. Minha família sempre foi um pouquinho volúvel.

— Mamãe...

— Lembra-se de quando eu e Alex estávamos discutindo sobre leitura de mão para o documentário?

— Claro. — O desconforto aumentou, junto com uma sensação de inevitabilidade. — Você sentiu alguma coisa.

— Foi muito forte e bem nítido. Admito que me aturdiu um pouco perceber que um homem pudesse estar atraído por mim depois de todos estes anos. E eu não estava ciente até aquele momento de que poderia me sentir assim em relação a alguém.

— Mas você precisa de tempo. Não duvido de nada do que sinta ou veja. Sabe disso. Mas...

— Querida. Tenho 56 anos. — Clarissa balançou a cabeça, perguntando-se como tinha acontecido tão rápido. — Tenho me sentido feliz vivendo sozinha. Acho que talvez eu estivesse destinada a viver só por um certo tempo. Agora quero dividir o resto da minha vida. Você tem 28 anos, está contente e é bem capaz de viver sozinha. Todavia, não deve ter medo de compartilhar sua vida.

— É diferente.

— Não. — Ela pegou de novo as mãos de A. J. — Amor, afeição, necessidades. São na verdade a mesma coisa para todo mundo. Se David for o homem certo para você, saberá. Mas depois de saber, deve aceitar.

— Talvez ele não me aceite. — Os dedos dela se enroscaram firmes nos de sua mãe. — Tenho dificuldades em me aceitar.

— E esta é a única preocupação que você já me deu. Aurora, não posso lhe dizer o que fazer. Não posso ver o amanhã para você, por mais que eu queira fazê-lo.

— Não estou pedindo isso. Nunca lhe pediria.

— Não, não pediria. Olhe dentro do seu coração, Aurora. Pare de calcular os riscos e apenas olhe.

— Talvez eu veja algo que não queira.

— Oh, provavelmente verá. — Dando uma pequena risada, Clarissa recostou-se no sofá com um dos braços enlaçando a filha. — Não posso lhe dizer o que fazer, mas posso contar o que sinto. David Brady é um homem muito bom. Tem seus defeitos, é claro, mas é um bom homem. Tem sido um prazer para mim poder trabalhar com ele. Para falar a verdade, quando ele me ligou hoje de manhã, fiquei muito feliz.

— Ligou? — Imediatamente alerta, A. J. se endireitou no sofá. — David ligou para você? Por quê?

— Oh, algumas ideias que ele teve sobre o documentário. — Ela mexeu no pequeno guardanapo de renda no seu colo. — Ele está em Rolling Hills hoje. Bem, não necessariamente em Rolling Hills, mas nas cercanias. Lembra-se daquela velha mansão onde aparentemente ninguém consegue viver por muito tempo? Aquela a alguns quilômetros da praia?

— Dizem que é assombrada — murmurou A. J.

— Claro que há opiniões diferentes a este respeito. No entanto, acho que David fez uma escolha excelente para este projeto pelo que ele me contou sobre o ambiente.

— O que você tem a ver com isso?

— Isso? Ora, absolutamente nada. Apenas conversamos sobre a casa. Acho que ele pensou que eu estaria interessada.

— Oh. — Mais calma, ela começou a relaxar. — Tudo bem, então.

— Na verdade, acertamos mais algumas coisas. Vou entrar no estúdio... quarta-feira — ela concluiu. — Sim, tenho certeza de que é quarta-feira da semana que vem, para discutir fenômenos espontâneos. E depois, em algum momento da semana seguinte, devo ir à casa dos Van Camps. Gravaremos na sala de estar de Alice.

— Os Van Camps. — Ela sentiu o calor subir. — Ele acertou tudo isso com você.

Clarissa dobrou as mãos.

— Na verdade, sim. Fiz algo errado?

— Você não. — Irritada, ela se levantou. — Ele sabia muito bem que não poderia alterar os planos sem me consultar primeiro. Não se pode confiar em ninguém. Principalmente num produtor. — Ela pegou a bolsa e caminhou a passos largos até a porta. — Você não vai a lugar algum na quarta-feira discutir fenômenos de qualquer tipo até que eu descubra qual é o trunfo dele. — Ela controlou-se e voltou para dar um abraço em Clarissa. — Não se preocupe. Resolverei tudo.

— Estou contando com isso. — Clarissa viu sua filha sair às pressas da casa e então se recostou, satisfeita. Tinha feito tudo o que podia: colocado energia em movimento. O resto cabia ao destino.

— Diga a ele que mudaremos o horário. Melhor ainda, peça a Abe para encontrar-se com ele — gritou A. J. no telefone do carro enquanto se aproximava de uma carreta.

— Abe tem um compromisso às três e meia. Acho que não consigo enfiar Montgomery às quatro.

— Droga. — Impaciente, A. J. ultrapassou a carreta. — Quem está livre às quatro?

— Apenas Bárbara.

Enquanto ficava de olho na saída, A. J. revirava o assunto na sua cabeça.

— Não, eles nunca chegariam a um acordo. Mude o horário, Diane. Diga a Montgomery... diga a ele que houve uma emergência. Um problema de saúde.

— Verificando. Não existe, não é?

O sorriso dela estava determinado e sério.

— Pode haver.

— Parece promissor. Como posso entrar em contato com você?

— Não pode. Deixe qualquer recado importante na secretária eletrônica. Ligarei para verificar.

— Tudo bem. Ei, boa sorte.

— Obrigada. — Com os dentes rangendo, A. J. colocou o fone no lugar. Ela conhecia todas as regras, e tinha criado várias próprias. David Brady ia ver só. Ela pegou o mapa novamente. Se conseguisse encontrá-lo.

Quando a primeira gota de chuva bateu no para-brisa, ela começou a xingar. Quando já tinha tomado a saída errada, entrado em três ruas erradas e se viu dirigindo por uma rua de cascalho decrépita numa tremenda tempestade de primavera, ela estava xingando intensamente. Quando saiu do carro e pisou numa poça de lama que cobriu seu tornozelo, foi a gota d'água.

Ele a viu pela janela da frente. A surpresa logo transformou-se em aborrecimento diante da possibilidade de outra interrupção num dia onde tudo saíra errado. Ele não tinha uma noite de sono decente fazia uma semana, seu trabalho estava indo para o buraco e ele sentia comichão só de olhar para ela. Quando abriu a porta da frente, estava tão disposto a uma discussão quanto A. J.

— O que está fazendo aqui?

O cabelo dela grudava-se ao rosto; seu conjunto estava ensopado. Tinha acabado de arruinar um dos pés dos sapatos italianos.

— Quero conversar com você, Brady.

— Tudo bem. Ligue para o meu escritório e marque uma hora. Estou trabalhando.

— Quero falar com você agora! — Colocando uma das mãos em seu peito, ela lhe deu um empurrão forte contra a porta. — Como é que você vai fazendo acordos com uma de minhas clientes sem me consultar? Se quiser ver Clarissa no estúdio na semana que vem, então fale comigo. Compreendeu?

Ele agarrou-lhe a mão úmida pelo pulso e a retirou de sua camisa.

— Tenho um contrato com Clarissa durante o período de filmagem. Não preciso resolver nada com você.

— É melhor lê-lo novamente, Brady. As datas e os horários são acertados através de seu representante.

— Muito bem. Enviarei uma programação. Agora se me der licença...

Ele abriu a porta, mas ela entrou na frente dele. Dois eletricistas dentro do *foyer* ficaram em silêncio ouvindo.

— Não terminei.

— Eu sim. Dê o fora, Fields, antes que eu peça para que a retirem do *set*.

— Veja onde pisa, ou minha cliente pode desenvolver um caso crônico de laringite.

— Não me ameace, A. J. — Ele agarrou-a pelas lapelas com as duas mãos. — Já suportei quase tudo de você. Se quer conversar, muito bem. Amanhã no seu escritório ou no meu.

— Sr. Brady, precisamos da sua ajuda lá em cima.

Ele a segurou por mais um tempo. O olhar dela estava fixo no dele e a fúria era feroz e bastante uniforme. Ele queria, meu Deus, ele queria arrastá-la um pouco mais para perto, apagar-lhe aquele olhar enlouquecedor do rosto. Queria comprimir seus lábios nos dela até que não pudesse falar, não pudesse respirar, não pudesse lutar. Ele queria, mais que qualquer outra coisa, fazê-la sofrer como ele. Soltou-a tão repentinamente que ela recuou dois passos, tropeçando.

— Dê o fora — ordenou e virou-se para subir as escadas.

Custou-lhe um minuto para retomar o fôlego. Ela não sabia que podia ficar com tanta raiva assim, não se permitira ficar com raiva assim em anos demais para se contar. As emoções se incendiaram dentro dela, cegando-a para todo o resto. Subiu as escadas correndo atrás dele.

— Srta. Fields, que bom vê-la novamente. — Alex estava parado no patamar superior em frente a uma parede onde a tinta havia descascado e rachado. Ele sorriu para ela naturalmente enquanto fumava seu charuto e esperava para ser chamado de novo à frente das câmeras.

— E quero falar com você também — A. J. vociferou para ele. Ela o deixou com o olhar fixo e desceu o corredor a passos largos atrás de David.

Era estreito e escuro. Havia teias de aranha agarradas nos cantos, mas ela não notou. Em alguns lugares havia quadrados de pintura mais clara, onde antes quadros estiveram pendurados. A. J. abriu caminho entre os técnicos e entrou na sala apenas alguns passos atrás de David.

Atingiu-a como um muro. No mesmo instante em que inspirou para gritar com ele, não conseguiu falar absolutamente. Estava congelando. O calafrio fustigou seu corpo até os ossos em questão de segundos.

A sala estava iluminada para a filmagem, mas ela não viu as câmeras, as plataformas ou o emaranhado de cabos. Viu papel de parede, rosas sobre creme, e uma cama de quatro colunas no mesmo tom rosa. Havia um pequeno banco de mogno ao lado da cama que estava bem gasto no centro. Ela podia sentir o cheiro das rosas que repousavam frescas e um pouco úmidas num primoroso vaso de cristal sobre um toucador de mogno que exibia um brilho de cera de abelha e limão. E ela viu — muito mais. E ela ouviu.

Você me traiu. Você me traiu com ele, Jessica.

Não! Não, eu juro. Não faça isso. Pelo amor de Deus, não faça isso. Eu te amo. Eu...

Mentira! Tudo mentira. Você não contará mais nenhuma.

Houve gritos. Houve silêncio, cem vezes pior. A bolsa de A. J. fez um ruído ao bater no chão quando ela levou as mãos aos ouvidos.

— A. J. — David a estava sacudindo, as mãos firmes nos seus ombros, quando todo mundo na sala parou para olhar. — O que há de errado com você?

Ela esticou os braços para agarrar-lhe a camisa. Ele podia sentir o frio intenso da sua carne através do algodão. Ela olhou para ele, mas seus olhos não focalizavam.

— Aquela pobre menina — murmurou. — Ai, meu Deus, aquela pobre menina!

— A. J. — Fazendo um esforço, David manteve a voz calma. Ela estava tremendo e pálida, mas o pior de tudo eram seus olhos, escuros e vitrificados, enquanto olhavam além dele. Olhava para o centro da sala como se estivesse em transe. Ele tomou-lhe as mãos nas suas. — A. J., que menina?

— Ele a matou bem aqui. Ali na cama. Ele usou as mãos. Ela não podia gritar mais porque as mãos dele estavam na sua garganta, apertando. E então...

— A. J. — Ele pegou seu queixo e forçou-a a olhar para ele. — Não há uma cama aqui. Não há nada.

— Ela... — A. J. lutou para respirar, e depois levou as mãos até o rosto. A náusea veio, uma sensação demasiado familiar. — Preciso sair daqui. — Ela se libertou, abriu caminho entre os técnicos amontoados no vão da porta e correu.

Saiu na chuva aos tropeções e desceu os degraus da varanda antes de David alcançá-la.

— Aonde vai? — perguntou ele. O clarão de um relâmpago colocou-os em destaque enquanto a chuva caía torrencialmente.

— Tenho que... — Ela parou de repente e olhou em volta sem nada ver. — Vou voltar para a cidade. Tenho que voltar.

— Eu a levarei.

— Não. — Em pânico, ela lutou, mas viu-se segura com firmeza. — Estou com o meu carro.

— Não vai dirigir para lugar nenhum assim. — Meio conduzindo, meio arrastando, ele a puxou para o seu carro. — Agora fique aqui — ordenou ele, e bateu a porta.

Sem conseguir juntar forças para fazer o contrário, A. J. enroscou-se no banco tremendo. Precisava de apenas um minuto. Prometeu-se que precisava de apenas um minuto para se acalmar. Mas embora tenha levado muitos minutos até David retornar, a tremedeira não parou. Ela jogou a bolsa para trás e então se embrulhou em um cobertor.

— Um dos membros da equipe vai levar seu carro de volta para a cidade. — Após dar a partida no carro, ele desceu pela esburacada estrada de cascalho. Por vários momentos houve silêncio enquanto a chuva tamborilava e ela permanecia sentada encolhida sob o cobertor. — Por que não me disse? — falou ele por fim.

Ela estava melhor agora. Inspirou de forma constante para provar que tinha controle.

— Disse o quê?

— Que você era como sua mãe.

A. J. enroscou-se até formar uma bola sobre o assento, apoiou a cabeça nos braços e chorou.

O que é que ele deveria dizer? David amaldiçoou-a, e depois a si mesmo, enquanto dirigia através da chuva com ela soluçando ao seu lado. A. J. tinha lhe dado o susto da sua vida quando se virou e a viu ali parada, ofegante e branca como cera. Ele nunca sentira algo tão frio como ficaram suas mãos. Nunca tinha visto nada como o que ela devia ter visto.

Quaisquer dúvidas que ele tivesse, quaisquer críticas que pudesse fazer sobre os testes de laboratórios, os médiuns de cinco dólares e os clarividentes executivos, ele sabia que A. J. tinha visto algo, sentido algo, que nenhum dos outros tinha.

Então, o que ele fez a respeito? O que disse?

Ela chorou. Deixou-se esvaziar. Não adiantava repreender-se, não adiantava ficar com raiva do que aconteceu. Havia muito se resignara ao fato de que, de vez em quando, por mais que tomasse cuidado, por mais que estivesse no controle, escorregaria e se abriria.

A chuva parou. Havia uma luz do sol leitosa agora. A. J. manteve o cobertor junto ao corpo quando se endireitou no banco.

— Desculpe-me.

— Não quero um pedido de desculpas. Quero uma explicação.

— Não tenho nenhuma. — Ela secou o rosto com a mão. — Ficaria agradecida se você me levasse para casa.

— Vamos conversar, e vamos fazê-lo onde você não possa me chutar para fora.

Ela estava fraca demais para discutir, fraca demais para se importar. Apoiou a cabeça na janela e não protestou quando passaram da entrada do apartamento dele. Eles subiram para as montanhas, bem acima da cidade. A chuva tinha deixado tudo fresco ali, embora uma névoa espessa ainda cobrisse o chão.

Ele pegou uma entrada de carros ao lado de uma casa com telhas de cedro e janelas altas. O gramado era amplo e aparado e havia flores primaveris florescendo em volta.

— Pensei que você tivesse uma casa na cidade.

— Tinha. Depois decidi que precisava respirar. — Ele pegou sua bolsa e uma mala do assento de trás. A. J. empurrou o cobertor para o lado e saiu do carro. Sem comentários, eles caminharam para a porta da frente juntos.

O interior não era rústico. Havia quadros nas paredes e espessos tapetes turcos no chão. Ela correu a mão por um corrimão polido e desceu um pequeno lance de escadas até a sala de estar. Ainda em silêncio, David foi até a lareira e colocou gravetos para queimar.

— Você deve tirar estas roupas molhadas — disse ele de forma prosaica. — Tem um banheiro lá em cima no final do corredor. Há um roupão atrás da porta.

— Obrigada. — Sua confiança se fora, aquela vantagem que a ajudara a manter-se um passo à frente. A. J. umedeceu os lábios. — David, você não precisa...

— Vou fazer café. — Ele passou pelo vão de uma porta e a deixou sozinha.

Ela ficou lá enquanto as chamas dos gravetos começaram a lamber o carvalho rachado. O cheiro era característico de florestas, confortável. Ela nunca se sentira mais triste na vida. O tipo de rejeição que sentia agora, de David, era o que esperara. Era o tipo com o qual lidara antes.

Ela ficou ali parada enquanto lutava para conter a necessidade de chorar novamente. Ela era forte, autoconfiante. Não ia partir seu coração por causa de David, ou qualquer homem. Levantou o queixo, caminhou até as escadas e subiu. Tomaria banho, deixaria suas roupas secarem, depois se vestiria e iria para casa. A. J. Fields sabia como cuidar de si.

A água ajudou. Aliviou seus olhos inchados e aqueceu-lhe a pele fria. Com sua pequena bolsa de cosméticos de emergência, conseguiu consertar a pior parte do estrago. Tentou não notar, ao vestir o roupão, que ele estava com o cheiro de David. Era melhor lembrar que ele era quente e a cobria de forma adequada.

Quando voltou para baixo, a sala de estar continuava vazia. Agarrando-se à coragem que conseguira reconquistar, A. J. foi procurá-lo.

O corredor fazia curvas quando menos se esperava. Se a situação tivesse sido diferente, A. J. teria apreciado a casa por sua singularidade. Ela não deu muita atenção aos painéis polidos contrabalançados por paredes completamente brancas, ou os assoalhos de tábuas cobertos por tapetes de modelos complexos. Ela seguiu o corredor e entrou na cozinha. O cheiro de café aliviou o frio no estômago. Reservou-se um momento para se preparar, e depois caminhou em direção à luz.

Estava parado perto da janela. Havia uma xícara de café em sua mão, mas ele não estava bebendo. Alguma coisa estava cozinhando no fogão. Talvez ele tivesse esquecido. A. J. cruzou os braços sobre o peito e esfregou as mãos nas mangas do roupão. Ela não se sentia mais aquecida.

— David?

Ele se virou no momento em que ela pronunciou seu nome, mas lentamente. Ele não tinha certeza do que deveria dizer para ela, do que poderia falar. Ela parecia tão frágil! Não poderia ter descrito seus próprios sentimentos no momento e não tinha nenhuma ideia quanto aos dela.

— O café está quente — disse a ela. — Por que não senta?

— Obrigada. — Ela forçou-se a ter um comportamento tão normal quanto o dele e sentou-se numa banqueta no balcão.

— Achei que gostaria de comer um pouco. — Ele caminhou até o fogão para servir um pouco de café. — Esquentei um pouco de sopa.

A tensão começou a bater atrás dos seus olhos.

— Não precisava se incomodar.

Sem dizer nada, ele serviu a sopa e trouxe-a junto com o café para ela.

— É uma velha receita de família. Minha mãe sempre diz que um prato de sopa cura qualquer coisa.

— Parece maravilhosa — ela conseguiu dizer e se perguntou por que tinha que conter o impulso de chorar novamente. — David...

— Coma primeiro. — Sem pegar comida para si, ele colocou um banco diante dela e pegou o café. Acendeu um cigarro e se sentou, bebericando o café e fumando, enquanto ela brincava com a sopa. — Você deve tomá-la — salientou. — Não mude apenas a posição do macarrão.

— Por que não pergunta? — ela falou sem pensar. — Preferiria que você perguntasse e acabasse logo com isso.

Tanta mágoa, ele percebeu. Tanta dor. Perguntou a si mesmo onde estavam as raízes.

— Não pretendo dar início a um interrogatório, A. J.

— Por que não? — Quando ela levantou a cabeça, seu rosto estava desafiador, os olhos fortes. — Quer saber o que aconteceu comigo naquele quarto.

Ele soltou uma corrente de fumaça antes de apagar o cigarro.

— Claro que quero. Mas acho que você não está preparada para falar sobre o que aconteceu naquele quarto. Pelo menos não em detalhes. A. J., por que não conversa comigo?

— Não estou preparada? — Talvez risse se seu estômago não estivesse cheio de nós. — Nunca se está preparado. Posso dizer como ela parecia: cabelo preto, olhos azuis. Estava usando um vestido de algodão abotoado até a garganta, e seu nome era Jessica. Mal tinha 18 anos quando seu marido a matou num acesso de ciúme, estrangulou-a com as mãos, e depois se matou de remorso com a pistola que estava na mesa ao lado da cama. É o que você quer para seu documentário, não é?

Os detalhes e a maneira fria e firme como relatou isso o deixaram abalado. Quem exatamente era essa mulher sentada à sua frente, esta mulher que abraçara e desejara?

— O que aconteceu com você não tem nada a ver com o projeto. Acho que tem muito a ver com o modo como está reagindo agora.

— Geralmente consigo controlar. — Ela empurrou a sopa para o lado, de modo que ela sobrepôs-se às bordas do prato. — Deus sabe que tenho anos de prática. Se não estivesse com tanta raiva, tão fora de controle quando entrei lá... provavelmente não teria acontecido.

— Você pode impedir?

— Geralmente, sim. Em grande parte.

— Por que isso acontece?

— Acha realmente que é um dom? — perguntou enquanto se afastava do balcão. — Bem, talvez para alguém como Clarissa seja. Ela é tão altruísta, tem uma essência tão boa e está satisfeita consigo mesma.

— E você?

— Odeio. — Sem conseguir ficar parada, ela girava. — Você não tem ideia de como pode ser, ver as pessoas olhando para você, sussurrando. Se você é diferente, você é maluco, e eu... — Ela parou de falar, esfregando a têmpora. Quando falou novamente, sua voz estava tranquila: — Eu só queria ser normal. Quando era pequena, eu tinha sonhos. — Ela juntou as mãos e comprimiu-as contra os lábios. — Eles eram tão incrivelmente reais, mas eu era apenas uma criança e achava que todo mundo tinha o mesmo tipo de sonho. — Eu dizia a uma de minhas amigas: Oh, sua gata vai ter filhotes. Posso ficar com o branquinho? Dez semanas depois, a gata tinha filhotes e um deles era branco. Pequenas coisas. Alguém perdia uma boneca ou um brinquedo e eu dizia: Bem, sua mãe a colocou na última prateleira do armário. Ela esqueceu. Quando iam ver, ela estava lá. As crianças não ligavam muito, mas deixava alguns pais nervosos. Eles achavam que seria melhor se seus filhos ficassem longe de mim.

— E isso magoava — murmurou.

— Sim, magoava muito. Clarissa compreendia. Ela me consolava e foi realmente maravilhosa, mas doía. Eu ainda tinha os sonhos, mas parei de falar sobre eles. Então, meu pai morreu.

Ela se levantou, as costas das mãos comprimindo os olhos enquanto lutava para conter as emoções.

— Não, por favor. — Ela balançou a cabeça ao ouvir David mexer-se no banco como se fosse levantar. — Dê-me apenas um minuto. — Dando um longo suspiro, ela soltou as mãos. — Eu sabia que ele estava morto. Estava viajando a trabalho e acordei no meio da noite e sabia. Levantei-me e fui ao quarto de Clarissa. Ela estava sentada na cama, completamente desperta. Pude ver no seu rosto que ela já estava sofrendo. Nem mesmo dissemos nada, mas deitei na cama com ela e apenas ficamos deitadas juntas até o telefone tocar.

— E você tinha 8 anos — murmurou ele, tentando assumir um pouco o controle.

— Eu tinha 8 anos. Depois disso, comecei a bloquear. Sempre que começava a sentir algo, eu puxava para dentro. Chegou ao ponto onde podia passar meses... em uma ocasião, dois anos... sem nada desencadear. Se eu ficar com raiva ou chateada a ponto de perder o controle, eu me abro.

Ele se lembrou da maneira intempestiva como ela adentrou a casa, forte e preparada para uma briga. E como fugira novamente, pálida e aterrorizada.

— E eu deixo você com raiva.

Ela se virou para fitá-lo pela primeira vez desde que começara a falar.

— Parece que sim.

A culpa estava lá. David não tinha certeza de como lidar com ela, ou com sua própria confusão.

— Devo pedir desculpas?

— Você não pode deixar de ser o que é nem um pouco mais do que posso deixar de ser o que sou.

— Aurora, acho que compreendo sua necessidade de controlar isso, de não deixar que interfira com o seu dia a dia. Não compreendo por que acha que deve deixá-lo fora da sua vida como se fosse uma doença.

Ela havia chegado a este ponto, pensou ao voltar para o balcão. Então terminaria.

— Quando estava com 20 anos, batalhando para iniciar meu negócio, conheci um homem. Ele tinha uma lojinha na praia, alugava pranchas de surfe, vendia loção, este tipo de coisa. Era tão, ora, excitante ver alguém de espírito tão livre, tão despreocupado, enquanto eu trabalhava dez horas por dia para simplesmente ir tocando a vida. De qualquer forma, nunca me envolvera seriamente com um homem antes. Não tinha havido tempo. Dei com os burros n'água com ele. Ele era divertido, não exigia muito. Antes que pudesse perceber, estávamos quase noivos. Ele comprou uma aliança para mim com a promessa de diamantes e esmeraldas caso tivéssemos êxito. Acho que ele falava sério. — Ela deu uma pequena risada quando se sentou no banco novamente. — Seja como for, eu achava que se íamos nos casar não deveríamos ter segredos.

— Não tinha contado a ele?

— Não — disse ela de forma desafiadora, como se esperasse desaprovação. Como não veio nenhuma, ela baixou os olhos e prosseguiu: — Eu o apresentei a Clarissa, e então disse a ele que eu... eu disse a ele — concluiu de forma concisa. — Ele achou que era piada, e de certa forma me desafiou a provar. Como eu achava importante que não houvesse segredos entre nós, bem, acho que se pode dizer que provei.

Depois... ele olhou para mim como se... — Ela engoliu em seco e se esforçou para deixar a mágoa enterrada.

— Sinto muito.

— Acho que eu deveria ter esperado. — Embora não tenha se preocupado, ela pegou a colher e começou a correr o cabo pelos dedos. — Não o vi por vários dias depois disso. Fui até ele pensando em um gesto grandioso, como lhe devolver o anel. Chega a ser engraçado, lembrando agora, como ele não olhava para mim, o modo como mantinha distância. Estranho demais. — Ela levantou os olhos novamente, dando um frágil sorriso. — Eu simplesmente era esquisita demais.

E ela ainda sofria. Mas ele não a confortou. Não sabia como.

— O homem errado, na hora errada.

A. J. balançou a cabeça de forma impaciente.

— Eu era a mulher errada. Desde então, descobri que a honestidade nem sempre é o caminho mais vantajoso. Tem ideia de como me afetaria profissionalmente se meus clientes soubessem? Aqueles que eu não perdesse me pediriam para lhes dizer para quais papéis fazer um teste. As pessoas começariam a me pedir para ir a Las Vegas com elas para que eu pudesse lhes dizer em que número apostar na roleta.

— Então você e Clarissa subestimam sua relação e você bloqueia o resto.

— Isso mesmo. — Ela pegou o café frio e o engoliu. — Depois de hoje, acho que vai tudo por água abaixo.

— Contei a Sam que havia discutido com você o que tinha acontecido naquela sala, que tínhamos conversado sobre o assassinato e que sua ida até lá a deixou transtornada. — Ele se levantou para pegar o bule e servir-lhe mais café. — A equipe pode ficar falando de mulheres com imaginação exagerada, mas é tudo.

Ela fechou os olhos. Não esperara sensibilidade por parte dele, que dirá compreensão.

— Obrigada.

— É um segredo seu se acha que é necessário guardá-lo, A. J.

— É extremamente necessário. Como se sentiu quando percebeu? — perguntou. — Desconfortável? Constrangido? Mesmo agora, você está andando na ponta dos pés à minha volta.

— Talvez esteja. — Ele começou a retirar um cigarro, depois o meteu de volta no maço. — Sim, me deixa desconfortável. Não é algo com que tive que lidar antes. Um homem deve se perguntar se conseguirá esconder quaisquer segredos de uma mulher que pode ver dentro dele.

— Claro. — Ela se levantou, as costas eretas. — E um homem tem o direito de se proteger. Aprecio o que fez, David. Tenho certeza de que minhas roupas já estão secas. Vou me trocar enquanto você chama um táxi.

— Não. — Ele se levantou para obstruir o caminho antes que ela pudesse sair da cozinha.

— Não torne isso mais difícil para mim, nem para você mesmo.

— Que se dane se eu quiser — resmungou ele, e viu que já havia esticado os braços para tocá-la. — Parece que não consigo evitar. Você me deixa desconfortável — repetiu. — Você me deixou desconfortável o tempo todo. Ainda quero você, Aurora. É tudo que parece importar no momento.

— Você mudará de opinião depois.

Ele a puxou para mais perto.

— Está lendo minha mente?

— Não brinque.

— Talvez esteja mais do que na hora de alguém fazê-lo. Se quiser examinar minha cabeça agora, verá que tudo em que consigo pensar é em levá-la para cima, para minha cama.

O coração dela começou a bater, no peito, na garganta.

— E amanhã?

— Que se dane o amanhã. — Ele trouxe os seus lábios para junto dos dela com uma violência que a deixou abalada. — Que se dane tudo a não ser o fato de que nós dois nos desejamos. Você não vai para casa esta noite, Aurora.

Ela se entregou. Deixou-se arriscar.

— Não vou, não.

Capítulo 7

Havia a luz bruxuleante do luar. Vestígios dele. Ela podia sentir o cheiro dos jacintos, leve e doce, pelas janelas abertas. O murmúrio de um riacho no seu caminho tortuoso pela mata ao lado da casa era calmo, tranquilizador. Todos os músculos no corpo de A. J. ficaram tensos quando ela entrou no quarto de David.

O quadro pendurado na parede como sabia. Listras vívidas e sensuais sobre tela branca. O primeiro tremor percorreu-lhe o corpo quando virou a cabeça e viu sua própria imagem indistinta refletida, não num espelho, mas numa porta de vidro alta.

— Sonhei com isso. — Mal se pôde ouvir as palavras quando ela deu um passo atrás. Mas estava ela voltando ao sonho ou entrando na realidade? Eram eles, de alguma forma, a mesma coisa? Em pânico, ficou onde estava. Não tinha escolha?, ela se perguntou. Estava apenas seguindo um modelo já determinado, um modelo que se iniciara no momento em que David entrou no seu escritório? — Não é isto que quero — sussurrou ela, e se virou, para fugir, para ter liberdade, em sinal de rejeição que não podia ter expressado. Mas ele estava ali, bloqueando seu caminho, puxando-a para si, puxando-a exatamente como sabia que faria.

Olhou para ele como sabia que tinha feito antes. O rosto de David estava na sombra, tão indistinto quanto o dela estivera no vidro. Mas os olhos estavam nítidos, ressaltados pelo luar. As palavras dele eram nítidas, ressaltadas pelo desejo.

— Não pode continuar fugindo, Aurora. Nem de si mesma, nem de mim.

Havia impaciência na voz, impaciência que se tornou mais intensa ainda quando sua boca fechou-se sobre a dela. Ele queria, mais desesperadamente do que se permitira acreditar. Ele precisava, mais intensamente do que podia dar-se o luxo de admitir. Sua incerteza, sua hesitação, despertou alguma parte profunda e primitiva nele. Exigir, tomar, possuir. Os pensamentos se entrelaçavam numa única pulsação latejante de desejo. Ele não sentiu a agradável expectativa que tivera com outras mulheres, mas uma fúria, ardente, quase violenta. Ao sentir o sabor do primeiro sinal de rendição, ele quase enlouqueceu.

Sua boca estava tão faminta, as mãos tão fortes! A pressão do seu corpo contra o dela era insistente. Ele a abraçava como se fosse sua e ele pudesse levá-la com ou sem consentimento. No entanto, sabia, sempre soube, que a escolha final era dela. Podia ceder ou negar. Como uma pedra lançada na água límpida, sua decisão agora formaria ondas que afetariam toda a sua vida. Onde elas dariam, como alteravam o fluxo, não se podia prever. Ceder, ela sabia, era sempre um risco. E o risco tinha excitação própria, medo próprio. A cada segundo que passava, o prazer se tornava mais audaz e mais amadurecido, até que, com um gemido de aceitação, ela trouxe as mãos ao rosto e soltou-se.

Era apenas paixão, A. J. disse a si mesma, enquanto seu corpo se distendia e ansiava. A paixão não seguia modelos, não seguia nenhum caminho. O desejo que crescia dentro dela não tinha nada a ver com sonhos, esperanças ou desejos. Era à própria paixão que não podia resistir, a paixão dele que não podia recusar. Esta noite, esta única noite, se deixaria levar por ela.

Ela soube no instante em que se tornou dele. O corpo dela não enfraqueceu, mas se fortificou. A rendição que David esperara tornou-se um desejo tão premente quanto o dele. Não havia sedução lenta para nenhum dos dois. Nada de suave persuasão. O desejo era uma navalha que prometia dor e prazer igualmente. Os dois compreenderam isso; os dois reconheceram; os dois aceitaram. Caíram juntos na cama e deixaram o fogo arder.

O roupão de David enroscou-se em torno dela. Praguejando de forma impaciente, ele o puxou do ombro de modo que o declive atormentador ficou exposto. Seus lábios percorreram-lhe o rosto, deixando-o insatisfeito enquanto alimentava uma linha de calor na sua garganta. Ela sentiu a aspereza do rosto e gemeu em sinal de aprovação. Ele buscava atormentar, buscava dominar, mas A. J. retribuía cada movimento com força igual. Ela sentiu o traçado quente da sua língua e tremeu em estado de expectativa. Sem vontade de deixar as rédeas com ele, ela agarrou os botões da camisa, desabotoando, rasgando, até que sua própria paciência chegou ao fim e ela a esgarçou nas costas.

A carne dele estava retesada sob a palma das suas mãos, os músculos uma apertada cadeia de montanhas a ser explorada. Macho, vigoroso, forte. Ele explorava os sentidos dela, prometendo buscas agitadas e movimentos frenéticos. Ela sentiu o gosto de exigências furiosas, intenções fogosas, e então sua excitação saltou quando sentiu o primeiro tremor dele. Necessidades dolorosas, urgentes e desesperadas derramaram-se dele para dentro dela. Era o que queria. Tão impiedosa quanto ele, buscava arrancá-lo do seu controle.

A cama era um campo de batalha, cheia de fogo, fumaça e paixões. A colcha era lisa e macia, o ar tinha o toque de primavera, mas não significava nada para eles. Carne quente e necessidades intensas, músculos ondulados e mãos agitadas. Este era o seu mundo. Ela prendeu a respiração, não por medo, nem em sinal de protesto, mas em estado de excitação, quando ele retirou seu roupão. Como os braços estavam presos, ela utilizou a boca como arma para levá-lo além da razão. Os quadris dela se curvaram, comprimindo-se contra o corpo dele, atormentando, seduzindo, excitando. Enquanto as mãos de David se moviam pelo seu corpo, a força parecia dobrar para acompanhar seus desejos.

Mas aqui neste mundo fumegante e incendiário não haveria ganhador nem perdedor. O fogo disparou pela sua pele, deixando uma dor vaga e formigante por todos os lugares onde seus lábios e suas mãos tinham tocado. Ela o queria, deliciava-se com ele, mesmo quando ardia querendo mais. Não satisfeita em deixar o controle nas mãos dele por muito tempo, A. J. rolou para cima e deu início ao seu próprio cerco.

Ele nunca soube que uma mulher pudesse fazê-lo tremer. Nunca soube que uma mulher pudesse feri-lo de puro desejo. Ela era comprida, ágil e igualmente ávida. Estava nua, mas não vulnerável. Estava apaixonada, mas não era facilmente controlada. Ele podia vê-la no luar, o cabelo claro e caído em volta do rosto, a pele brilhando de regozijo e os desejos ainda não satisfeitos. Suas mãos estavam macias quando alisaram o corpo dele, mas exigentes o suficiente, audazes o suficiente, para tirar sua respiração. Os lábios que as seguiram não fizeram nada para acalmar. Ela abaixou as calças dele com uma impaciência arrebatada que fez a cabeça dele girar e o corpo latejar. Então, antes que ele pudesse reagir, estava escarrapachada no seu corpo, saboreando sua carne.

Era loucura. Ele a acolheu com alegria. Era tormento. Ele poderia ter implorado por mais. Uma vez ele pensou que tinha descoberto nela uma leve paixão latente, mas nada o havia preparado para isso. Ela era sedução, era luxúria, era ganância. Com as duas mãos no seu cabelo, ele arrastou sua boca para a dele para que pudesse sentir-lhe todo o sabor.

Não era sonho, pensou ela em estado de deslumbramento quando a boca de David agarrou-se à dela e as mãos dele mais uma vez tomaram posse. Nenhum outro sonho jamais fora tão tempestuoso. A realidade jamais fora tão insana. Emaranhado nela, ele a colocou de costas. Mesmo enquanto A. J. ofegava, mergulhou dentro dela de modo que o seu corpo curvou-se para cima, retesado com o primeiro clímax incontrolável. Ela levantou os braços, atordoada demais para perceber o quanto precisava agarrar-se a ele. Firmemente embrulhadas, suas forças se alimentavam mutuamente da mesma forma que os desejos.

Ficaram deitados juntos, fracos, saciados, ambos derrotados.

Pouco a pouco o equilíbrio mental retornou. A. J. viu novamente o luar. O rosto dele estava enterrado no seu cabelo, mas a respiração tinha se normalizado, bem como a sua. Os braços continuavam em volta dele, seu corpo preso ao dele. Disse a si mesma para soltar, restabelecer a distância, mas não teve vontade de obedecer.

Tinha sido apenas paixão, ela se lembrou. Tinha sido apenas desejo. Os dois tinham se saciado. Agora era hora de se afastar, de se separar. Mas ela queria olhar seu rosto, murmurar algo tolo e ficar assim até o sol nascer. De olhos bem fechados, lutou com o impulso de amolecer, de ceder aquilo que, uma vez cedido, se perdia.

Não, ele nunca soube que uma mulher pudesse fazê-lo tremer. Nunca soube que uma mulher pudesse deixá-lo fraco. Sim, uma vez pensara que havia descoberto uma leve paixão latente nela, mas não esperava isso. Não deveria ainda se sentir tão aturdido. Não tinha sido sua intenção que o desejo crescesse e se multiplicasse mesmo depois de ser satisfeito. Foi por esta razão que ele perdera parte de si para ela. Esta era, tinha de ser, a única razão.

Mas quando ela tremeu, ele a puxou para junto de si.

— Está com frio?

— O ar esfriou. — Parecia razoável. Parecia verdade. Como ela poderia explicar que seu corpo ainda pulsava de paixão, e continuaria enquanto ele estivesse ali?

— Posso fechar as janelas.

— Não. — Ela podia ouvir o riacho novamente, apenas sentir o cheiro dos jacintos. Não queria perder as sensações.

— Aqui, então. — Ele se afastou para desenrolar os lençóis e cobri-la com eles. Foi então, na luz indistinta, que notou a tênue série de manchas em seu braço. Pegando seu cotovelo, ele olhou mais de perto.

— Parece que não tive cuidado suficiente com você.

A. J. olhou rapidamente para baixo. Havia arrependimento em sua voz, e um vestígio de delicadeza contra a qual ela teria pouca defesa. Se não estivesse com medo, teria desejado ouvi-lo falar assim novamente, teria repousado sua cabeça no seu ombro. Em vez disso, ela deu de ombros, mudou de posição e retirou o braço.

— Nenhum dano permanente. — Ela esperava. — Não ficaria surpresa se encontrasse alguns hematomas em você mesmo.

Ele olhou-a novamente e sorriu de um modo completamente inesperado e totalmente encantador.

— Parece que nós dois jogamos duro.

Era tarde demais para conter uma reação ao sorriso. Por impulso, A. J. inclinou-se e deu uma mordida rápida e nada gentil no ombro dele.

— Está reclamando?

Ela o surpreendera novamente. Talvez estivesse na hora de algumas surpresas na vida dele. E na dela.

— Não reclamarei se você não reclamar. — Então, num movimento repentino demais para conseguir escapar, ele rolou sobre ela novamente, prendendo com uma das mãos seus braços sobre a cabeça.

— Preste atenção, Brady...

— Gosto da ideia do um contra um com você, A. J. — Ele abaixou a cabeça o suficiente para mordiscar o lóbulo de sua orelha, até que ela se contorceu sob seu corpo.

— Contanto que você tenha a vantagem. — A voz dela estava sexy, o rosto corado. Com as mãos nos pulsos dela, podia sentir a aceleração gradual da sua pulsação. Com o corpo totalmente esticado, ele podia sentir as depressões, as curvas, as linhas fluidas do dela. O desejo começou a aumentar novamente como se nunca tivesse sido saciado.

— Senhora, acho que talvez eu aprecie me aproveitar de você regularmente. Sei que vou apreciar pelo resto da noite.

Ela se torceu de um jeito, se torceu de outro, e então soltou um suspiro sibilado quando ele apenas a fitou. Ser superada fisicamente era quase tão ruim quanto ser superada intelectualmente.

— Não posso ficar aqui esta noite.

— Você está aqui — salientou ele, e então utilizou a mão livre numa longa carícia do quadril até o seio.

— Não posso ficar.

— Por quê?

Porque liberar a paixão confinada com ele e passar a noite com ele eram duas coisas inteiramente diferentes.

— Porque tenho de trabalhar amanhã — ela começou, pouco convincente. — E...

— Deixarei você no seu apartamento de manhã para que possa se trocar. — O bico do seio já estava ereto na palma da mão dele. Correu o polegar sobre ele e viu a paixão invadir seus olhos.

— Preciso estar no escritório até as oito e meia.

— Levantaremos cedo. — Ele baixou a cabeça para dar beijos de leve em cada lado da sua boca. — De qualquer forma, não tenho a intenção de dormir muito.

O corpo dela era uma massa de terminações nervosas esperando para ser explorada. A exploração levava à fraqueza, ela se lembrou. E a fraqueza a perdas.

— Não passo a noite com homens.

— Passa com este aqui. — Ele levantou a mão, traçando seu caminho até agarrar sua garganta.

Se ela ia perder, perderia de olhos abertos.

— Por quê?

Ele poderia ter-lhe dado respostas tranquilas e persuasivas. E talvez elas fossem verdadeiras. Talvez fosse por isso que ele escolhera outra maneira.

— Ainda não chegamos nem perto de acabar, Aurora. Nem perto.

Ele estava certo. O desejo gritava em todo seu corpo. Isto ela podia aceitar. Mas não aceitaria ser pressionada, ser lisonjeada ou ser seduzida. Eram seus termos, disse a si mesma. Ela então podia justificar esta primeira concessão.

— Solte minhas mãos, Brady.

Seu queixo estava angulado, os olhos diretos, a voz firme. Ela não era uma mulher, concluiu ele, sobre quem se podia fazer previsões. Levantando uma das sobrancelhas, soltou-lhe as mãos e esperou.

Com os olhos nos dele, ela as trouxe até o seu rosto. Lentamente, seus lábios se curvaram. Quer fosse desafio ou rendição, ele não se importava.

— Eu não teria a intenção de dormir em absoluto esta noite — avisou ela imediatamente antes de puxar sua boca em direção à dela.

O quarto ainda estava escuro quando A. J. despertou de um leve cochilo para puxar mais as cobertas. Havia uma dor, mais agradável do que incômoda, em seus músculos. Ela se esticou, depois mudou de posição para olhar o mostrador luminoso do relógio. Não estava ali. Com a cabeça enevoada de sono, ela esfregou uma das mãos sobre os olhos e olhou novamente.

Claro que não estava ali, ela se lembrou. Ela não estava ali. O seu relógio, o seu apartamento e a sua própria cama estavam a quilômetros de distância. Virando-se novamente, ela viu que a cama a seu lado estava vazia. Onde ele poderia ter ido?, ela se perguntou ao sentar. E que horas eram?

Ela havia perdido a noção do tempo. Horas, dias, semanas, não fazia diferença. Mas agora estava sozinha, e era hora de voltar à realidade.

Eles tinham se exaurido, se depauperado e se alimentado. Ela não sabia que podia haver alguma coisa como a noite que haviam partilhado. Nada real jamais fora tão excitante, tão selvagem ou tão desesperador. No entanto, tinha sido real. Seu corpo trazia as marcas que suas mãos fizeram enquanto ele estivera em estado de paixão. O gosto dele ainda permanecia em sua língua, seu cheiro em sua pele. Havia sido real, mas não fora realidade. A realidade vinha agora, quando tinha de encarar a manhã.

O que ela cedera, o fizera livremente. Não teria arrependimentos neste caso. Se tivesse quebrado uma de suas próprias regras, teria feito de forma consciente e estudada. Não friamente, talvez, mas não de forma imprudente. Nem ela poderia ser imprudente agora. A noite chegara ao fim.

Como não havia mais nada, A. J. pegou o roupão do chão e o vestiu. O importante era não agir de forma tola, mas madura. Não ficaria aninhada e abraçada, fingindo que o que houvera entre eles tinha sido algo mais que sexo. Uma noite de paixão e desejo mútuo.

Ela virou o rosto para a gola do roupão e deixou que ele ficasse lá por um momento, onde o cheiro dele permeara o tecido. Depois, segurando a faixa, ela saiu do quarto e desceu as escadas.

A sala de estar estava nas sombras, mas as primeiras línguas de luz infiltravam-se pelas amplas janelas de vidro. David estava lá, olhando para fora, enquanto o fogo, aceso recentemente, crepitava a seu lado. A. J. sentia que a distância entre eles era como uma cratera, profunda, larga e recortada. Custou-lhe tempo demais para se lembrar de que aquilo era o que ela esperara e quisera. Em vez de falar, desceu o resto das escadas e esperou.

— Mandei construir a casa com esta janela para o leste de modo que pudesse ver o sol nascer. — Ele levantou o cigarro e tragou fundo, fazendo a ponta brilhar na meia-luz. — Não importa quantas vezes eu o veja, é diferente.

Ela não o teria julgado como um homem atraído por poentes. Ela não o tomara por um homem que escolheria uma casa isolada nas montanhas. Exatamente quanto, A. J. se perguntou, ela sabia sobre o homem com quem passara a noite? Enfiando as mãos nos bolsos do roupão, seus dedos roçaram em papelão. A. J. enroscou-os na caixa de fósforos que ele tinha colocado lá e esquecido.

— Não me ocupo muito com o nascer do sol.

— Se por acaso eu estiver aqui na hora certa, geralmente acho que posso lidar melhor com qualquer crise que possa haver durante o dia.

Os dedos dela se fecharam e se abriram, se abriram e se fecharam na caixa de fósforos.

— Está esperando alguma crise em particular hoje?

Ele então se virou para fitá-la, parada, descalça e com os olhos um pouco encovados, usando seu roupão. Não a tornava menor; ela era apenas poucos centímetros mais baixa que ele. Todavia, de alguma forma fazia com que parecesse mais feminina, mais... acessível, concluiu, do que qualquer outra coisa da qual se lembrasse. Não seria possível lhe dizer que acabara de lhe ocorrer que já estava no meio de uma crise. Ela se chamava Aurora J. Fields.

— Sabe de uma coisa... — Ele enfiou as mãos nos bolsos traseiros do *jeans* bem gasto antes de se aproximar um passo. — Não passamos muito tempo conversando na noite passada.

— Não. — Ela se preparou. — Não pareceu que conversa era o que algum de nós desejava. — Nem foi para conversa que ela se preparara para lidar. — Vou subir e me trocar. Realmente tenho de estar no escritório cedo.

— Aurora. — Ele não esticou o braço para impedi-la desta vez. Apenas teve que falar. — O que sentiu naquele primeiro dia no escritório comigo?

Depois de suspirar longamente, ela o encarou mais uma vez.

— David, eu falei sobre esta parte da minha vida ontem à noite mais do que gostaria.

Ele sabia que era verdade. Tinha passado um tempo perguntando-se sobre a razão sem encontrar quaisquer respostas. Ela as tinha. Se ele tivesse que sondar e espetar até que ela as revelasse, ele o faria.

— Você falou sobre isso em relação a outras pessoas, outras coisas. Isto por acaso me envolve.

— Vou me atrasar para o trabalho — murmurou ela, e caminhou em direção ao patamar.

— Você está com o hábito de fugir, Aurora.

— Não estou fugindo. — Ela virou-se novamente, com os punhos cerrados nos bolsos. — Simplesmente não vejo razão de falar sobre isso novamente. É pessoal. É meu.

— E me afeta — acrescentou ele calmamente. — Você entrou no meu quarto na noite passada e disse que tinha sonhado com isso. Tinha?

— Eu não... — Ela tentou negar, mas nunca ficava à vontade com mentiras diretas. O fato de que não podia fazer uso de uma a deixava espumando de raiva. — Sim. Os sonhos não são facilmente controlados como o pensamento consciente.

— Diga-me o que sonhou.

Ela não diria tudo. Suas unhas se fincaram na palma das mãos. Ela estaria perdida se lhe dissesse tudo.

— Sonhei com o seu quarto. Poderia tê-lo descrito para você antes de entrar. Gostaria de me colocar sob o microscópio agora ou mais tarde?

— A autocomiseração não é algo muito atraente. — Quando sua respiração sibilou, ele ficou no patamar com ela. — Sabia que seríamos amantes.

A expressão dela se tornou fria, quase desinteressada.

— Sim.

— E você soube naquele dia no seu escritório quando estava com raiva de mim, frustrada com sua mãe, e nossas mãos se encontraram, assim. — Ele esticou o braço, abriu-lhe a mão e comprimiu as mãos de ambos palma com palma.

Ela estava com as costas contra a parede, sua mão agarrada na dele, cansada, extremamente cansada, de ver-se encurralada.

— O que está tentando provar? Uma teoria para seu documentário?

O que ela diria se ele lhe contasse que chegara à conclusão de que ela mostrava suas garras apenas onde era mais vulnerável?

— Você sabia — repetiu ele, destilando o veneno. — E isso a apavorou. Por quê?

— Eu tinha acabado de ter uma forte premonição de que ia ser amante de um homem que eu já decidira que era detestável. É razão suficiente?

— Para aborrecimento, até mesmo raiva. Não para medo. Você ficou com medo naquela noite no banco de trás da limusine, e mais uma vez ontem à noite, quando entrou no quarto.

Ela tentou puxar o braço.

— Você está exagerando.

— Estou? — Ele se aproximou e tocou-lhe o rosto. — Está com medo agora.

— Não é verdade. — Ela deliberadamente abriu a outra mão. — Estou chateada porque você está me pressionando. Somos adultos que passamos a noite juntos. Isto não lhe dá o direito de intrometer-se na minha vida pessoal ou nos meus sentimentos.

Não, não dava. Esta era sua própria regra básica e ele a estava quebrando. De alguma maneira, tinha esquecido de que não tinha direitos, de que não podia esperar ter nenhum.

— Tudo bem. É verdade. Mas vi em que estado você ficou depois de entrar naquele aposento.

— Isso acabou — disse ela rapidamente, talvez rápido demais. — Não há necessidade de falar nisso de novo.

Embora estivesse longe de estar convencido, ele deixou passar.

— E ouvi você na noite passada. Não quero ser responsável por nada deste tipo que aconteça com você.

— Você não é responsável... eu sou. — Sua voz estava mais calma agora. As emoções deixavam tudo nublado. Ela passara anos descobrindo isso. — Você não causa nada, eu sim, ou, se preferir, as circunstâncias. David, estou com 28 anos, e tenho conseguido sobreviver a este... algo mais toda a minha vida.

— Compreendo. Deveria entender que tenho 36. Não tinha sido exposto a nada disso até algumas semanas atrás.

— Compreendo de verdade. — Sua voz esfriou, só um pouquinho. — E compreendo que a reação natural é ficar desconfiado, curioso ou cético. Da mesma forma como se assiste a um espetáculo num circo.

— Não coloque palavras na minha boca. — A raiva dele foi uma surpresa para os dois. Tanta surpresa que quando ele a agarrou pelos ombros ela não ofereceu resistência em absoluto. — Não posso imaginar que reação as outras pessoas tiveram em relação a você. Elas não são como eu. Droga. Acabei de passar a noite fazendo amor com você e nem mesmo a conheço. Tenho medo de tocá-la, pensando que talvez eu possa desencadear alguma coisa. Não consigo manter minhas mãos longe de você. Desci até aqui esta manhã porque se ficasse deitado a seu lado mais um minuto eu a teria tomado mais uma vez enquanto estivesse meio adormecida.

Antes que tivesse a chance de pesar sua própria reação, ela levantou as mãos em direção às dele.

— Não sei o que você quer.

— Nem eu. — Ele se conteve e relaxou o aperto. — E esta é a primeira vez. Talvez eu precise de tempo para compreender.

Tempo. Distância. Ela se lembrou que era melhor. Assentindo com a cabeça, deixou as mãos caírem mais uma vez.

— É sensato.

— Mas o que não é sensato é o fato de que não quero passar este tempo longe de você.

Calafrios, ansiedade ou excitação, subiram pela sua espinha.

— David, eu...

— Nunca tive uma noite como a que passei com você.

A fraqueza veio rapidamente, e foi combatida na mesma velocidade.

— Não precisa dizer isso.

— Sei que não. — Dando uma meia risada, ele esfregou as mãos sobre os ombros que acabara de apertar. — Na verdade, não é muito fácil admitir. Por acaso, é verdade no meu caso. Sente-se um minuto. — Ele a puxou para baixo para que se sentasse no degrau ao seu lado. — Não tive muito tempo para pensar na noite passada porque estava ocupando demais estando... atordoado — concluiu ele. — Ela não relaxou quando ele pôs o braço em torno dela, mas não se afastou. — Tenho pensado muito sobre o que aconteceu uma hora atrás. Existem mais coisas em você, A. J., do que em muitas outras mulheres. Mesmo sem o algo extra. Acho que o que desejo é ter uma oportunidade de conhecer a mulher com quem pretendo passar muito tempo fazendo amor.

Ela se virou para fitá-lo. O rosto dele estava próximo, seu braço mais gentil do que pudesse esperar. Ele não parecia ser um homem que possuísse qualquer gentileza, apenas poder e confiança.

— Você está tomando muita coisa como certo.

— É, estou.

— Acho que não deveria.

— Talvez não. Quero que você... que você me queira. Podemos começar com isso.

Era mais simples.

— Sem promessas.

O protesto saltou para sua cabeça tão rapidamente que o deixou atordoado.

— Sem promessas — concordou ele, lembrando-se que aquela sempre tinha sido a regra número 2.

Ela sabia que não deveria concordar. A atitude inteligente, o seguro a se fazer, era cortar os laços agora. Uma noite. Paixão apenas. Mas ela viu-se relaxando junto a ele.

— Relacionamentos comerciais e pessoais completamente separados.

— Completamente.

— E quando um de nós ficar desconfortável com o jeito como as coisas estão indo, nós paramos, sem cenas nem ressentimentos.

— De acordo. Quer escrever?

Os seus lábios se curvaram de leve ao examiná-lo.

— Eu deveria. Os produtores são sabidamente indignos de confiança.

— Os agentes são sabidamente cínicos.

— Cautelosos — ela corrigiu, mas levantou uma das mãos e a esfregou no restolho em seu rosto. — Afinal de contas, somos pagos para ser os malvados. E falando nisso, não chegamos a terminar de falar de Clarissa.

— Não estamos no horário comercial — ele lembrou-lhe, e depois virou a palma da mão para cima e comprimiu seus lábios nela.

— Não tente mudar de assunto. Precisamos aparar as arestas. Hoje.

— Entre as nove e as cinco — ele concordou.

— Tudo bem. Ligue para o meu escritório e... Ai, meu Deus.

— O que foi?

— Minhas mensagens. — Arrastando as mãos pelo cabelo, ela deu um salto. — Não liguei para ouvir minhas mensagens.

— Parece uma emergência nacional — murmurou ele ao se levantar e ficar ao seu lado.

— Não fiquei nem duas horas no escritório. Por isso tinha que remarcar meus compromissos. Onde está o telefone?

— Faça-me valer a pena.

— David, não estou brincando.

— Nem eu. — Sorrindo para ela, ele deslizou a mão na abertura do roupão e o abriu. Ela sentiu as pernas se liquefazerem dos joelhos para baixo.

— David. — Ela virou a cabeça para esquivar-se de seus lábios, e então se viu em problema pior, uma vez que sua garganta estava indefesa. — Só levará um minuto.

— Você está errada. — Ele desamarrou a faixa. — Vai levar mais tempo que isso.

— Pelo que me lembro, talvez eu tenha uma reunião no café da manhã.

— Pelo que você lembra, não tem compromisso até o meio-dia. — As mãos dela estavam descendo pelas costas dele, sob a camisa. Ele se perguntava se ela se dava conta.

— O que ambos sabemos é que deveríamos fazer amor. Neste momento.

— Depois — ela começou a dizer, mas suspirou de encontro aos seus lábios.

— Antes.

O roupão caiu no chão aos pés dela. As negociações chegaram ao fim.

Capítulo 8

A.J. deveria estar satisfeita. Deveria estar relaxada. Nos dez dias que se seguiram à sua primeira noite com David, o relacionamento havia corrido suavemente. Quando suas agendas permitiam, eles passavam a noite juntos. Havia noites simples em que caminhavam pela praia, noites elegantes em que jantavam fora e noites tranquilas em que jantavam em casa. A paixão que os unira não desapareceu. Pelo contrário, ela cresceu e se tornou mais intensa, levando-os a reprimi-la. Ele a queria, de forma tão completa e desesperada quanto um homem poderia querer uma mulher. Do monte de coisas das quais ela não tinha certeza, disso podia estar absolutamente certa.

Ela poderia estar relaxada. Estava amarrada com nós.

Todo dia precisava reconstruir uma defesa que tinha sido como uma segunda pele. Toda noite David a rasgava novamente. Ela não podia dar-se o luxo de deixar suas emoções desprotegidas no que era, segundo sua própria descrição, mera atração física. Continuariam a se ver enquanto os dois quisessem. Sem promessas, sem compromissos. Quando ele decidisse se afastar, ela precisava estar pronta.

Era, conforme descobriu, como esperar que outra tarefa fosse finalizada. Ele indubitavelmente poria fim ao relacionamento mais cedo ou mais tarde. As paixões demasiado flamejantes estavam fadadas a se extinguir, e eles tinham pouco mais. Ele lia grossos romances com significado social e não ficção informativa. A. J. inclinava-se aos livros finos de mistério cheios de sangue e aos bestsellers reluzentes. Ele a levou a um festival de filmes estrangeiros cheios de simbolismo e de legendas. Ela teria escolhido o clássico de Gene Kelly e Judy Garland na sessão coruja.

Quanto mais se conheciam, mais distância A. J. via. A paixão era o ímã que os unia, mas estava ciente de que o seu poder desapareceria. Para sua própria sobrevivência, ela pretendia estar preparada quando isto acontecesse.

Em nível comercial, tinha que estar igualmente preparada para lidar com o David Brady produtor. Ela ficava agradecida porque, nesta relação em particular, conhecia todos os procedimentos e todos os ângulos. Após ouvir as ideias de David para a expansão do papel de Clarissa no documentário, ela concordou com todas as tomadas extras. Por um preço. Não foi dinheiro que quis tirar dele, mas a promessa de promoção para o próximo livro de Clarissa, que seria lançado no meio do verão.

Foram dois dias de negociações acaloradas, jogando a bola para lá e para cá, recusas, acordos e conciliações. Clarissa teria sua promoção diretamente no programa, e uma crítica em *Book Talk*, o serviço de utilidade pública intelectual, toda semana. David teria suas tomadas de estúdio extras e suas entrevistas com Clarissa e Alice Van Camp. As duas tinham deixado a mesa de negociações crentes de que uma tinha superado a outra.

Clarissa não deu a mínima. Estava ocupada com suas plantas, suas receitas e, para crescente consternação de A. J., seus planos de casamento. Ela recebeu a notícia das promoções pelas quais A. J. tinha suado com um distraído "Que bom, querida", e se perguntou em voz alta se ela mesma deveria fazer o bolo do casamento.

— Mamãe, uma crítica em *Book Talk* não é simplesmente bom. — A. J. entrou no estacionamento do estúdio frustrada com a viagem de 45 minutos em que ela e Clarissa falaram de coisas diferentes.

— Oh, tenho certeza de que vai ser maravilhoso. O editor disse que eles vão enviar alguns exemplares antecipadamente. Aurora, você acha que um casamento no jardim seria apropriado? Receio que talvez minhas azaleias murchem.

Com as sobrancelhas abaixadas, ela entrou na vaga do estacionamento.

— Quantos exemplares adiantados?

— Oh, não tenho muita certeza. Provavelmente, anotei em algum lugar. E, além do mais, talvez possa chover. O tempo é tão imprevisível em junho.

— Certifique-se de que mandem pelo menos três. Um para... junho? — O seu pé escorregou da embreagem, fazendo com que o carro desse um solavanco e parasse. — Mas é no mês que vem!

— Sim, e tenho dúzias de coisas para fazer. Apenas dúzias.

As mãos de A. J. ainda estavam no volante quando ela se virou.

— Mas você não falou alguma coisa sobre se casar no outono?

— Acho que falei. Você sabe que meus crisântemos atingem o ápice em outubro, mas Alex está... — Ela corou e limpou a garganta. — Um pouco impaciente. Aurora, sei que não dirijo, mas acho que você deixou o carro ligado.

Ela resmungou e retirou a chave.

— Mamãe, você está falando de se casar com um homem que conhece há menos de dois meses.

— Realmente acha que o tempo é tão importante? — perguntou com um doce sorriso. — É mais uma questão de sentimentos.

— Os sentimentos podem mudar. — Ela pensou em David, em si mesma.

— Não existem garantias na vida, querida. — Clarissa esticou o braço para segurar a mão da filha. — Nem mesmo para pessoas como eu e você.

— É isso que me preocupa. — Ela ia falar com Alex Marshall, prometeu a si mesma quando abriu a porta. Sua mãe estava agindo como uma adolescente namorando o craque do futebol. Alguém tinha que ser sensato.

— Você realmente não precisa se preocupar — disse-lhe Clarissa quando pisou no meio-fio. — Sei o que estou fazendo... realmente sei. Mas, sem dúvida, fale com Alex.

— Mamãe. — Dando um longo suspiro, A. J. tocou o seu braço. — Realmente tenho de me preocupar. E ler pensamento não é permitido.

— Eu mal preciso, uma vez que está tudo escrito no seu rosto. O meu cabelo está bom?

A. J. virou-se para beijar-lhe o rosto.

— Você está linda.

— Oh, espero que sim. — Clarissa deu uma risada nervosa quando elas se aproximaram das portas do estúdio. — Receio que tenha me tornado muito vaidosa ultimamente. Mas Alex é um homem tão bonito, não é?

— É — concordou A. J. cautelosamente. Ele era bonito, afável e elegante. Ela não ficaria satisfeita até descobrir os defeitos.

— Clarissa. — Elas mal tinham entrado quando Alex veio caminhando a passos largos pelo corredor. Ele parecia um homem que se aproximava de um tesouro valioso perdido. — Você está bonita.

Ele pegou as mãos de Clarissa e olhou para A. J. como se fosse pegar sua mãe no colo e carregá-la.

— Sr. Marshall. — Ela manteve a voz fria e, deliberadamente, estendeu a mão.

— Srta. Fields. — Com óbvia relutância, ele soltou uma das mãos de Clarissa para pegar a de A. J. — Devo dizer que você é mais dedicada que a minha própria agente. Estava esperando que eu mesmo trouxesse Clarissa hoje.

— Ora, ela gosta de preocupar-se com coisas pequenas — Clarissa interpôs-se, desejando apaziguar os dois. — E receio estar tão avoada que ela tenha que me lembrar de todas os pequenos detalhes sobre entrevistas de televisão.

— Relaxe — A. J. disse a ela. — Vou ver se tudo está pronto. — Consultando o relógio enquanto caminhava, ela abriu as pesadas portas do estúdio quando David passou.

— Bom dia, srta. Fields. — O cumprimento formal foi acompanhado pelo rastro dos seus dedos sobre o pulso dela. — Vai estar presente novamente hoje?

— Vou cuidar da minha cliente, Brady. Ela está... — Quando olhou casualmente por cima do ombro, as palavras voltaram garganta abaixo. Lá, no meio do corredor, estava sua mãe enroscada num abraço íntimo e muito apaixonado. Atordoada, ela ficou olhando enquanto dúzias de sentimentos que não conseguia identificar passaram por ela.

— Sua cliente parece estar bem cuidada — murmurou David. Como ela não respondeu, ele a puxou para uma sala distante do corredor. — Quer se sentar?

— Não. Não, eu deveria...

— Cuidar da própria vida.

A raiva tomou o lugar do choque muito rapidamente.

— Por acaso ela é minha mãe.

— Correto. — Ele caminhou para uma máquina de café e encheu dois copos de plástico. — Não é seu departamento.

— Não vou ficar parada enquanto ela... enquanto ela...

— Se diverte? — sugeriu ele, e entregou-lhe o café.

— Ela não está pensando. — A. J. engoliu metade do café em um gole. — Está apenas sendo levada pela emoção, pela paixão cega. E ela está...

— Apaixonada.

A. J. bebeu o resto do café e depois lançou o copo na direção do lixo.

— Odeio quando você me interrompe.

— Eu sei. — E ele sorriu para ela. — Por que não passamos uma noite tranquila hoje na sua casa? Podemos começar fazendo amor na sala de estar, depois vamos para o quarto e voltamos novamente?

— David, Clarissa é minha mãe e estou muito preocupada com ela. Eu deveria...

— Estar mais preocupada consigo própria. — Ele tinha as mãos nos quadris dela. — E comigo. — Elas deslizaram firmes e fortes costas acima. — Você deveria preocupar-se muito comigo.

— Eu quero que você...

— Estou me tornando um especialista no que você deseja. — Roçou a boca na dela, se retraiu e então roçou novamente. — Sabe que sua respiração começa a tremer sempre que faço isso? — A voz dele abaixou, sedutora, persuasiva. — Depois seu corpo começa a tremer.

Fraca, mais fraca do que deveria estar, ela levantou as mãos até o peito.

— David, temos um acordo. Estamos no horário de trabalho.

— Processe-me. — Ele a beijou novamente, seduzindo, provocando enquanto deslizava as mãos sob o seu casaco. — O que está usando aqui embaixo, A. J.?

— Nada importante. — Ela se pegou balançando à frente. — David, estou falando sério. Nós concordamos. — A língua dele seguiu o traçado do seu lábio inferior. — Nada de misturar... hã... nada de misturar negócios e... hã, droga. — Ela esqueceu os negócios, os acordos e as responsabilidades, arrastando a boca dele em direção à sua.

Eles a preencheram. Aqueles desejos selvagens e libertinos que só ele poderia causar. Eles a dilaceravam. As necessidades, os anseios, os desejos que sabia nunca podiam ser satisfeitos. Num momento de abandono, jogou para o lado o que deveria ser e tateou cegamente em busca do que poderia ser.

A boca dele estava tão dura, tão ávida, como se fosse a primeira vez. O desejo não tinha desaparecido. As mãos estavam tão fortes, tão possessivas e tão exigentes como sempre estiveram. A paixão não havia perdido o brilho. Não importava que a sala fosse pequena e cheirasse a café velho e mofo de cigarro. Os seus sentidos estavam emaranhados. O perfume era forte e doce; os sabores eram misteriosos e exóticos.

Os braços estavam em volta de seu pescoço; os dedos passavam pelo cabelo dela. A boca de A. J. estava ávida e aberta sobre a dele.

— Oh, desculpem. — Clarissa parou na porta, os olhos baixos enquanto limpava a garganta. Não adiantaria aparentar estar satisfeita demais, ela sabia. Bem como não seria prudente mencionar que as vibrações que saltavam pela pequena sala poderiam ter derretido chumbo. — Achei que gostariam de saber que todos já estão prontos para minha filmagem.

Buscando desajeitadamente se recompor, A. J. puxou o casaco.

— Bom. Já vou entrar. — Ela esperou até a porta se fechar e então soltou palavrões picantes.

— Estão quites — David disse ligeiramente. — Você a pegou... ela pegou você.

Os olhos dela, quando se encontraram com os dele, estavam quentes o bastante para chamuscar uma camada de pele.

— Não é piada.

— Sabe de uma coisa que descobri sobre você nos últimos dias, A. J.? Você se leva a sério demais.

— Talvez sim. — Ela pegou a bolsa do sofá e ficou parada e nervosa, segurando-a. — Mas já lhe ocorreu o que teria acontecido se um integrante da equipe tivesse aberto aquela porta?

— Eles teriam visto o produtor beijando uma mulher muito atraente.

— Eles teriam visto você me beijando durante uma filmagem. Isto é totalmente antiprofissional. Antes da primeira pausa para o café, todos no estúdio estariam espalhando a fofoca.

— E daí?

— E daí? — Exasperada, ela só conseguiu fitá-lo. — David, é precisamente isso que concordamos que não queríamos. Não queremos sua equipe ou nossos associados especulando e fofocando sobre nossa relação pessoal.

Com a testa levantada, os olhos estreitos em sinal de atenção, ele ficou ouvindo.

— Não me lembro de ter discutido isso em detalhes.

— Claro que discutimos. — Ela colocou a bolsa debaixo do braço e então desejou que ainda tivesse alguma coisa nas mãos. — Bem no começo.

— Pelo que me lembro, a ideia era manter nossas vidas pessoais e profissionais separadas.

— Foi o que acabei de dizer.

— Não entendi isso como se quisesse dizer que queria guardar segredo do fato de sermos amantes.

— Não quero um anúncio na *Variety*.

Ele colocou as mãos nos bolsos. Não poderia ter dito por que estava com raiva, só que estava.

— Você não deixa muito meio-termo, não é?

Ela fez menção de cuspir nele mas depois desistiu.

— Imagino que não. — Ela suspirou longamente e deu um passo à frente. — Quero evitar especulação, bem como evitar os olhares de compaixão quando as coisas mudarem.

Não era necessário fazer uso de telepatia para compreender que ela estava esperando a mudança — não, ele corrigiu, o fim — desde o começo. O conhecimento trouxe uma inesperada, e muito indesejada, pontada de dor.

— Entendo. Tudo bem, então. Vamos tentar do seu modo. — Ele caminhou até a porta e a manteve aberta. — Vamos bater o ponto.

Não, ele não poderia ter dito por que estava com raiva. Na verdade, sabia que não deveria estar. As regras básicas de A. J. eram lógicas e, de qualquer forma, facilitavam as coisas para ele. Ou deveriam ter facilitado. Ela não fazia exigências em absoluto e não aceitava nenhuma. Em outros relacionamentos, ele insistira na mesma coisa. Ela se recusava a permitir que as emoções interferissem com os negócios dela ou dele. No passado, ele se sentira exatamente da mesma maneira.

O problema era que não se sentia desta maneira agora.

Quando a filmagem foi interrompida devido a duas lâmpadas defeituosas, David lembrou-se de que isso era problema dele. Assim que aceitasse o fato, poderia trabalhar na solução. Uma era concordar com os termos. A outra, mudá-los.

David viu A. J. atravessar a sala em direção a Alex. Sua passada era enérgica, os olhos estavam frios. Usando um conjunto conservador, ela parecia precisamente o que era — uma mulher de negócios bem-sucedida que sabia onde estava indo e como chegar lá. Ele se lembrou da sua aparência quando fizeram amor — esguia, incandescente e tão perigosa quanto uma bomba de nêutrons.

David puxou um cigarro e então acendeu um fósforo com uma espécie de violência contida. Ele ia ter que planejar a solução número 2.

— Sr. Marshall. — A. J. tinha o discurso preparado e a determinação no auge. Com um sorriso bastante amigável, ela interrompeu a conversa de Alex com um dos carpinteiros. — Poderia falar com o senhor por um minuto?

— Claro. — Como já esperava por isso, Alex pegou o braço dela no seu jeito inato à moda antiga. — Parece que teremos tempo para uma xícara de café.

Juntos, retornaram para a sala onde A. J. tinha estado com David algumas horas antes. Desta vez ela serviu o café e ofereceu. Mas antes que pudesse iniciar o prólogo do discurso que ensaiara, Alex começou:

— Você quer falar sobre Clarissa. — Ele puxou um de seus charutos e o estendeu. — Você se importa?

— Não. Fique à vontade. Para falar a verdade, eu gostaria muito de falar com o senhor sobre Clarissa.

— Ela me disse que você estava desconfortável com os nossos planos de casamento. — Ele tirou várias baforadas do charuto se satisfazer por estar bem aceso. — Admito que isto me intrigou um pouco, até que Clarissa me explicou que, além de agente, você é filha dela. Vamos nos sentar?

A. J. franziu as sobrancelhas para ele. As coisas não corriam em absoluto conforme o planejado. Ela ocupou seu lugar numa extremidade, enquanto ele se sentou na outra.

— Fico feliz por Clarissa ter explicado as coisas para você. Simplifica muito. Você deve entender agora por que estou preocupada. Minha mãe é muito importante para mim.

— E para mim. — Enquanto ele se recostava, A. J. examinou seu perfil. Não era difícil ver por que sua mãe estava enrabichada. — Você, dentre todas as pessoas, pode compreender o quanto é fácil amar Clarissa.

— Sim. — A. J. bebericou o café. O que é que ela havia planejado dizer? Respirando fundo, voltou aos trilhos. — Clarissa é uma pessoa muito especial e maravilhosamente afetuosa. O problema é que vocês se conhecem há tão pouco tempo.

— Só levou cinco minutos. — Ele replicou de maneira tão simples que deixou A. J. atrapalhada com as palavras. — Srta.

Fields — continuou e então sorriu para ela. — A. J. — corrigiu. — Não me parece correto chamá-la de "srta. Fields". Afinal de contas vou ser seu padrasto.

Padrasto? De alguma maneira, ela não percebera este aspecto. Ficou sentada, a xícara a meio caminho dos lábios, olhando para ele.

— Tenho um filho da sua idade — recomeçou ele. — E uma filha não muito atrás. Acho que compreendo um pouco que está sentindo.

— É, ah, não é uma questão dos meus sentimentos.

— Claro que é. Você é tão preciosa para Clarissa quanto meus filhos são para mim. Eu e Clarissa vamos nos casar, mas ela ficaria mais feliz se você estivesse satisfeita com o fato.

A. J. franziu as sobrancelhas, depois largou o café.

— Não sei o que dizer. Pensei que soubesse. Sr. Marshall Alex o senhor é jornalista há mais de 25 anos. Viajou o mundo todo. Viu coisas incríveis. Clarissa, apesar de todas as suas habilidades, todos os seus lampejos, é uma mulher muito simples.

— Uma mulher incrivelmente tranquila, especialmente para um homem que viveu no limite, talvez por tempo demais. Eu tinha pensado em me aposentar. — Ele então riu, mas à vontade, ao se lembrar de seu próprio choque quando Clarissa tinha segurado sua mão e feito comentários sobre o assunto. — Aquilo era algo que eu não havia discutido com ninguém, nem mesmo com meus próprios filhos. Estava procurando por algo mais, algo mais do que as manchetes e as histórias bombásticas. Em questão de horas após estar com Clarissa, eu sabia que ela era o que eu estava procurando. Quero passar o resto da minha vida com ela.

A. J. ficou sentada em silêncio, olhando para as mãos. O que mais poderia uma mulher querer, ela se perguntou, do que um homem para amá-la com tamanha devoção? Uma mulher não poderia se considerar de sorte por ter um homem que a aceitava quem ela era, o que era, e a amava por causa disso, não apesar disso?

Um pouco da tensão se desfez e, quando ela olhou para ele, foi capaz de sorrir.

— Alex, minha mãe já preparou o jantar para você?

— Ora, sim. — Embora o tom dele fosse muito sóbrio, ela captou, e apreciou, o brilho em seus olhos. — Várias vezes. Na verdade, ela me disse que deixou uma panela de molho de espaguete cozinhando em fogo brando para hoje à noite. Acho a comida de Clarissa tão... singular como ela é.

A. J. deu uma risada e estendeu a mão novamente.

— Acho que mamãe tirou a sorte grande. — Ele pegou sua mão e então a surpreendeu ao se inclinar para beijar seu rosto.

— Obrigado.

— Não a magoe — sussurrou A. J. Ela agarrou a sua mão por um momento, e então se recompôs. — É melhor voltarmos. Ela vai querer saber por que estamos aqui.

— Sendo Clarissa, tenho certeza de que faz uma boa ideia.

— Isso não o incomoda? — Ela parou perto da porta para olhar para ele. — O fato de ela ser sensitiva?

— Por que deveria? Isso faz parte do que torna Clarissa quem ela é.

— Sim. — Ela tentou não pensar em si mesma, mas não conteve o suspiro a tempo. — Sim, é verdade.

Quando eles retornaram ao estúdio, Clarissa olhou imediatamente. Levou apenas um momento para sorrir. Num velho hábito, A. J. beijou os dois lados do rosto.

— Existe uma coisa sobre a qual devo insistir — começou sem preâmbulo.

— O que é?

— Que eu dê a festa de casamento.

O prazer surgiu no rosto de Clarissa mesmo quando ela protestou.

— Oh, querida, que lindo, mas é incômodo demais.

— Certamente é para uma noiva. Você escolhe seu vestido de casamento, seu enxoval de noiva e se preocupa em estar linda. Eu cuidarei do resto. — Ela a beijou novamente. — Por favor.

— Se você realmente quiser.

— Realmente quero. Dê-me uma lista de convidados e cuidarei dos detalhes. É o que faço melhor. Acho que eles a estão procurando. — Ela deu um último e rápido aperto em Clarissa antes de mandá-la de volta ao *set*. A. J. assumiu seu lugar nos bastidores.

— Sente-se melhor? — murmurou David ao surgir ao seu lado.

— Um pouco. — Ela não podia admitir para ele que se sentia chorosa e deslocada. — Assim que a filmagem terminar, começo a fazer os planos para o casamento.

— Amanhã está bem. — Quando ela lhe lançou um olhar perplexo, ele apenas sorriu. — Pretendo mantê-la ocupada esta noite.

Ele era um homem de palavra. A. J. mal tinha chegado em casa, tirado o casaco e aberto a lista telefônica em Fornecedores e a campainha tocou. Levou a lista consigo e foi atender.

— David. — Ela colocou o dedo na página para não perder. — Você me disse que tinha algumas coisas para fazer.

— Eu as fiz. Que horas são?

— São quinze para as sete. Achei que você só chegaria por volta das oito.

— Bem depois do horário comercial, então. — Ele brincou com o botão superior da blusa dela e então o desabotoou.

Ela teve de sorrir.

— Bem depois.

— E se você não atender, a secretária eletrônica vai atender após quatro toques?

— Seis. Mas não estou esperando nenhuma ligação. — Ela se aproximou para deslizar os braços pelo peito dele acima. — Está com fome?

— Sim. — Ele se testou, vendo quanto tempo podia abraçá-la sem se permitir intimidades. Parece que foi um pouco mais de 30 segundos.

— Não há nada na cozinha a não ser um jantar semipronto de peixe frito. — Ela fechou os olhos quando os lábios dele deslizaram sobre o seu maxilar.

— Então teremos de encontrar outra maneira de satisfazer o apetite. — Ele abriu o fecho de sua saia e, quando ela caiu no chão, passou as mãos pelos quadris.

Ela tirou-lhe o suéter pela cabeça e o jogou para o lado.

— Tenho certeza de que daremos um jeito.

Os músculos dele estavam retesados quando ela correu as mãos sobre eles. Retesado, tenso do pescoço à cintura. Com a blusa semiaberta, as pernas cobertas apenas com meias que terminavam nas coxas, A. J. comprimiu seu corpo contra o dele. Queria fazê-lo arder só de pensar em amá-la. Ela estava então arfando, os dedos cravando nas suas costas enquanto as mãos dele tomavam posse rápida e completamente.

Quando as pernas se curvaram e seu corpo ficou flácido junto ao dele, David não afrouxou. Por várias horas ele a conteve, vendo-a sentar-se de modo empertigado no fundo do estúdio, olhando-a fazer anotações precisas no seu livro. Agora ele a tinha, sozinha, fogosa, úmida e, pela primeira vez em sua vida sexual, fraca.

Abraçando-a firme, ele deslizou com ela para o chão.

Despreparada, ela estava impotente contra um excesso de sensações. Ele a levou a uma viagem desesperada, levando-a para onde o ar era rarefeito, mergulhando-a num local profundo e escuro. Ela tentou agarrar-se a ele, mas não teve força para tal.

Ela tremia por ele. Só isso era o suficiente para enlouquecê-lo. O nome dele saiu de forma desamparada pelos seus lábios. David queria ouvi-lo, vezes sem fim, repetidamente. Queria saber que ela não pensava em mais nada. E quando retirou as roupas que restavam, quando a penetrou com uma violência que nenhum dos dois poderia combater, sabia que não pensava em nada a não ser nela.

Ela estremeceu repetidas vezes, mas ele se conteve da liberação final. Mesmo enquanto a conduzia, suas mãos continuaram a vagar, trazendo prazeres inexprimíveis a cada centímetro do corpo de A. J. O tapete estava macio nas suas costas, mas mesmo quando os dedos dela se enroscaram nele, pôde apenas sentir a estocada firme do seu amante. Ouviu-o pronunciar seu nome, uma vez, duas vezes, até que seus olhos se abriram. O corpo de David ergueu-se sobre o dela, retesado com a força muscular, brilhando de paixão. A respiração dele se soltava tanto quanto a dela. A. J. a ouviu, depois a saboreou quando a boca de David desceu para devorar. Ela então não ouviu nada a não ser seu gemido soluçante enquanto eles se esvaziavam.

— Gosto de você nua. — Quando se havia recuperado o suficiente, David se apoiou no cotovelo e deu uma longa olhada. — Mas devo admitir que estou fascinado com estas meias que está usando que terminam bem aqui. — Para demonstrar, ele correu a ponta do dedo ao longo da parte superior da coxa.

Ainda atordoada, A. J. simplesmente se moveu de encontro ao seu toque.

— Elas são muito práticas.

Com uma risada abafada, ele fungou o lado do seu pescoço.

— São. É isso que me fascina. Sua praticidade.

Ela abriu os olhos, mas os manteve estreitados.

— Não foi isso o que eu quis dizer. — Como se sentia bem demais para criar caso com isso, ela enroscou-se nele.

Foi uma das coisas que mais o encantou. David se perguntou se deveria lhe contar o quanto ela ficava meiga, calorosa e aberta ao afeto depois de fazer amor, se ela se retrairia. Em vez disso, ele a abraçou firme, acariciando e agradando aos dois. Quando se pegou meio cochilando, ele a fez levantar-se

— Vamos lá. Vamos tomar um banho antes do jantar.

— Banho? — Ela deixou a cabeça repousar no seu ombro. — Por que simplesmente não vamos para a cama?

— Insaciável — disse ele, e a tomou nos braços.

— David, você não pode me carregar.

— Por que não?

— Porque sim. — Ela tentou. — Porque é ridículo.

— Sempre me sinto ridículo carregando mulheres nuas. - No banheiro, ele a colocou de pé.

— Acho que você faz disso um hábito — comentou ela secamente e abriu as torneiras, girando com força.

— Tenho tentado diminuir. — Sorrindo, David a puxou para o banho com ele, de modo que a água caiu no seu rosto.

— Meu cabelo! — Ela levantou os braços uma vez, sem sucesso, para obstruir o fluxo, e depois parou para lançar-lhe um olhar de raiva.

— O que foi?

— Deixa pra lá. — Resignada, ela pegou o sabonete e começou a esfregá-lo preguiçosamente sobre o corpo enquanto o observava. — Você parece alegre esta noite. Pensei que tivesse ficado chateado comigo pela manhã.

— Pensou? — Ele cogitara a ideia de estrangulá-la. — Por que estaria? — Ele tomou-lhe o sabonete e começou ele mesmo a executar a tarefa.

— Quando estávamos conversando... — O sabonete estava quente e escorregadio. O toque dele muito cuidadoso. — Não importa. Estou feliz por ter vindo.

Isso foi mais do que ele esperava dela.

— É mesmo?

Ela sorriu e então o enlaçou com os braços e o beijou sob a ducha quente e cheia de vapor.

— Sim, de verdade. Gosto de você, David. Quando não está agindo como produtor.

Isso também era mais do que esperara dela. E menos do que estava começando a precisar.

— Gosto de você, Aurora. Quando não está agindo como agente.

Quando saiu do banho e esticou o braço para pegar as toalhas, ela ouviu a campainha tocar novamente.

— Droga. — Ela prendeu uma toalha sobre os seios.

— Eu atendo. — David enganchou uma toalha no quadril e saiu a passos largos antes que A. J. pudesse protestar.

Ela soltou um suspiro de raiva e retirou o roupão do gancho na porta. Se fosse alguém do escritório, ela iria passar por maus bocados explicando por que David Brady, o produtor, estava atendendo a porta de toalha. Concluiu que a discrição era a melhor coisa e ficou onde estava.

Então se lembrou das roupas. Fechou os olhos e soltou um gemido ao imaginar as peças espalhadas desleixadamente pelo chão da sala. Preparando-se, ela voltou pelo corredor em direção à sala de estar.

Havia luz de vela. Sobre a mesa de ébano que mantinha junto à janela, as velas já estavam acesas em castiçais de prata sobre uma toalha branca. Ela viu o brilho da porcelana, o cintilar do cristal, e ficou onde estava quando David assinou um papel entregue a ele por um homem de preto.

— Espero que tudo esteja a contento, sr. Brady.

— Tenho certeza de que estará.

— É claro que voltaremos para pegar segundo sua conveniência. — Fazendo reverência a David, depois outra a A. J., ele saiu pela porta.

— David... — A. J. caminhou à frente como se não estivesse segura de seus passos. — O que é isso?

Ele levantou uma tampa de prata que cobria um prato.

— É *coq au vin*.

— Mas como você...

— Eu pedi para oito horas. — Ele verificou o relógio antes de ir pegar as calças. — Eles são muito pontuais. — Com a desenvoltura de um homem totalmente desinibido, deixou cair a toalha e vestiu as calças.

Ela deu mais alguns passos em direção à mesa.

— Está linda. Realmente linda. — Havia uma única rosa num vaso. Emocionada, ela esticou o braço para tocá-la, e então imediatamente retraiu a mão para juntá-la à outra. — Nunca esperei algo assim.

Ele vestiu novamente o suéter.

— Uma vez você disse que gostava de ser paparicada. — Ela parecia atordoada, percebeu. Ele tinha sido tão pouco romântico? Um pouco incerto, ele caminhou até ela. — Talvez eu goste de paparicar de vez em quando.

Ela olhou, mas sua garganta estava fechada e os olhos se enchiam de lágrimas.

— Vou me vestir.

— Não. — Ela estava de costas para ele agora, mas David a tomou pelos ombros. — Não, você está bem.

Ela lutou consigo própria, apertando os lábios até achar que pudesse falar.

— Vou demorar só um minuto. — Mas ele a virava. As sobrancelhas dele já estavam franzidas antes de ver o rosto dela.

— O que é isso? — Ele levantou a ponta do dedo e tocou uma lágrima agarrada às pestanas.

— Não é nada. Eu... eu me sinto ridícula. Dê-me apenas um minuto.

Ele retirou outra lágrima com o polegar.

— Não, acho que não deveria. — Ele já a tinha visto chorar, mas isto havia sido uma torrente. Havia algo suave nestas lágrimas, algo incrivelmente doce que o atraía. — Você sempre chora quando um homem te oferece um jantar tranquilo?

— Não, claro que não. É só que... nunca esperei que você fizesse algo assim.

Ele levou a mão dela aos lábios e sorriu ao beijar-lhe os dedos.

— Só porque sou produtor isso não quer dizer que não posso ter um pouco de classe.

— Não foi isso que eu quis dizer. — Ela olhou para ele, que lhe sorria, suas mãos ainda junto aos lábios dele. Ela estava perdendo. A. J. sentiu seu coração debilitar-se, a vontade enfraquecer e os desejos aumentarem. — Não foi o que eu quis dizer — repetiu sussurrando e apertou os dedos nos dele. — David, não me faça querer demais.

Foi o que ele achou que entendeu. Se você desejasse demais, a queda era dura demais. Ele evitara a mesma coisa, talvez pelas mesmas razões, até o final de uma tarde na praia.

— Você realmente acha que um de nós pode parar agora?

Ela pensou em quantas vezes tinha sido rejeitada, facilmente, friamente, de forma nervosa. A amizade, a afeição e o amor poderiam ser encerrados tão rápido quanto se fecha uma torneira. Ele a queria agora, A. J. lembrou-se. Ele se importava agora. Tinha de ser o bastante. Ela tocou seu rosto.

— Talvez esta noite não pensaremos em absoluto.

Capítulo 9

— Item 15, cláusula B. Estou achando o que está escrito aqui muito vago. Como discutimos, meu cliente acha que são seus direitos e responsabilidades como mãe recente. A babá acompanhará a criança ao set à custa da minha cliente. No entanto, ela precisará de intervalos regulares a fim de alimentar a criança. O trailer que vocês fornecerão deve estar equipado com berço portátil e... — Pela terceira vez durante as instruções, A. J. perdeu sua linha de pensamento.

— Fraldas? — sugeriu Diane.

— O quê? — A. J. virou-se da janela para olhar para a secretária.

— Estou apenas tentando ajudar. — Quer que eu leia outra vez?

— Por favor.

Enquanto Diane lia, A. J. olhava com uma expressão de admiração para o contrato que estava na mão dela.

— E um cercadinho — A. J. concluiu e conseguiu sorrir para a secretária. — Nunca vi ninguém tão envolvida com a maternidade.

— Não bate com sua imagem, não é mesmo? Ela sempre interpreta a gostosa sem coração.

— Este filminho da semana deve mudar isso. Tudo bem. Termine com "Assim que as mudanças acima forem feitas, o contrato será passado para a minha cliente para ser assinado".

— Quer que seja feito hoje?

— Hmm?

— Hoje, A. J.? — Com um sorriso perplexo, Diane examinou sua chefe. — Quer que a carta saia imediatamente?

— Oh. Sim, sim, é melhor sair. — Ela consultou o relógio. — Desculpe-me, Diane. São quase cinco. Eu não tinha percebido.

— Não tem problema. — Diane fechou o caderno e saiu. — Você parece um pouco distraída hoje. Grandes planos para o final de semana no feriado?

— Feriado?

— Final de semana do Memorial Day. — Diane balançou a cabeça e colocou o lápis atrás da orelha. — Sabe como é, três dias de folga, o primeiro final de semana do verão. Areia, surfe, sol.

— Não. — Ela começou a rearrumar os documentos sobre a mesa. — Não tenho planos. — Livrando-se do mau humor, levantou os olhos novamente. Distraída? Ela estava era numa baita confusão. Estava atolada em trabalho no qual não conseguia se concentrar, amarrada com nós que não conseguia desatar. Balançou a cabeça e olhou para Diane de novo e lembrou-se de que havia outras pessoas no mundo além dela própria. — Tenho certeza de que você tem. Deixe a carta para depois. Seja com for, não há entrega de correio na segunda-feira. Enviaremos por mensageiro na terça.

— Para falar a verdade, tenho planos interessantes para os três dias. — Diane olhou para o relógio. — E ele vai me pegar em uma hora.

— Vá para casa. — A. J. acenou para que ela saísse enquanto remexia os documentos. — Não se queime ao sol.

— A. J. — Diane parou na porta e sorriu — ... não pretendo ver o sol por três dias inteiros.

Quando a porta se fechou, A. J. retirou os óculos e esfregou o cavalete do nariz. O que havia de errado com ela? Parecia não conseguir se concentrar por mais de cinco minutos seguidos sem que sua atenção começasse a vagar.

Excesso de trabalho?, perguntou-se ao olhar para os documentos em sua mão. Isto era um subterfúgio. Ela gostava de muito trabalho. Não estava dormindo bem. Estava dormindo sozinha. Uma coisa não tinha quase nada a ver com a outra, assegurou-se enquanto desempilhava e empilhava novamente os documentos. Ela era muito mulher para ficar triste porque David Brady se ausentara da cidade por alguns dias.

Mas realmente sentia falta dele. Pegou um lápis para trabalhar, e então terminou simplesmente passando-o pelos dedos. Não era crime sentir falta dele, era? Não era como se dependesse dele. Simplesmente se acostumara à sua companhia. Ele não ficaria convencido e satisfeito em saber que ela passara metade de suas horas em claro pensando nele? Insatisfeita consigo mesma, A. J. começou a trabalhar a sério. Por dois minutos.

Era culpa dele, pensou ao largar o lápis novamente. Aquele jantar extravagantemente romântico a dois. Depois aquele pequeno buquê de margaridas que ele enviara no dia que ela partiu para Chicago. Embora tenha tentado não fazê-lo, esticou o braço e acariciou as pétalas que repousavam alegres e soltas sobre a mesa. Ele procurava torná-la uma tola frívola e romântica... e estava obtendo êxito.

Isto simplesmente precisava acabar. A. J. ajustou os óculos, pegou o lápis e recomeçou a trabalhar. Não ia mais pensar em David Brady. Quando a batida soou na porta, momentos depois, ela estava olhando para o espaço. Piscou e acordou do sonho, xingou, e então gritou:

— Entre.

— Você não para de trabalhar nunca? — Abe lhe perguntou quando colocou a cabeça na porta.

Parar? Ela pouco tinha progredido.

— Tenho alguns pequenos detalhes. Abe, o contrato do Forrester deve ser renovado no dia 1º de julho. Acho que deveríamos começar a agir. As cartas de seus fãs aumentaram muito na temporada passada, então...

— Terça-feira cedinho vou colocar pressão nisso. Agora tenho que marinar.

— Como é que é?

— Churrascada neste final de semana — disse Abe piscando o olho. — É a única ocasião em que minha esposa me deixa cozinhar. Quer que guarde um bife para você?

Ela sorriu, grata por ele ter trazido coisas mais simples à sua cabeça. Fumaça de chicória, grama recém-cortada, carne queimada.

— Não, obrigada. A lembrança do último está um pouco recente.

— O açougueiro me deu carne de má qualidade. — Ele puxou o cinto para cima e pensou em passar o final de semana inteiro em trajes de banho.

— É o que todos dizem. Tenha um bom feriado, Abe. Só esteja preparado para o trabalho duro na terça-feira.

— Não tem problema. Quer que eu tranque?

— Não, só vou demorar alguns minutos.

— Se mudar de opinião sobre o bife, é só aparecer.

— Obrigada. — Sozinha novamente, A. J. concentrou-se no trabalho. Ouviu seu pessoal encerrando o dia. Portas se fechando, risadas dispersas.

David parou na porta e a observou. O restante do pessoal estava saindo pela porta o mais rápido que podia, mas ela estava sentada, calma e eficiente atrás da mesa. A fadiga que o deixara meio cochilando no avião desaparecera. O cabelo dela estava arrumado, o casaco do conjunto aprumado e reto sobre os ombros. Ela segurava o lápis nos longos dedos sem anéis e escrevia em arrancadas rápidas e estáticas. As margaridas que ele lhe enviara dias antes repousavam num pequeno vaso sobre a mesa. Era a primeira, a única coisa que não era sistemática que ele jamais vira em seu escritório. Isso fez com que ele sorrisse. Vê-la fez com que a desejasse.

Ele podia ver-se tomando-a em seu escritório limpo e organizado. Ele podia despir aquele seu conjunto feito sob medida e encontrar algo suave e de renda por baixo. Com a porta trancada e o tráfego correndo lá embaixo, ele podia fazer amor com ela até que todas as necessidades, todas as fantasias que se acumularam nos dias em que estivera longe, fossem satisfeitas.

A. J. continuou a escrever, fazendo força para retomar sua concentração toda vez que ameaçava diminuir. Não era certo, disse a si mesma, que seu sistema começasse a se agitar desta maneira sem razão. Os fatos e os números áridos que estava lendo não deveriam deixar espaço para pensamentos picantes. Esfregou a nuca, chateada porque a tensão estava se acumulando lá por nada. Teria jurado que podia sentir a paixão no ar. Mas isto era ridículo.

Depois ela soube. Com tanta certeza como se tivesse falado, com tanta certeza como se já a tivesse tocado. Aos poucos, com a mão úmida sobre o lápis, ela levantou os olhos.

Não havia surpresa em seus olhos. Devia tê-lo deixado incomodado o fato de ter sentido sua presença ali embora ele não tivesse feito barulho nem movimento. Isso era algo em que pensaria mais tarde. Agora só conseguia pensar em como ela ficava serena e digna atrás da mesa. Em como estava selvagem e imoderada em seus braços.

Ela queria rir, pular da mesa e cruzar a sala correndo. Queria ser abraçada firme e girada em círculos vertiginosos enquanto o prazer de apenas vê-lo aumentava dentro dela. Claro que ela não podia. Seria ridículo. Em vez disso, ela ergueu uma das sobrancelhas e colocou o lápis sobre o mata-borrão.

— Então você voltou.

— É. Tive um pressentimento de que a encontraria aqui. — Ele queria arrancá-la da cadeira e abraçá-la. Apenas abraçá-la. Enfiou as mãos nos bolsos e encostou-se no batente da porta.

— Um pressentimento? — Desta vez ela sorriu. — Precognição ou telepatia?

— Lógica. — Ele sorriu também e caminhou em direção à mesa. — Você está bem, Fields. Muito bem.

Recostando-se na cadeira, ela permitiu-se o prazer de um exame detalhado.

— Você parece um pouco cansado. Viagem difícil?

— Longa. — Ele arrancou uma margarida do vaso e a girou pelo caule. — Mas deve ser a última antes de terminarmos. — Observando-a, contornou a mesa e, repousando o quadril ali, inclinou-se e colocou a margarida atrás da sua orelha. — Tem planos para hoje à noite?

Se ela tivesse algum, o teria jogado pela janela e esquecido dele. Com a língua presa entre os dentes, A. J. encarregou-se de verificar o calendário de mesa.

— Não.

— Amanhã?

Ela virou a página.

— Parece que não.

— Domingo?

— Até mesmo os agentes precisam de um dia de descanso.

— Segunda-feira?

Ela virou a página seguinte e deu de ombros.

— Os escritórios estão fechados. Achei que passaria o dia lendo alguns roteiros e fazendo minhas unhas.

— Hã-hã. Se você não percebeu, o expediente acabou.

O coração dela estava martelando. Já. Seu sangue se aquecia. Tão cedo.

— Eu tinha percebido.

Em silêncio, ele esticou a mão. Após leve hesitação, A. J. juntou a sua e deixou que ele a levantasse.

— Venha para minha casa.

Ele a convidara antes e ela recusara. Olhando para ele agora, sabia que os dias de recusa há muito se foram. Ela se abaixou, pegou a bolsa e a pasta.

— Esta noite não — disse-lhe David, e pegou a pasta para colocá-la de volta.

— Eu quero...

— Esta noite não, Aurora. — Ele tomou-lhe a mão novamente e levou-a aos lábios. — Por favor.

Ela assentiu com a cabeça e deixou a pasta e o escritório para trás.

Ficaram de mãos dadas enquanto desciam o corredor. As mãos ainda estavam unidas quando desceram no elevador. Não parecia algo tolo, percebeu A. J., mas meigo. Ele não a beijara, não a abraçara, no entanto a tensão que se acumulara tão rapidamente se foi outra vez, através de um simples toque.

Ela ficou satisfeita de deixar o carro no estacionamento, pensando que, em algum momento do dia seguinte, voltariam à cidade e arrumariam as coisas. Satisfeita por simplesmente estar com David de novo, parou junto ao carro dele enquanto abria as portas.

— Você ainda não esteve em casa? — perguntou ela, notando uma mala no banco de trás.

— Não.

Ela começou a sorrir, encantada por ele ter desejado vê-la primeiro, mas olhou rapidamente por cima do ombro mais uma vez ao entrar no carro.

— Tenho uma mala exatamente como esta.

David acomodou-se no assento e girou a ignição.

— É a sua mala.

— Minha? — Desconcertada, ela se virou e olhou mais de perto. — Mas... eu não me lembro de você ter me pedido emprestado uma de minhas malas.

— Eu não pedi. As minhas estão no porta-malas. — Ele saiu do estacionamento e fundiu-se ao trânsito atravancado de final de semana em Los Angeles.

— Bem, se não a pediu emprestado, o que está fazendo no seu carro?

— Passei na sua casa no caminho. Sua empregada a arrumou para você.

— Arrumou... — Ela fitou a mala. Quando se virou para ele, seus olhos estavam apertados. — Você é muito audacioso, Brady. Como é que chega arrumando minhas roupas e achando...

— A empregada as arrumou. Boa mulher. Achei que você ficaria mais confortável durante o fim de semana usando algumas de suas próprias coisas. Tinha pensado em deixá-la nua, mas ficaria um pouco complicado quando você fizesse passeios na mata.

Como seu maxilar começava a doer, ela o relaxou.

— Você achou? *Você* absolutamente não pensou. Passa pelo meu escritório e calmamente supõe que largarei tudo e fugirei com você. E se eu tivesse planos?

— Então teria sido muito ruim. — Ele entrou no caminho em direção às montanhas.

— Muito ruim para quem?

— Para os planos. — Ele ativou o isqueiro do carro e lançou-lhe um sorriso conciliatório. — Não pretendo deixá-la longe dos meus olhos nos próximos três dias.

— Não tem intenção? — O fogo estava aumentando enquanto ela mudava de posição no assento, virando-se para ele. — E minhas intenções? Talvez você ache que seja muito macho para simplesmente... simplesmente arrastar uma mulher para um fim de semana sem convite, sem discussão. Mas acontece que prefiro ser consultada. Pare o carro.

— De jeito nenhum. — David tinha esperado esta reação. Até mesmo ansiara por ela. Encostou o isqueiro na ponta do cigarro. Ele não se divertia tanto assim havia dias. Desde a última vez em que estivera com ela.

A respiração dela saiu num forte e longo assobio.

— Não acho raptos atraentes.

— Eu também achava que não. — Ele soltou uma lenta onda de fumaça. — Creio que estava errado.

Ela recostou-se novamente no banco, com os braços cruzados.

— Você vai se arrepender.

— Só me arrependo de não ter pensado nisso antes. — Com o cotovelo repousando levemente na janela aberta, ele subiu mais para as montanhas, com A. J. bufando a seu lado. No momento em que parou o carro na entrada da garagem, A. J. abriu a porta, pegou a bolsa e começou a caminhar. Quando ele agarrou seu braço, ela girou, segurando o objeto de couro em tom pastel como se fosse uma arma.

— Quer lutar?

— Eu não lhe daria o prazer. — Ela livrou o braço. — Vou voltar.

— Oh? — Ele deu uma rápida olhada na saia estreita, na meia fina e nos saltos frágeis. — Você não chegaria a dois quilômetros com estes sapatos.

— É problema meu.

Ele refletiu por um minuto, e então suspirou.

— Acho que simplesmente trataremos do mesmo tema. — Antes de ela perceber sua intenção, enlaçou-lhe a cintura com o braço e a colocou no ombro.

Atordoada demais para lutar, ela tirou o cabelo dos olhos com um sopro.

— Me solta.

— Em alguns minutos — ele prometeu enquanto caminhava em direção à casa.

— Agora. — Ela bateu vigorosamente nas costas dele com a bolsa. — Isso não tem graça.

— Está brincando? — Quando ele colocou a chave na fechadura, ela começou a lutar. — Calma, A. J., você vai acabar caindo de cabeça.

— Não vou tolerar isso. — Ela tentou dar pontapés e viu que suas pernas estavam presas atrás dos joelhos. — David, isso é degradante. Não sei o que deu em você, mas se você se acalmar agora, esquecerei tudo.

— Nada feito. — Ele começou a subir os degraus.

— Faço um acordo com você — disse ela entre os dentes enquanto tentava inutilmente agarrar o corrimão. — Se me soltar agora, não te mato.

— Agora?

— Neste exato momento.

— Tudo bem. — Girando o corpo rapidamente, ele a fez cair de costas. Mesmo quando os seus olhos se arregalaram em estado de choque, ele tombou com ela na cama.

— O que deu em você? — perguntou ela enquanto se esforçava para se sentar.

— Você — disse ele, de forma tão simples que ela interrompeu o ato de empurrá-lo. — Você — repetiu, agarrando sua nuca. — Pensei em você o tempo todo que estava fora. Desejei você em Chicago. Desejei você no aeroporto, e a 30 pés de altura eu ainda a desejava.

— Você está... isso é loucura.

— Talvez. Talvez seja. Mas quando eu estava no avião voltando para Los Angeles, percebi que queria você aqui, bem aqui, sozinha comigo por vários dias.

Os dedos dele acariciavam seu pescoço para cima e para baixo, acalmando. Os nervos dela se retesavam cada vez mais.

— Se você tivesse pedido... — ela começou a falar.

— Você teria dado uma desculpa. Poderia ter passado a noite. — Os dedos dele tocaram seu cabelo. — Mas teria encontrado uma razão para não ficar mais tempo.

— Não é verdade.

— Não é? Por que não passou um fim de semana comigo antes?

Os dedos dela se uniram e se enroscaram.

— Houve motivos.

— Sim. — Ele colocou a mão sobre a dela. — E o principal é que você tem medo de passar mais que algumas horas comigo de cada vez. — Quando ela abriu a boca, ele balançou a cabeça para interrompê-la. — Com medo de que, se o fizesse, eu poderia me aproximar demais.

— Não tenho medo de você. Isso é ridículo.

— Não. Acho que você não tem. Acho que tem medo é de nós. — Ele a puxou para mais perto. — Eu também.

— David. — O nome saiu vacilante. O mundo ficou repentinamente instável. Apenas paixão, ela lembrou-se repentinamente. Era isto que fazia sua cabeça flutuar, o coração martelar. Desejo. Os braços dela deslizaram pelas suas costas acima. Era apenas desejo. — Não vamos pensar em nada por um tempo. — Ela roçou os lábios nos dele e sentiu resistência bem como desejo.

— Mais cedo ou mais tarde, vamos ter que pensar.

— Não. — Ela o beijou novamente, deixou que a língua circundasse de leve os seus lábios. — Não existe mais cedo ou mais tarde. — Sua respiração estava quente e sedutora ao agitar-se sobre ele. — Existe apenas o agora. Faça amor comigo agora, no claro. — As mãos escorregam sob sua camisa para atiçar e convidar.

Os olhos de A. J. estavam abertos e fixos nos dele, os lábios trabalhando lentamente, de forma constante, para levá-lo ao extremo. Ele soltou um palavrão, e então a puxou para si e deixou que a loucura viesse.

* * *

— É bom para você.

— Então é fígado de vitelo — disse A. J., ofegante, e parou para encostar-se em uma árvore. — Eu evito isso também.

Eles tinham tomado o caminho atrás da casa, cruzado o riacho e continuaram subindo. Segundo os cálculos de David, haviam caminhado 1.200 metros. Ela voltou para ficar a seu lado.

— Olhe. — Ele abriu o braço. — É espetacular, não é?

As árvores estavam viçosas e verdes. Os pássaros faziam as folhas farfalhar e cantavam pelo simples prazer do som. Flores silvestres que ela nunca tinha visto antes e das quais não sabia o nome abriam caminho na vegetação rasteira e lutavam pelas áreas de sol. Era, mesmo para uma garota assumidamente apaixonada pela cidade, uma visão maravilhosa.

— Sim, é espetacular. Costuma-se esquecer que exista algo assim quando se está lá embaixo em Los Angeles.

— É por isso que me mudei para cá. — Ele colocou o braço em seu ombro e distraidamente esfregou a mão para cima e para baixo. — Estava começando a esquecer que havia outro lugar além da pista de alta velocidade.

— Trabalho, festas, reuniões, festas, café da manhã tardio, almoço e coquetéis.

— É, algo deste tipo. De qualquer forma, vir aqui em cima após um dia na fábrica coloca as coisas em perspectiva. Se um projeto fracassa nos índices de audiência, o sol ainda vai se pôr.

Ela pensou nisso, encostando-se nele um pouco enquanto ele afagava-lhe o braço.

— Se estrago um negócio, vou para casa, tranco as portas, coloco meu fone de ouvido e afogo meu cérebro em Rachmaninoff.

— Faço a mesma coisa.

— Mas geralmente chuto alguma coisa antes.

Ele riu e beijou-lhe o topo da cabeça.

— O que quer que funcione. Espere até ver a vista da parte de cima.

A. J. abaixou-se para massagear a panturrilha.

— Encontro você na casa. Pode fazer um quadro para mim.

— Você precisa de ar. Já percebeu que pouco saímos da cama em 36 horas?

— E provavelmente registramos cerca de dez horas de sono. — Endireitando-se um pouco, ela esticou os músculos que protestavam. — Acho que já tive o bastante de saúde e natureza para o dia de hoje.

Ele olhou-a. Ela agora não era A. J. Fields, de camiseta, *jeans* e botas gastas. Mas ele ainda sabia como lidar com ela.

— Acho que estou em melhor forma que você.

— Que nada. — Ela afastou-se da árvore.

Determinada a não ficar atrás, ela caminhou a passos largos a seu lado, subiu o caminho de barro tortuoso até o suor escorrer pelas costas. Os músculos das pernas lamuriavam-se, fazendo com que se lembrasse de que negligenciara seus jogos de tênis semanais por mais de um mês. Finalmente, dolorida e exausta, deixou-se sentar em uma rocha.

— Chega. Desisto.

— Mais 100 metros e retornamos.

— Não.

— A. J., é mais rápido ir por este caminho do que dar a volta.

Mais rápido? Ela fechou os olhos e se perguntou o que a tinha possuído para deixar que ele a arrastasse pela mata.

— Vou ficar aqui esta noite. Você pode me trazer um travesseiro e um sanduíche.

— Eu também poderia carregar você.

Ela cruzou os braços.

— Não.

— Que tal um suborno?

O seu lábio inferior moveu-se para fora enquanto ela refletia.

— Estou sempre aberta a negociações.

— Tenho uma garrafa de *cabernet sauvignon* que estou guardando para o momento certo.

Ela esfregou um pouco de barro no seu joelho.

— Que ano?

— Setenta e nove.

— Um bom começo. Isto poderia me fazer caminhar os próximos 100 metros.

— Depois tem os bifes que retirei do congelador esta manhã, aqueles que vou grelhar sobre algarobeira.

— Eu tinha me esquecido disso. — Ela passou a língua sobre o lábio superior e achou que quase podia saboreá-lo. — Isto deve me fazer percorrer a metade do caminho.

— Você zela pelos seus interesses.

— Obrigada.

— Flores. Dezenas delas.

Ela levantou uma das sobrancelhas.

— Quando voltarmos, o florista já terá fechado.

— Cabeça urbana — disse ele com um suspiro. — Olhe em volta.

— Você vai colher flores para mim? — Surpresa e tolamente satisfeita, ela levantou os braços para enroscá-los em seu pescoço. — Isso definitivamente me levaria até a porta da frente.

Sorridente, ela se inclinou para trás novamente quando ele saiu do caminho para pegar flores.

— Gosto das azuis — gritou e riu quando ele resmungou com ela.

Ela não esperava que o final de semana fosse tão relaxado, tão agradável. Não sabia que podia gostar de estar com uma pessoa por tanto tempo. Não havia horários, nem compromissos, nem acordos pressionando. Havia simplesmente manhãs, tardes e noites.

Parecia absurdo que algo tão mundano quanto preparar o café da manhã pudesse ser divertido. Havia descoberto que gastar o tempo saboreando o desjejum em vez de correr para começar o dia tinha certo apelo. Quando não se estava sozinha. Ela não tinha um roteiro ou uma carta comercial para cuidar. Não fizera nada mais instigante mentalmente em dois dias além de palavras cruzadas. E mesmo isso, ela se lembrava com felicidade, tinha sido interrompido.

Agora ele estava colhendo flores para ela. Flores silvestres pequenas e coloridas. Ela as colocaria num vaso perto da janela onde ficariam confortáveis e brilhantes. E mortais.

Por um instante, seu coração parou. Os pássaros ficaram em silêncio e o ar estava tão imóvel quanto vidro. Ela viu David como se estivesse olhando por uma lente potente. Enquanto observava, a luz tornou-se cinza. Houve dor, aguda e repentina, quando os nós dos dedos rasparam a pedra.

— Não! — ela achou que gritou, mas a palavra saiu sussurrada. Ela quase escorregou da pedra antes de se jogar em seus braços. Ele já tinha visto aquele terror absoluto em seus olhos uma vez quando ela ficou parada num velho aposento vazio vendo algo que ninguém mais podia ver.

— Aurora, o que foi? — Ele a abraçava firme enquanto ela tremia, embora não tivesse ideia de como acalmá-la. — O que aconteceu?

— Não pegue mais. David, não faça isso. — Os dedos se enterraram fundo em suas costas.

— Está bem. Não pego mais. — Com as mãos firmes, ele a afastou a fim de examinar seu rosto. — Por quê?

— Há algo errado com elas. — O medo não tinha passado. Ela comprimiu a parte posterior da mão contra o peito como se fosse puxá-lo para fora. — Há algo errado com elas — ela repetiu.

— São apenas flores. — Ele mostrou-lhe o que segurava nas mãos.

— Estas não. Lá adiante. Você ia pegar aquelas lá adiante.

Ele seguiu a direção do seu olhar até uma grande pedra ensolarada com flores em volta. Ele se lembrou que estava virando em sua direção quando seus gritos o detiveram.

— Sim, ia. Vamos dar uma olhada.

— Não. — Ela o agarrou novamente. — Não toque nelas.

— Calma — disse ele com bastante tranquilidade, embora seus próprios nervos estivessem começando a ficar irritados. Ele se curvou e pegou um galho. Deixando cair as flores que já havia colhido, pegou a mão de A. J. na sua e arrastou a ponta do galho ao longo da extremidade da pedra através de uma moita espessa de campânulas. Ele ouviu o barulho do chocalho, sentiu o solavanco do galho que segurava quando a cobra empinou-se e atacou. A mão de A. J. ficou flácida na dele. David continuou segurando o galho enquanto a levava de volta para o caminho. Ele estava usando botas, grossas e fortes o suficiente para proteger das cobras que viviam pelas montanhas. Mas estava colhendo flores, e não havia nada para proteger a carne vulnerável de suas mãos e pulsos.

— Quero voltar — ela disse de forma lacônica.

Ela ficou grata por ele não ter questionado, nem sondado, nem mesmo tentado tranquilizá-la. Se ele tivesse, não tinha certeza de quais respostas idiotas lhe teria dado. A. J. tinha descoberto mais coisas naquele único momento interminável do que no perigo imediato de David. Havia descoberto que estava apaixonada por ele. Todas as suas regras, todos os seus avisos, todas as suas precauções não tiveram importância. Ele poderia magoá-la agora, e talvez ela nunca se recuperasse.

Então ela não falou. Como ele também estava em silêncio, A. J. sentiu a primeira pontada de rejeição. Eles entraram pela porta da cozinha. David pegou uma garrafa de conhaque e dois copos do armário. Ele serviu, entregou um a A. J., depois esvaziou metade do conteúdo em seu copo com um único gole.

Ela bebericou, depois deu outro gole, e sentiu-se um pouco mais firme.

— Você me levaria para casa agora?

Ele pegou a garrafa e colocou uma grande quantidade no seu copo.

— De que está falando?

A. J. segurou o copo com as duas mãos e forçou-se a falar de forma calma.

— A maioria das pessoas fica desconfortável após... após um episódio. Elas querem se distanciar da fonte ou dissecá-la. — Como ele não disse nada e só ficou olhando para ela, ela largou o copo. — Não vou demorar muito para arrumar a mala.

— Se você der outro passo — disse ele com uma voz profundamente calma — não sei o que vou fazer. Sente-se, Aurora.

— David, não quero um interrogatório.

Ele jogou o copo na pia, fazendo com que ela levasse um susto com a violência repentina.

— Não nos conhecemos nem um pouquinho mais agora? — ele gritava. Ela não podia saber que não era com ela, mas com ele próprio. — Não podemos ter nenhum tipo de discussão, nenhum tipo de contato, que não seja sexo ou negociações?

— Nós concordamos...

Ele disse algo tão inusitadamente vulgar sobre acordos que ela parou de repente.

— Você, provavelmente salvou minha vida. — Ele ficou olhando para a mão, podendo muito bem imaginar o que poderia ter acontecido. — O que devo dizer a você? Obrigado?

Quando se pegou gaguejando, ela engoliu em seco e se retraiu.

— Realmente preferiria que você não dissesse nada.

Ele caminhou até ela, mas não a tocou.

— Não consigo. Veja bem. Eu mesmo estou um pouco abalado com isso. Não quer dizer que de repente decidi que você é esquisita. — Ele viu a emoção ir e vir em seus olhos antes de estender a mão para tocar-lhe o rosto. — Estou grato. Só não sei muito bem como lidar com isso.

— Tudo bem. — Ela estava perdendo terreno, podia sentir. — Eu não espero...

— Espere. — Ele levou a outra mão ao seu rosto. — Espere de verdade. Diga-me o que quer. Diga-me de que necessita neste momento.

Ela tentou não fazê-lo. Perderia mais uma posição se o fizesse. Mas as mãos dele estavam gentis como nunca, e os olhos se ofereciam.

— Abrace-me. — Ela fechou os olhos ao dizê-lo. — Abrace-me apenas um minuto.

Ele colocou os braços em volta dela e a puxou de encontro ao seu corpo. Não havia paixão nem fogo, apenas conforto. Ele sentiu as mãos dela amassarem suas costas até os dois relaxarem.

— Quer conversar a respeito?

— Foi apenas um instante. Eu estava sentada ali, pensando em como tinha sido bom não fazer nada. Estava pensando nas flores. Tinha uma imagem delas na janela. De repente, elas ficaram pretas e feias e as pétalas estavam como navalhas. Vi você se curvando sobre aquele monte de campânulas e tudo ficou cinza.

— Não tinha me curvado sobre elas ainda.

— Mas teria.

— Sim. — Ele a abraçou mais firme por um momento. — Teria. Parece que deixei de cumprir a última parte do acordo. Não tenho flores para você.

— Não faz diferença. — Ela comprimiu os lábios no pescoço dele.

— Terei que recompensá-la. — Ele recuou e pegou suas mãos. — Aurora... — Ele começou a levantar uma delas, e então viu o sangue comprimido nos nós dos seus dedos.

Ela abaixou os olhos, perplexa.

— Não sei. Dói — disse ela ao flexionar a mão.

— Venha comigo. — Ela teria retirado a mão se ele não a tivesse segurado firme.

— Nunca tive um toque muito gentil — murmurou ele.

Ela encostou um lado do quadril na pia.

— Eu notei.

Chateado ao ver a ferida feia em sua mão, ele começou a bater de leve nela com uma toalha.

— Vamos subir. Tenho um pouco de Merthiolate.

— Isso arde.

— Não seja criança.

— Não sou. — Mas ele teve que arrastá-la. — É apenas um arranhão.

— E arranhões infeccionam.

— Veja. Você já esfregou até ficar em carne viva. Não pode ter sobrado um germe.

Ele a cutucou para que entrasse no banheiro.

— Vamos nos certificar.

Antes que ela pudesse detê-lo, ele retirou um frasco e despejou remédio em suas mãos. O que tinha sido uma vaga ardência transformou-se em fogo. Droga!

— Aqui. — Ele agarrou sua mão novamente e começou a soprar sobre a ferida. — Deixe passar apenas um minuto.

— Que bem isso faz — murmurou ela, mas a dor arrefeceu.

— Nós vamos preparar o jantar. Isto fará com que você se desligue disso.

— Você é quem deve preparar o jantar — ela lembrou-lhe.

— Correto. — Ele beijou-lhe a testa. — Tenho que ir lá fora um instante. Vou acender a grelha quando voltar.

— Isto não significa que vou ficar cortando legumes enquanto você não está. Vou tomar um banho.

— Está bem. Se a água ainda estiver quente quando eu voltar, me juntarei a você.

Ela não perguntou onde ele estava indo. Quis fazê-lo, mas havia regras. Em vez disso, A. J. entrou no banheiro e observou da janela quando ele arrancou pela pista da garagem. Cansada, ela se sentou na cama e retirou as botas. A tarde tinha causado grandes danos, físicos e emocionais. Ela não queria pensar. Não queria sentir.

Cedeu e esticou-se de um lado ao outro da cama. Descansaria por um minuto, disse a si mesma. Apenas por um minuto.

David veio para casa com um punhado de ásteres que ele tinha suplicado a um vizinho para pegar de seu jardim. Ele pensou que a ideia de deixá-las cair sobre A. J. enquanto ela se ensaboava na banheira poderia trazer o riso de volta aos seus olhos. Ele nunca a tinha ouvido rir tanto ou tão naturalmente quanto fizera durante o fim de semana. Não era algo que quisesse perder. Tal como estava descobrindo que ela não era algo que ele quisesse perder.

Subiu as escadas em silêncio, e então parou na porta do quarto quando a viu. Ela havia tirado apenas as botas. Havia um travesseiro sob o seu braço e ela estava deitada na cama na diagonal. Ocorreu-lhe ao entrar no quarto que nunca a tinha visto dormir. Eles nunca tinham se dado a oportunidade.

O rosto dela parecia tão suave, tão frágil. O cabelo estava claro e caído sobre o rosto, os lábios, sem batom, levemente abertos. Como foi que ele nunca tinha notado como os seus traços eram finos, como seus pulsos eram delgados e delicados, como era elegantemente feminina a curva do seu pescoço?

Talvez ele não tivesse olhado, admitiu David ao caminhar até a cama. Mas estava olhando agora.

Ela era fogo e trovão na cama, astuciosa e durona fora dela. Tinha um dom, uma maldição e uma habilidade contra a qual lutava durante todos os seus momentos despertos, algo que ele estava começando a compreender. Ele estava apenas começando a ver que isso a deixava defensiva e sem defesa.

Só raramente as vulnerabilidades emergiam, e então com tamanha relutância de sua parte que ele costumara desculpá-las. Mas agora, neste exato momento, quando ela estava adormecida e sem consciência da presença dele, ela parecia algo que um homem deveria proteger, tratar com carinho.

Os primeiros movimentos não foram de paixão e desejo, mas de uma tranquila afeição que ele não percebera sentir por ela. Ele não tinha percebido que era possível ter qualquer sentimento tranquilo por Aurora. Incapaz de resistir, ele se abaixou para afastar o cabelo do seu rosto e sentir sua pele quente e lisa.

Ela se mexeu. Ele queria que ela o fizesse. Pesados e vitrificados pelo sono, seus olhos se abriram.

— David? — Até mesmo a voz era macia, feminina.

— Trouxe um presente para você. — Ele sentou-se ao seu lado na cama e largou as flores perto de sua mão.

— Oh. — Ele já tinha visto isso também, percebeu. Aquela surpresa rápida e confusão momentânea quando ele fizera algo tolo e romântico. — Não precisava.

— Achei que sim — murmurou ele, um pouco para si mesmo. Quase como uma tentativa, direcionou sua a boca até a dela e a beijou suavemente, gentilmente, com a ternura que ela o fizera sentir enquanto dormia. Ele sentiu o desejo percorrer-lhe o corpo, doce como um sonho.

— David? — Ela disse seu nome novamente, mas desta vez seus olhos estavam escuros e atordoados.

— Ssh. — As mãos dele não se arrastavam pelo seu cabelo agora com tremores de paixão, acariciavam, explorando a textura. Ele podia ver a luz bater em fios isolados. — Linda. — Ele olhou novamente para ela. — Já lhe disse o quanto você é linda?

Ela estendeu-se para tocá-lo, para alcançar a paixão que ela podia perceber.

— Não é necessário.

Os lábios dele encontraram-se com os dela outra vez, mas não exigiram nem devoraram. Esse estado de ânimo era estranho e fez seu coração bater tanto de incerteza quanto de necessidade.

— Faça amor comigo — murmurou ela enquanto tentava arrastá-lo para baixo.

— Estou fazendo. — A boca de David permaneceu sobre a dela. — Talvez pela primeira vez.

— Não compreendo — ela começou a falar, mas ele mudou de posição a fim de poder aninhá-la nos braços.

— Nem eu.

Então ele começou, lenta e gentilmente, a testar os dois. A boca de A. J. oferecia promessas mais misteriosas, mas ele esperou, seduzindo. Os lábios dele estavam pacientes enquanto se moviam sobre os dela, leves e tranquilizantes enquanto beijava seus olhos até se fecharem. Ele não a tocou, ainda não, embora se perguntasse como seria afagá-la enquanto a luz declinava, a fim de acariciá-la como se tudo fosse novo, tudo fresco. Pouco a pouco ele sentiu a tensão no corpo dela ceder. Sentiu o que nunca sentira nela antes. Docilidade, rendição, calor.

O corpo dela parecia não ter peso, gloriosamente leve e livre. A. J. sentiu o prazer percorrer-lhe o corpo, porém de forma doce e fluida, como o vinho. Ele então era o vinho, impetuoso e potente, envenenando-a com o sabor intoxicante da sua boca. As mãos que o tinham agarrado em estado de necessidade ficaram frouxas. Havia tanto a absorver — o sabor de seus lábios enquanto permaneciam sobre os dela; a textura da pele dele enquanto seu rosto roçava no dela; o cheiro que aderia a ele, parte do homem, parte da mata; o olhar detido e curioso enquanto a observava.

Ela revelava o mesmo olhar de quando dormia, pensou ele. Frágil, tão excitantemente frágil. E ela sentia... Finalmente ele tocou, apenas as pontas dos dedos, ao longo da pele já quente. Ele a ouviu suspirar seu nome de um modo como nunca pronunciara antes. Mantendo-a aninhada em seus braços, ele começou a levá-la mais fundo, a levar-se mais fundo, com ternura.

Ela não tinha força para exigir, nem vontade para assumir o controle. Pela primeira vez seu corpo era totalmente dele, bem como suas emoções. Ele tocou, e ela cedeu. Quando ele a mudou de posição, ela se sentiu como se pudesse flutuar. Talvez estivesse flutuando. Nuvens de prazer, névoas de suave deleite. Quando ele começou a despi-la, ela abriu os olhos, precisando vê-lo novamente.

A luz tinha se tornado rosa com o pôr do sol. Fez a pele dela brilhar quando ele paulatinamente retirou a camisa. Ele não conseguia tirar os olhos dela, não conseguia impedir que suas mãos tocassem, embora não tivesse vontade de se apressar. Quando ela levantou os braços, ele a ajudou a tirar a própria blusa, e então levou sua mão machucada até os lábios. Ele beijou seus dedos, depois a palma, depois o pulso, até senti-la novamente tremer. Ele se curvou, roçou os lábios dela mais uma vez, desejando que ela suspirasse seu nome.

Depois, observando-a, esperando até que ela olhasse para ele, ele continuou a despi-la.

Lentamente. Lenta e ardentemente, ele arriou o jeans dela, parando de vez em quando para saborear a pele recém-exposta. Havia pulsações atrás dos joelhos. Ele as sentia, demorava-se lá, as explorava. Os tornozelos dela eram delgados, frágeis como os pulsos. Ele os contornou com a língua até ela gemer. Ele então esperou, deixando-a acomodar-se novamente enquanto ele retirava seu próprio *jeans*. Ele uniu-se a ela, carne com carne.

Nada tinha sido assim. Nada poderia ser assim. Os pensamentos formaram um redemoinho no cérebro dela quando ele deu início a mais um ataque deliciosamente lento. O corpo dela era para proporcionar deleite e prazer, não para ser adorado. Mas ele fazia isto agora, e a instigava a fazer o mesmo com o dele.

Tão forte. Ela já conhecera sua força, mas agora era diferente. Os dedos dele não apertavam; as mãos não comprimiam. Elas deslizavam, contornavam, enfraqueciam. Tão intensas! Eles já tinham partilhado de intensidade, mas nunca de forma tão tranquila.

Ela o ouviu dizer seu nome. Aurora. Era como um sonho. Um sonho que jamais ousara ter. Ele murmurava promessas em seu ouvido e A. J. acreditava nelas. O que o amanhã pudesse trazer, ela acreditava nisso agora. Podia sentir o cheiro das flores espalhadas sobre a cama e sentir o sabor da excitação que se acumulava de um jeito como jamais se acumulara.

Ele deslizou para dentro dela como se seus corpos nunca tivessem estado separados. O ritmo era natural, paciente, de entrega.

Ele se conteve e a viu chegar mais alto. Era o que ele queria, percebeu, dar-lhe tudo o que havia para dar. Quando ela se curvou e tremeu, a força fustigou-lhe o corpo. O poder, ele o reconheceu, mas estava direcionado para atrelá-lo. Sua boca encontrou a dela e fez uso de sua doçura. Como ele poderia ter sabido que a doçura poderia ser tão excitante?

O sangue martelava a cabeça dele, rugindo em seus ouvidos. No entanto, o corpo continuava a se mover lentamente com o dela. Equilibrando-se no limite, David disse seu nome pela última vez.

— Aurora, olhe para mim. — Quando os olhos dela se abriram, eles estavam atentos e cientes. — Quero ver onde levo você.

Mesmo quando o controle se esvaiu, os ecos de ternura permaneceram.

Capítulo 10

Alice Robbins tinha explodido nas telas nos anos 1960. Um jovem talento em estado natural. Tinha, como muitas garotas antes e depois dela, fugido para Hollywood para escapar das limitações da vida de cidade pequena. Viera com sonhos, esperanças e ambições. Um astrólogo poderia ter dito que as estrelas de Alice estavam no quadrante certo. Quando ela acertou, acertou em cheio.

Tivera um casamento prematuro e turbulento que terminara num divórcio prematuro e turbulento. As cenas dentro e fora do tribunal haviam sido tão emocionantes quanto qualquer coisa que tivesse representado na tela. Com o fim do casamento e a carreira em ascensão, ela gozara de todos os benefícios de ser uma mulher bonita numa cidade que exigia, e então cortejava, a beleza. Os relatos de seus casos amorosos crepitavam nas páginas das revistas de celebridades. Críticas e elogios favoráveis tomavam vulto a cada papel. Mas nos seus vinte e tantos anos, quando sua carreira alcançava o auge, ela encontrou algo que a realizou de um modo que o sucesso e as críticas não tinham feito. Alice Robbins conheceu Peter Van Camp.

Ela era quase 20 anos mais velho que ela, um magnata dos negócios obstinado e abastado. Eles se casaram após um namoro de duas semanas que tinha sido um turbilhão e deixou as colunas de mexericos salivando. Foi por dinheiro? Foi por poder? Foi por prestígio? Tinha sido, pura e simplesmente, por amor.

Num gesto sem precedentes, Alice adotara o nome do marido tanto na vida particular quanto na profissional. Pouco mais de um ano depois, dera à luz um filho e tinha, sem olhar para trás, colocado sua carreira em compasso de espera. Por quase uma década, ela se dedicara à família com o mesmo tipo de esforço determinado que colocara na representação.

Quando vazou a notícia de que Alice Van Camp tinha sido novamente seduzida a fazer filmes, a divulgação foi exagerada. Voaram rumores de um contrato de milhões de dólares e promessas do filme do século foram pródigas.

Quatro semanas antes do lançamento, seu filho, Matthew, foi sequestrado.

David conhecia a história. Os triunfos e os sofrimentos de Alice Van Camp foram de domínio público. Seu nome foi lenda. Embora ela raramente consentisse em aparecer na tela, sua popularidade permanecia constante. Quanto ao sequestro e ao resgate do filho, os detalhes foram parcos. Talvez devido às circunstâncias, a polícia nunca revelou tudo e Clarissa DeBasse fora bastante evasiva. Nem Alice nem Peter Van Camp tinham jamais, até o momento, concedido uma entrevista sobre o assunto. Mesmo com o seu consentimento e aparente cooperação, David sabia que teria de caminhar com cuidado.

Ele estava usando a equipe mínima e bastante experiente. "Estrela" poderia ser um termo utilizado demais, mas David estava ciente de que estariam lidando com uma mulher que merecia plenamente o título e a mística que a acompanhava.

Sua casa de Beverly Hills era protegida por portões eletrônicos e um muro que tinha duas vezes o tamanho de um homem. Logo após os portões ficava um guarda uniformizado que verificava identidades. Mesmo depois de terem sido liberados, eles dirigiram por quase um quilômetro até a casa.

Era branca, transbordando de varandas, e se elevava sobre colunas dóricas, suavizadas por altíssimas treliças de rosas em pleno desabrochar. Diz a lenda que o marido ordenara que fosse construída para ela em homenagem ao último papel que havia representado antes do nascimento do filho. David tinha visto o filme inúmeras vezes e se lembrava dela como uma provocadora do período anterior à guerra que fazia Scarlet O'Hara parecer uma freira.

Havia cerejeiras japonesas se derramando em longas saias para varrer a grama. Seu aroma e a fragrância cítrica da laranja e do limão aguilhoavam o ar. Quando parou o carro atrás do furgão de equipamento, ele avistou um pavão cruzando o gramado de forma pomposa.

Quem dera A. J. pudesse ver isso.

O pensamento veio automaticamente antes que ele tivesse tempo de verificá-lo, tal como pensamentos nela tinham vindo automaticamente por vários dias. Como ele ainda não tinha certeza exatamente como se sentia em relação a isso, David simplesmente deixou que acontecesse.

E como ele se sentia em relação a ela? Isto era outra coisa da qual ele não tinha bem certeza. Desejo. Ele a desejava mais, até mais agora depois de ter se impregnado dela. Amizade. De alguma forma estranha e cautelosa ele sentia que eram tão amigos quanto eram amantes. Compreensível. Era mais difícil ser tão categórico quanto a isso. A. J. tinha uma habilidade incomum para levantar espelhos que refletiam seus próprios pensamentos e não os dela. Todavia, ele concluíra que sob a confiança e a exigência estava uma mulher afetuosa e vulnerável.

Ela era apaixonada. Era reservada. Era competente. Ela era frágil. E era, David tinha descoberto, um provocante mistério a ser desvendado, uma camada por vez.

Talvez fosse por isso que se vira tão enredado nela. A maioria das mulheres que conhecia era precisamente o que pareciam. Sofisticadas. Ambiciosas. Bem-educadas. Seu próprio gosto sempre o atraíra para um certo tipo de mulher. A. J. se encaixava. Aurora não. Se compreendia alguma coisa sobre ela, era que se tratava das duas coisas.

Como agente, ele sabia, ela estava satisfeita com o acordo que tinham fechado para sua cliente, incluindo a parte dos Van Camp. Como filha, ele tinha a sensação de que ela estava incomodada com as repercussões.

Mas o acordo tinha sido feito, David lembrou-se ao subir os amplos degraus circulares para a propriedade dos Van Camp. Como produtor, ele estava satisfeito com o progresso do seu projeto. Mas, como homem, gostaria de conhecer uma maneira de deixar a cabeça de A. J. sossegada. Ela o excitava; ela o intrigava. E como nenhuma outra mulher jamais o fizera, ela lhe interessava. Ele se perguntara, mais de uma vez, se esta estranha combinação equivalia a amar. E se fosse verdade, o que é que ele ia fazer?

— Reconsiderações? — perguntou Alex enquanto David hesitava na porta.

Aborrecido consigo mesmo, David deu de ombros e apertou a campainha.

— Deveria haver?

— Clarissa está à vontade assim.

David remexeu-se de forma irrequieta.

— É o suficiente para você?

— É — respondeu Alex. — Clarissa sabe o que quer.

O fraseado o deixou de sobrancelhas franzidas e em dúvida.

— Alex...

Embora ele não estivesse certo do que estava prestes a dizer, a porta se abriu e o momento se perdeu. Uma empregada vestida formalmente e com sotaque francês ouviu seus nomes antes de conduzi-los a uma sala ao largo do corredor principal. A equipe, que não se impressionava facilmente, falava através de murmúrios.

Era hollywoodiana sem pedir desculpas. Os móveis eram grandes e arrojados, as cores brilhantes. Sobre um piano de cauda no centro da sala situava-se um candelabro de prata gotejando prismas de cristal. David o reconheceu como sendo um adereço de *Music at Midnight.*

— Digno de que se dê seu justo valor.

— Sem dúvida. — David vasculhou a sala de novo. Havia brocados e sedas em cores de pedras preciosas. Os móveis brilhavam como espelhos. Mas talvez Alice Van Camp fosse uma das poucas pessoas no ramo que merecia contar vantagem.

— Obrigada.

Elegante, divertida e formidável como estivera em seu filme de estreia, Alice Van Camp parou na porta. Ela era uma mulher que sabia como fazer pose, e que o fazia sem hesitação. Como outras pessoas que a conheceram somente através de seus filmes, o primeiro pensamento que veio à cabeça de David foi de como ela era pequena. Ele então deu um passo à frente e sua presença imediatamente afastou a imagem.

— Sr. Marshall. — Com a mão estendida, Alice caminhou até ele. Seu cabelo era de um negro profundo em volta de um rosto tão claro e liso como o de uma criança. Se David não soubesse, teria dito que ela ainda completaria 30 anos. — É um prazer conhecê-lo. Sou uma grande admiradora de jornalistas... quando eles não me citam incorretamente.

— Sra. Van Camp. — Ele cobriu sua mão pequena com as dele. — Devo dizer o óbvio?

— Depende.

— É tão bonita ao vivo quanto na tela.

Ela riu e soltou um murmúrio sensual e abafado que tinha feito os homens arderem de desejo por mais de duas décadas.

— Aprecio o óbvio. E você é David Brady. — Seu olhar se deslocou para ele e ele sentiu a conclusão sem desculpas, estritamente de homem para mulher. — Vi várias de suas produções. Meu marido prefere documentários e biografias a filmes. Não consigo entender por que ele se casou comigo.

— Eu consigo. — David aceitou suas mãos. — Sou um fã inveterado.

— Contanto que não me diga que aprecia meus filmes desde criança. — Seus olhos bruxulearam de prazer mais uma vez antes de ela olhar em volta. — Bem, se me apresentar à sua equipe, podemos começar.

David a admirara por vários anos. Após dez minutos em sua companhia, a admiração cresceu. Ela falou com todos os membros da equipe, desde o diretor até o técnico assistente de iluminação. Quando terminou, ela virou-se para Sam para receber as instruções.

Conforme sua sugestão, eles foram para o terraço. Paciente, ela esperou enquanto os técnicos armavam os refletores e umbrelas, refletores em forma de guarda-chuva, a fim de explorar o melhor efeito da luz disponível. Sua empregada colocou uma mesa com refrigerantes e pratos leves fora do alcance da câmera. Embora não tivesse tocado em nada, ela mostrou para a equipe que devia aproveitar. Ela ficou sentada tranquilamente durante os testes de som e a marcação. Quando Sam estava satisfeito, ela se virou para Alex e começou.

— Sra. Van Camp, a senhora é conhecida há 20 anos como uma das mais talentosas e mais amadas atrizes do país.

— Obrigada, Alex. Minha carreira sempre foi uma das partes mais importantes da minha vida.

— Uma das mais. Estamos aqui para discutir outra parte da sua vida. Sua família, mais especificamente, seu filho. Há uma década, a senhora quase enfrentou uma tragédia.

— Sim, foi. — Ela apertou as mãos. Embora o sol brilhasse no seu rosto, ela não chegou a piscar. — Uma tragédia da qual realmente duvido de que teria me recuperado.

— Esta é a primeira entrevista sobre o assunto. Posso lhe perguntar por que concordou agora?

Ela sorriu um pouco, recostando-se na cadeira de junco gasta.

— O *timing*, na vida e nos negócios, é crucial. Por vários anos após o rapto de meu filho eu simplesmente não consegui falar disso. Após um tempo, pareceu desnecessário trazê-lo à tona. Hoje, se assisto o noticiário ou olho na vitrine de uma loja e vejo cartazes de crianças desaparecidas, sofro pelos seus pais.

— Acha que esta entrevista talvez possa ajudar esses pais?

— Ajudá-los a encontrar seus filhos, não. — A emoção fez seus olhos tremerem, de forma bastante verdadeira e muito breve. — Mas talvez possa aliviar um pouco da tristeza. Eu nunca tinha cogitado partilhar meus sentimentos sobre minha própria experiência. Duvido muito se teria concordado se não tivesse sido por Clarissa DeBasse.

— Clarissa DeBasse lhe pediu que desse esta entrevista?

Após uma leve risada, Alice balançou a cabeça.

— Clarissa nunca pede nada. Mas quando falei com ela e percebi que tinha fé neste projeto, concordei.

— A senhora confia bastante nela.

— Ela me deu meu filho de volta.

Ela disse isso com tanta sinceridade, com uma sinceridade tal, que Alex deixou a frase pairando no ar. De algum lugar do jardim atrás dela um pássaro começou a gorjear.

— É só isso que gostaríamos de conversar aqui. Poderia nos dizer como veio a conhecer Clarissa DeBasse?

Atrás das câmeras e da equipe, David estava parado com as mãos nos bolsos ouvindo a história. Ele se lembrava agora de que A. J. uma vez lhe contara do vínculo gradual de sua mãe com as celebridades. Alice Van Camp viera visitá-la com uma amiga por um capricho. Após uma hora, saiu impressionada com o estilo gentil e o modo franco de Clarissa. Num impulso, ela pediu a Clarissa para fazer o mapa de seu marido como presente de aniversário de casamento. Quando ficou pronto, até mesmo o pragmático e empresarial Peter Van Camp ficou intrigado.

— Ela me disse coisas a meu respeito — prosseguiu Alice. — Não sobre o futuro, entenda, mas sobre os meus sentimentos, coisas sobre o meu passado que me influenciaram, ou que ainda me preocupavam. Não posso dizer que sempre gostei do que ela tinha a dizer. Há coisas sobre nós que não gostamos de admitir. Mas continuei voltando porque ela era muito intrigante, e, pouco a pouco, nos tornamos amigas.

— A senhora acreditava em clarividência?

As sobrancelhas de Alice se uniram enquanto ela refletia.

— Eu diria que a princípio comecei a vê-la porque era divertido, era diferente. Eu havia decidido levar uma vida isolada após o nascimento do meu filho, mas isto não queria dizer que não apreciaria, até mesmo necessitaria, pequenos lampejos. Do incomparável. — O franzido se suavizou quando ela sorriu. — Clarissa era indubitavelmente incomparável.

— Então a senhora a procurou por diversão.

— Ah, sim. Esta foi seguramente a motivação no começo. Veja bem. A princípio ela era simplesmente muito astuta. Depois, à medida que comecei a conhecê-la, descobri que não era simplesmente astuta. Ela era especial. Isto certamente não significa que aprove qualquer quiromante do Sunset Boulevard. Certamente, não posso dizer que entenda as verificações e as pesquisas que são feitas sobre o assunto. No entanto, realmente acredito que alguns de nós sejamos mais sensíveis, ou que os sentidos estejam mais bem sintonizados.

— Poderia nos dizer o que aconteceu quando seu filho foi raptado?

— Foi no dia 22 de junho. Quase dez anos atrás. — Alice fechou os olhos por um momento. — Para mim é como se fosse ontem. O senhor tem filhos, sr. Marshall?

— Sim, tenho.

— E os ama?

— Muito.

— Então pode ter uma ideia do que seria perdê-los, mesmo por um curto espaço de tempo. Existe o terror e a culpa. A culpa é quase tão dolorosa quanto o medo. Veja bem. Eu não estava com ele quando o levaram. Jenny era a babá de Matthew. Ela estava conosco havia cinco anos e era muito dedicada ao meu filho. Era jovem, mas confiável e incrivelmente protetora. Quando tomei a decisão de voltar às telas, nos apoiamos tremendamente em Jenny. Nem eu nem meu marido queríamos que Matthew sofresse porque eu estava trabalhando novamente.

— O seu filho tinha quase 10 anos quando a senhora concordou em fazer outro filme.

— Sim. Ele já era bem independente. Tanto eu quanto Peter queríamos isso para ele. Durante as filmagens, Jenny o trazia ao estúdio com bastante frequência. Mesmo após a conclusão das filmagens, ela continuou com o hábito de ir ao parque com ele à tarde. Se eu tivesse percebido na época o quanto certos hábitos podem ser perigosos, teria impedido. Tanto eu quanto meu marido tínhamos tido o cuidado de deixar Matthew longe do centro das atenções, não porque temêssemos por sua segurança física, mas porque sentíamos que era melhor que sua criação fosse o mais natural e normal possível. É claro que ele era reconhecido e, de vez em quando, algum fotógrafo ousado conseguia tirar uma foto.

— Este tipo de coisa a incomodava?

— Não. — Quando ela sorriu, o glamour oculto veio à tona. — Acho que estava acostumada a tais coisas. Eu e Peter não queríamos ficar fanáticos com nossa privacidade. E me pergunto, e sempre o fiz: se tivéssemos sido mais rígidos, isso teria feito alguma diferença? Duvido. — Houve um leve suspiro, como se fosse um ponto que ela ainda tivesse de resolver. — Descobrimos mais tarde que as idas de Matthew ao parque estavam sendo observadas.

— Por um tempo, a polícia suspeitou que Jennifer Waite, a babá de seu filho, trabalhasse para os sequestradores.

— Claro que era um absurdo. Eu nem por um minuto duvidei da lealdade de Jennifer e de sua dedicação a Matthew. Assim que tudo acabou, ela foi completamente inocentada. — E um traço de obstinação veio à tona. — Ela ainda trabalha para mim.

— As investigações acharam sua história desconexa.

— Na tarde em que ele foi raptado, Jenny chegou em casa histérica. Éramos a ideia mais próxima de família que tinha, e ela se culpou. Matthew estava jogando bola com outras crianças enquanto ela observava. Uma jovem aproximou-se dela pedindo informação. Havia inventado uma história sobre ter perdido o ônibus e ser nova na cidade. Distraiu Jenny apenas por alguns instantes, e foi o tempo necessário. Quando olhou para trás, Jenny viu Matthew sendo empurrado para dentro de um carro na extremidade do parque. Correu atrás dele, mas ele se foi. Dez minutos após ter chegado em casa, ocorreu o primeiro telefonema pedindo resgate.

Ela levou as mãos aos lábios por um momento, e elas tremiam de leve.

— Desculpe-me. Poderíamos parar aqui um instante?

— Corta. Cinco minutos — Sam ordenou à equipe.

David estava ao lado da sua cadeira antes de Sam ter terminado de falar.

— Gostaria de alguma coisa, sra. Van Camp? Uma bebida?

— Não. — Ela balançou a cabeça e olhou além dele. — Não é tão fácil quanto pensei que seria. Dez anos, e ainda não é fácil.

— Posso mandar chamar seu marido.

— Pedi a Peter para ficar longe hoje. Ele fica tão desconfortável na presença das câmeras. Seria melhor não ter pedido.

— Podemos encerrar por hoje.

— Ah, não. — Ela respirou fundo e se recompôs. — Acho correto terminar o que começo. Matthew está no segundo ano da faculdade. — Ela sorriu para David. — Gosta de finais felizes?

Ele segurou-lhe a mão. Durante este momento ela foi apenas uma mulher.

— Sou fascinado por eles.

— Ele é brilhante, bonito e apaixonado. Eu simplesmente precisava me lembrar disso. Poderia ter sido... — Ela juntou as mãos novamente e o rubi em seu dedo tinha o brilho de sangue. — Poderia ter sido muito diferente. Conhece a filha de Clarissa, não conhece?

Um pouco desconcertado com a mudança de assunto, David mudou de posição.

— Conheço.

Ela admirou a cautela.

— Falei sério quando disse que eu e Clarissa somos amigas. As mães se preocupam com seus filhos. Tem um cigarro?

Em silêncio, ele retirou um e o acendeu para ela.

Alice soprou a fumaça e deixou um pouco da tensão se esvair.

— Ela é uma agente e tanto. Você sabe que eu quis assinar com ela e não quis me aceitar?

David esqueceu-se de seu próprio cigarro em um simples estado de assombro.

— O que disse?

Alice riu novamente e relaxou. Ela precisou de um momento para lembrar-se de que a vida continuava.

— Isto ocorreu poucos meses após o sequestro. A. J. achou que eu a tinha procurado em sinal de gratidão a Clarissa. E talvez o tenha feito. Seja com for, ela me recusou categoricamente, embora estivesse lutando para tentar alugar um escritório decente. Admirei sua integridade. Tanto que alguns meses atrás eu a abordei novamente. — Alice sorriu para ele, apreciando o fato de que ele ouvia com atenção. Aparentemente, ela refletiu, Clarissa estava progredindo como era esperado, como sempre. — Ela estava estabelecida e respeitada. E me recusou novamente.

Que agente em seu juízo perfeito rejeitaria uma atriz conhecida, que conquistara através do puro talento o rótulo de "megaestrela"?

— A. J. nem sempre faz o que se espera — murmurou ele.

— A filha de Clarissa é uma mulher que insiste em ser aceita por si só, mas nem sempre pode ver quando é. — Ela apagou o cigarro após uma segunda tragada rápida. — Obrigada. Gostaria de continuar agora.

Instantes depois, Alice já tinha se aprofundado na sua história. Embora a câmera continuasse a rodar, ela não se deu conta dela. Sentada ao sol com o cheiro forte e doce de rosas, falou sobre suas horas de pavor.

— Teríamos pagado qualquer coisa. Qualquer coisa. Eu e Peter discutíamos amargamente sobre convocar a polícia. Os sequestradores tinham sido bastante precisos. Não devíamos contatar ninguém. Mas Peter achou, e muito corretamente, que precisávamos de ajuda. Os telefonemas pedindo resgate eram feitos em intervalos de poucas horas. Concordamos em pagar, mas eles ficavam mudando as condições. Nos testando. Foi o pior tipo de crueldade. Enquanto esperávamos, a polícia começou a procurar o carro que Jenny tinha visto e a mulher com quem ela falara no parque. Foi como se eles tivessem desaparecido como num passe de mágica. Ao final de 48 horas, não estávamos mais perto de encontrar Matthew.

— Então decidiu chamar Clarissa DeBasse?

— Não sei quando me ocorreu a ideia de pedir que Clarissa me ajudasse. Sei que não tinha dormido nem comido. Só ficava esperando o telefone tocar. É uma sensação de impotência tão grande! Lembrei-me, Deus sabe por que, de que Clarissa uma vez me dissera onde encontrar um broche de diamantes que eu não sabia onde havia colocado. Para mim não era apenas uma joia, mas algo que Peter tinha me dado quando Matthew nasceu. Uma criança não é um broche, mas comecei a pensar que talvez fosse uma possibilidade. Eu precisava de um pouco de esperança.

"A polícia não gostou da ideia. Acredito que Peter também não, mas ele sabia que eu precisava de alguma coisa. Chamei Clarissa e disse a ela que Matthew tinha sido levado. — Seus olhos encheram-se de lágrimas. Ela não se importou em piscar e afastá-las. — Perguntei se podia me ajudar e ela me disse que tentaria. Desmoronei quando ela chegou. Sentou-se comigo por um tempo, falando de amiga para amiga, de mãe para mãe. Falou com Jenny, embora não houvesse como acalmar a pobrezinha mesmo àquela altura. A polícia falava muito pouco com Clarissa, mas ela parecia aceitar isso. Disse a eles que estavam procurando no lugar errado. — Sem se sentir inibida, ela enxugou as lágrimas do rosto. — Posso dizer que isto não foi muito bem recebido com os homens que estavam trabalhando sem parar. Ela disse que Matthew não havia sido levado para fora da cidade, e que não tinha ido para o norte, como eles pensavam. Ela pediu alguma coisa de Matthew, algo que ele tivesse usado. Trouxe-lhe o pijama que ele usara para dormir na noite anterior. Era azul com carrinhos cruzando a parte superior. Ela ficou ali sentada, passando-o pelas mãos. Lembro-me de querer gritar com ela, suplicar-lhe que me desse algo. Ela então começou a falar muito calmamente.

"Matthew estava a apenas poucos quilômetros, disse ela. Ele não tinha sido levado para São Francisco, embora a polícia houvesse rastreado um dos telefonemas de pedido de resgate como oriundo de lá. Ela disse que ele ainda estava em Los Angeles. Descreveu a rua, depois a casa. Uma casa branca com persianas azuis num terreno de esquina. Nunca me esquecerei da maneira como ela descreveu o quarto onde ele estava sendo mantido. Era escuro, e Matthew, embora sempre tentasse ser corajoso, ainda tinha medo do escuro. Ela disse que havia apenas duas pessoas na casa, um homem e a mulher que tinha falado com Jenny no parque. Ela achava que havia um carro, cinza ou verde, na entrada da garagem, disse ela. E me disse que ele não estava ferido. Estava com medo... — Sua voz estremeceu, e depois se fortaleceu. —... Mas não estava ferido."

— E a polícia seguiu a pista?

— Eles não confiaram muito nela, naturalmente, mas enviaram viaturas para procurar a casa descrita. Não sei quem ficou mais atônito quando a encontraram, eu, Peter ou a polícia. Eles retiraram Matthew sem necessidade de confronto uma vez que os dois sequestradores não estavam esperando problemas. O terceiro cúmplice estava em São Francisco, fazendo todas as ligações. A polícia também encontrou lá o carro no qual ele tinha sido sequestrado. Clarissa ficou até Matthew retornar para casa, até que estivesse seguro. Mais tarde ele me contou sobre o quarto onde tinha sido mantido em cativeiro. Era exatamente como ela o descrevera.

— Sra. Van Camp, muitas pessoas alegaram que o rapto e o dramático resgate do seu filho tinha sido um golpe de publicidade para chamar a atenção para o lançamento do seu primeiro filme desde seu lançamento.

— Isso não fez diferença para mim. — Apenas com a voz e os olhos, ela demonstrou seu completo desprezo. — Elas podiam dizer ou acreditar em qualquer coisa que quisessem. Eu tinha o meu filho de volta.

— E acredita que Clarissa DeBasse seja responsável por isso?

— Sei que ela é.

— Corta — Sam murmurou para o câmera antes de caminhar até Alice. — Sra. Van Camp, se pudermos fazer algumas tomadas de reação e alguns ângulos por sobre os ombros, estamos encerrados.

Ele poderia ir agora. David sabia que não havia motivo para permanececer durante as mudanças de ângulo. A filmagem estava basicamente encerrada, e tinha sido exatamente o que ele poderia ter pedido. Alice Van Camp era uma atriz completa, mas ninguém que assistisse a esta parte pensaria que ela havia representado um papel. Era uma mãe revivendo uma experiência que toda mãe teme. E tinha, pelo seu relato, trazido a essência deste projeto de volta para Clarissa.

Ele achava talvez que compreendia um pouquinho melhor por que A. J. tivera sentimentos conflitantes em relação à entrevista. Alice Van Camp tinha sofrido durante o relato. Se os instintos dele estavam corretos, Clarissa também teria sofrido. Parecia-lhe que a empatia era parte íntima do seu dom.

No entanto, permaneceu atrás da câmera e esperou impacientemente até que a filmagem estivesse concluída. Embora detectasse um sinal de cansaço nos olhos dela, a própria Alice acompanhou a equipe até a porta.

— Uma mulher notável — comentou Alex enquanto desciam os degraus circulares em direção à pista que levava da garagem à rua principal.

— E como. Mas você também tem uma.

— Certamente que tenho. — Alex retirou o charuto pelo qual esperara pacientemente por mais de três horas. — Talvez eu seja um pouco tendencioso, mas acredito que você também tenha.

David franziu as sobrancelhas e parou junto ao carro.

— A. J. não é minha. — Ocorreu-lhe que era a primeira vez que pensara nisso nestes termos precisos.

— Parece que Clarissa acha que sim.

Ele se virou de costas e encostou-se no carro.

— E aprova?

— Por que não deveria?

Ele puxou um cigarro. A agitação estava aumentando.

— Não sei.

— Você ia me perguntar alguma coisa mais cedo antes de entrarmos. Quer perguntar agora?

Estava lhe incomodando. David imaginou se falar em voz alta aliviaria.

— Clarissa não é uma mulher comum. Isso o incomoda?

Alex deu uma baforada de satisfação no charuto.

— Certamente me intriga, e eu estaria mentindo se não admitisse que tenho tido alguns momentos desconfortáveis. O que sinto por ela anula o fato de que tenho cinco sentidos e que ela tem o que poderíamos chamar de sexto. Você está passando por momentos desconfortáveis. — Ele sorriu um pouco quando David não disse nada. — Clarissa não acha correto guardar segredos. Conversamos sobre sua filha.

— Não tenho certeza de que A. J. ficaria à vontade com isso.

— Não, talvez não. O que o deixa confortável é ainda mais relevante. Sabe qual é o problema com homens da sua idade, David? Você se considera velho demais para correr riscos sem sentido e jovem demais para confiar no impulso. Agradeço a Deus por não ter 30 anos. — Ele deu um sorriso e foi pegar uma carona de volta para a cidade com Sam.

Ele estava velho demais para correr riscos sem sentido, David pensou ao abrir a porta. E um homem que confiava no impulso geralmente dava com os burros n'água. Mas ele queria vê-la. Ele queria vê-la agora.

A pasta de A. J. pesava muito quando ela a retirou do banco da frente. O trânsito do final da hora do rush fluía em frente ao seu prédio. Se ela tivesse conseguido fazer mais coisas durante o expediente, ela se lembrou enquanto levantava a pasta, não teria que lidar com documentos hoje à noite. Ela teria realizado mais se não estivesse desconfortável, pensando na entrevista de Van Camp.

Agora estava encerrada, disse a si mesma enquanto girava a chave para fechar as portas do carro. A filmagem do documentário estava quase no fim. Ela tinha outros clientes, outros projetos, outros contratos. Estava na hora de colocar a cabeça neles. Passou a pasta para sua mão livre, se virou e colidiu com David.

— Gosto de esbarrar com você — murmurou ele ao deslizar as mãos pelo seu quadril.

Ela ficou sem ar. Foi o que disse a si mesma enquanto lutava para retomar o fôlego e se encostou nele. Depois que um homem e uma mulher tinham sido íntimos, depois que haviam sido amantes, eles não se sentiam ofegantes e tolos quando se viam. Mas ela se viu querendo abraçá-lo e rir.

— Você poderia ter quebrado uma costela — disse-lhe, e contentou-se em sorrir para ele. — Eu certamente não esperava vê-lo por aqui esta noite.

— Algum problema?

— Não. — Ela permitiu-se passar a mão pelo cabelo dele. — Acho que posso incluí-lo. Como foi a filmagem?

Ele percebeu na sua voz o mais indisfarçado sinal de nervosismo. Esta noite não, ele disse a si mesmo. Não haveria nervosismo esta noite.

— Está pronta. Sabe de uma coisa? Gosto do seu cheiro de perto. — Ele baixou a boca para roçar sobre sua garganta — Bem de perto.

— David, estamos no estacionamento.

— Hã-hã. — Ele deslocou a boca para sua orelha e levou a excitação até os dedos dos pés.

— David. — Ela girou a cabeça para esquivar-se dele e viu sua boca capturada pela dele num longo e demorado beijo.

— Não consigo parar de pensar em você — murmurou ele, e depois a beijou novamente, com força, até que sua respiração estivesse indo da sua boca para a dele. — Não consigo tirar você da minha cabeça. Às vezes me pergunto se você jogou um feitiço sobre mim. O poder da mente sobre o corpo.

— Não fale. Entre comigo.

— Não conversamos o suficiente. — Ele colocou a mão sob o seu queixo e a afastou antes que cedesse e se enterrasse nela novamente. — Mais cedo ou mais tarde vamos ter que fazê-lo.

Era disso que ela tinha medo. Quando eles conversassem, conversassem de verdade, ela tinha certeza de que seria sobre o fim.

— Mais tarde, então. Por favor. — Ela repousou o rosto no dele. — Por enquanto, vamos apenas nos deleitar um com o outro.

Ele sentiu o fio da frustração competir com as primeiras chamas do desejo.

— É tudo o que deseja?

Não, não, ela queria mais, tudo, qualquer coisa. Se ela abrisse a boca para falar de um único desejo, ela falaria de dúzias.

— É o bastante — disse ela quase desesperadamente. — Por que veio até aqui esta noite?

— Porque queria você. Porque não consigo ficar longe de você.

— E isto é tudo de que preciso. — Ela estava tentando convencê-lo ou a si mesma? Nenhum dos dois tinha a resposta. — Entre. Vou lhe mostrar.

Como ele precisava, como ele ainda não tinha certeza da natureza de suas próprias necessidades, ele pegou sua mão com a dele e entraram.

Capítulo 11

— Tem certeza de que quer fazer isso? — A. J. achava bastante justo dar a David uma última chance antes de ele se comprometer.

— Tenho certeza.

— Vai custar a melhor parte da sua noite.

— Quer livrar-se de mim?

— Não. — Ela sorriu, mas ainda hesitava. — Já fez algo assim antes?

Ele pegou a gola da sua blusa entre o polegar e o dedo indicador e esfregou. A prática A. J. tinha um fraco por seda.

— Você é a primeira.

— Então terá que fazer o que eu disser.

Ele deslizou o dedo pela sua garganta.

— Não confia em mim?

Ela empinou a cabeça e deu-lhe uma longa olhada.

— Não decidi. Mas, devido às circunstâncias, vou arriscar. Pegue uma cadeira. — Ela apontou para a mesa atrás dela. Havia pilhas de papéis, arrumados de forma organizada. A. J. pegou um lápis cuja ponta tinha sido afiada havia pouco tempo e passou a ele. — A primeira coisa que pode fazer é marcar os nomes que eu lhe der. São as pessoas que enviaram uma resposta aceitando. Eu lhe darei o nome e o número de pessoas sob cada nome. Preciso de uma quantidade para o fornecedor até o fim da semana.

— Parece bem fácil.

— Só mostra que você nunca lidou com um fornecedor — A. J. murmurou e pegou uma cadeira para si.

— O que é isso? — Quando ele esticou o braço em direção à outra pilha de papéis, ela acenou para que não mexesse.

— As pessoas que já enviaram presentes. E não desarrume o sistema. Quando acabarmos com isso, temos que tratar da chegada e da partida dos convidados na cidade. Espero reservar alguns quartos amanhã.

Ele examinou a extensa porém organizada arrumação de papéis espalhados entre eles.

— Achei que ia ser um casamento pequeno e simples.

Ela lançou-lhe um olhar suave.

— Não existe esta coisa de casamento pequeno e simples. Passei duas manhãs inteiras pechinchando com floristas e mais de uma semana intermitentemente brigando com os fornecedores.

— Aprendeu alguma coisa?

— Fugir para casar é o caminho mais prudente. Agora aqui...

— Você faria?

— Faria o quê?

— Fugir para casar.

A. J. riu e pegou sua primeira pilha de papéis.

— Se um dia eu perder o controle sobre mim e decidir-me pelo casamento, acho que iria até Las Vegas, passaria por uma daquelas capelas com sistema de *drive-in* e daria cabo do assunto.

Os olhos dele se estreitaram enquanto ele a ouvia, como se estivesse tentando ver além das palavras.

— Não é muito romântico.

— Nem eu sou.

— Não é? — Ele colocou a mão sobre a dela, surpreendendo-a. Havia algo de posse no gesto, e algo completamente natural.

— Não. — Mas seus dedos uniram-se aos dele. — Não há muito espaço para romance nos negócios.

— E do contrário?

— Do contrário, o romance geralmente leva você a ver coisas que realmente não existem. Gosto de ilusões no palco e na tela, não na minha vida.

— E o que quer na sua vida, Aurora? Você nunca me disse.

Por que estava nervosa? Era besteira, mas ele estava olhando para ela tão de perto. Estava fazendo perguntas que nunca fizera. E as respostas não eram tão simples quanto ela outrora pensara.

— Sucesso — disse a ele. Não tinha sempre sido verdade?

Ele assentiu com a cabeça, mas seu polegar subiu e desceu gentilmente pela quina da mão dela.

— Você já gerencia uma agência bem-sucedida. O que mais? — Ele ficou esperando por uma palavra, um sinal. Ela precisava dele? Pela primeira vez na vida ele quis ser necessário.

— Eu... — Ela ficou procurando as palavras de forma atrapalhada. Ele parecia ser a única pessoa que podia deixá-la atrapalhada. O que ele queria? Que resposta o satisfaria? — Acho que quero saber que conquistei meu próprio caminho.

— É por isso que rejeitou Alice Van Camp como cliente?

— Ela lhe contou isso? — Eles não haviam falado sobre a entrevista de Van Camp. A. J. tinha propositadamente evitado o assunto por vários dias.

— Ela mencionou.

Ela havia tirado sua mão da dele. David se perguntava por que todas as vezes em que conversavam, conversavam de verdade, ela parecia se afastar mais dele.

— Foi gentil da parte dela me procurar quando eu apenas começava e as coisas estavam... difíceis. — Ela deu de ombros, e então começou a deslizar o lápis pelos dedos. — Mas foi por gratidão à minha mãe. Não podia assinar meu primeiro contrato por gratidão.

— Depois você a recusou de novo.

— Foi muito pessoal. — Ela lutou com o ímpeto de se levantar, afastar-se da mesa e dele.

— Nada de misturar negócios com relacionamentos pessoais.

— Exatamente. Quer um pouco de café antes de começarmos?

— Você misturou relacionamento pessoal e profissional comigo.

Os dedos dela se apertaram no lápis. Ele os observou.

— Sim, misturei.

— Por quê?

Embora lhe custasse esforço, ela manteve os olhos fixos nos dele. Podia despi-la, ela sabia. Se lhe dissesse que tinha caído de amores por ele, que tinha iniciado a queda quase desde o primeiro momento, não lhe restaria defesas. Ele teria controle total e completo. E ela teria deixado de cumprir o acordo mais importante de sua vida. Se ela não podia dar-lhe a verdade, poderia fornecer-lhe a resposta que ele entenderia. A resposta que refletia os sentimentos dele por ela.

— Porque queria você — disse ela, mantendo a voz fria. — Eu estava atraída por você, seja sensato ou não, cedi à atração.

Ele sentiu a pontada, uma necessidade não realizada.

— É o bastante para você?

Ela dissera que ele podia magoá-la? Ele a estava magoando agora com cada palavra.

— Por que não deveria ser? — Ela lançou-lhe um sorriso fácil e esperou a dor passar.

— Por que não deveria ser? — murmurou ele, e tentou aceitar a resposta pelo que ela era. Ele pegou um cigarro e então começou, cautelosamente: — Acho que você deveria saber que estamos rodando um segmento do caso Ridehour. — Embora seus olhos permanecessem nos dela, ele a viu tensa. — Clarissa concordou em discuti-lo.

— Ela me disse. Isto deve encerrar a gravação?

— Deve. — Ela estava se contendo. Embora nada mais que uma mesa os separasse, poderia ter sido um desfiladeiro. — Você não gosta disso.

— Não, não gosto, mas estou tentando aprender que Clarissa tem de tomar suas próprias decisões.

— A. J., ela parece estar muito à vontade a respeito disso.

— Você não compreende.

— Então me deixe compreender.

— Antes de eu convencê-la a se mudar, a manter sua residência como algo estritamente confidencial, ela tinha os armários cheios de cartas. — Ela retirou os óculos para esfregar uma pequenina dor na sua têmpora. — As pessoas pedindo ajuda. Algumas delas não eram nada mais que um pedido para que ela localizasse um anel, e outras estavam cheias de problemas tão profundos que lhe davam pesadelos.

— Ela não podia ajudar todo mundo.

— É o que eu vivia dizendo a ela. Quando ela se mudou para Newport Beach, as coisas se acalmaram. Até ela receber a ligação de São Francisco.

— Os assassinatos de Ridehour.

— Sim. — A dor aumentou. — Nunca houve jeito de ela me ouvir sobre esse caso. Não acredito que ela tenha ouvido um único argumento meu. Ela simplesmente fez as malas. Quando vi que não havia como impedi-la, fui com ela. — Ela manteve a respiração constante com grande esforço. Suas mãos estavam firmes só porque ela as mantinha presas bem firmes. — Foi uma das experiências mais dolorosas da sua vida. Ela viu. — A. J. fechou os olhos e disse a ele o que nunca dissera a ninguém. — Eu vi.

Quando ele cobriu sua mão com a dele, ele a achou fria. Ele não precisava ver seus olhos para saber que o medo destruidor estaria lá. Consolo, compreensão. Como ele os demonstrava?

— Por que não me disse antes?

Ela abriu os olhos. O controle estava lá, mas oscilava.

— É algo de que não gosto de me lembrar. Nunca antes ou desde então me veio algo tão claro, tão revoltantemente claro.

— Nós cortaremos.

Ela lançou-lhe um olhar confuso e perplexo.

— O quê?

— Cortaremos o segmento.

— Por quê?

Lentamente, ele separou as mãos dela e colocou-as nas suas. Ele queria explicar, dizer-lhe de modo que ela entendesse. Ele gostaria de ter as palavras.

— Porque perturba você. É o bastante.

Ela olhou para as mãos de ambos. As dele pareciam tão fortes, tão confiáveis por cima das dela. Ninguém, a não ser sua mãe, jamais se oferecera a fazer qualquer coisa por ela sem interesse. No entanto, parecia que ele estava.

— Não sei o que dizer para você.

— Não diga nada.

— Não. — Ela permitiu-se um momento. Por motivos que ela não conseguia compreender, estava relaxada mais uma vez. A tensão estava ali, pairando, mas os nós em seu estômago tinham afrouxado. — Clarissa concordou com segmento, então ela deve achar que deve ser feito.

— Não estamos falando de Clarissa agora, mas de você. Aurora, eu disse uma vez que não queria ser responsável por você passar por algo assim. Falo sério.

— Acho que sim. — Fazia toda a diferença. — O fato de que você cortaria o segmento por minha causa me faz sentir muito especial.

— Talvez eu devesse ter dito antes que você é.

Emergiram desejos. Ela deixou-se senti-los por apenas um momento.

— Não precisa me dizer nada. Percebo que se você cortar esta parte por minha causa eu me odiaria. Foi há muito tempo, David. Talvez esteja na hora de eu lidar com a realidade um pouco melhor.

— Talvez você lide com ela bem demais.

— Talvez. — Ela sorriu novamente. — De qualquer forma, acho que você deveria fazer o segmento. Faça um bom trabalho nele.

— Pretendo. Quer estar presente?

— Não. — Ela olhou para as pilhas de papéis.

— Alex estará lá com ela.

— Eu sei. — Numa mudança relâmpago de estado de ânimo, ela pegou o lápis novamente. — Vou dar-lhes um casamento e tanto.

Ele sorriu para ela. A resiliência era apenas uma das qualidades que o atraíam nela.

— É melhor começarmos.

Eles trabalharam lado a lado por quase duas horas. Foi preciso metade deste tempo para a tensão começar a se dissipar. Eles verificaram várias listas e compilaram novas. Analisaram e calcularam quantas caixas de champanhe seriam suficientes e discutiram se deviam servir musse de salmão ou camarão gelado.

Ela não esperava que ele se envolvesse pessoalmente com o planejamento do casamento de sua mãe. Antes que tivessem terminado, ela chegara ao ponto de passar para ele a tarefa de ajudar a estabelecer onde os convidados iriam se sentar na cerimônia.

— Trabalhar com você é uma experiência e tanto, A. J.

— Hmm? — Ela contou os convidados de fora da cidade pela última vez.

— Se precisasse de um agente, você encabeçaria a lista.

Ela levantou os olhos rapidamente, mas estava cautelosa demais para sorrir.

— Isto é um elogio?

— Não exatamente.

Agora ela sorriu. Quando retirou os óculos, seu rosto estava repentinamente vulnerável.

— Achei que não. Bem, assim que eu passar estes números para o fornecedor será o ponto final. Todo mundo que comparecer terá de me agradecer por não estar comendo as almôndegas suecas da Clarissa. E você. — Ela colocou as listas de lado. — Aprecio toda a ajuda.

— Gosto de Clarissa.

— Eu sei. Aprecio isso também. Agora acho que você merece uma recompensa. — Ela se inclinou para mais perto e prendeu a língua nos dentes. — Pensa em alguma coisa?

Ele pensava em muita coisa toda vez que olhava para ela.

— Podemos começar com aquele café.

— Já está vindo. — Ela se levantou e, por hábito, olhou rapidamente para o relógio. — Ai, meu Deus.

Ele pegou um cigarro.

— Algum problema?

— Está passando *Empire.*

— Sem dúvida, um problema.

— Não, tenho que assistir.

Enquanto ela disparava para a televisão, ele balançou a cabeça.

— Todo este tempo e eu não tinha ideia de que você era viciada. A. J., existem lugares aonde você pode ir que podem ajudá-la a lidar com essas coisas.

— Ssh. — Ela sentou-se no sofá, aliviada por ter perdido apenas os créditos iniciais. — Tenho uma cliente...

— Era de se esperar.

— Ela tem muito potencial — continuou A. J. — Mas esta é a primeira oportunidade de verdade que temos. Só assinou para quatro episódios, mas se ela se sair bem, podem colocá-la de novo na próxima temporada.

Resignado, ele juntou-se a ela no sofá.

— Afinal de contas, não são reprises?

— Este não. É um *teaser* para uma sequência que vai passar no verão.

— Uma sequência? — Ele apoiou os pés numa edição da *Variety* que estava na mesa de centro. — Não existe sexo e desgraça suficiente em uma hora e meia por semana?

— Melodrama. É importante que o cidadão médio veja que os ricos imundos têm seus problemas. Está vendo ele? — Ela se esticou e enfiou as mãos numa tigela de amêndoas cristalizadas. — Este é Dereck, o patriarca. Ele construiu sua fortuna na navegação... e no contrabando. Determinou que os filhos levem adiante seu negócio, segundo suas regras. Esta é Angelica.

— Na banheira quente.

— Sim, é sua segunda esposa. Ela se casou com ele pelo seu dinheiro e poder e aproveita cada minuto. Mas odeia os filhos dele.

— Eles também a odeiam.

— Correto. — Satisfeita com ele, A. J. bateu de leve em sua perna. — Então a armação é que a filha ilegítima de Angelica de um relacionamento de muito tempo atrás vai aparecer. Esta é minha cliente.

— Tal mãe, tal filha?

— Ah, sim. Ela consegue ser a megera perfeita. Seu nome é Lavender.

— Claro que sim.

— Viu só? Angelica nunca disse a Dereck que tinha uma filha, então, quando Lavender aparecer, ela vai causar todos os tipos de problemas. Então Beau... este é o filho mais velho de Dereck...

— Sem mais nomes. — Dando um suspiro, ele girou o braço sobre o encosto do sofá. — Só vou prestar atenção nas peles e nos diamantes.

— Só porque preferiria ver a migração dos pelicanos... Aqui está ela.

A. J. mordeu o lábio. Ela ficou tensa, sofrendo com sua cliente a cada fala, a cada movimento, a cada expressão. E, pensou David dando um sorriso, ela acabaria com ele se mencionasse que ela possuía um envolvimento pessoal. Apenas negócios? Nem de longe. Ela estava torcendo pela sua menina ingênua e os dez por cento não entravam nisso.

— Nossa, ela é boa. — A. J. respirou no intervalo comercial. — Ela é realmente muito boa. Uma temporada... talvez duas... disso e estaremos escolhendo ofertas para longas-metragens.

— O *timing* dela é excelente. — Ele podia achar o programa em si uma terrível perda de tempo, mas apreciava o talento. — Onde ela estudou?

— Ela não estudou. — Com um ar convencido, A. J. se recostou. — Ela pegou um ônibus de Kansas City e acabou na minha área de recepção com um *portfolio* caseiro e um punhado de peças do ensino médio para seu crédito.

Ele cedeu e experimentou as amêndoas cristalizadas.

— Você geralmente assina com os clientes assim?

— Geralmente peço que Abe ou um dos meus empregados com instinto mais maternal lhes passe um sermão e uma batida de leve na cabeça.

— Sensato. Mas?

— Ela era diferente. Como não arredou pé do escritório por dois dias consecutivos, decidi eu mesma atendê-la. Assim que a vi eu soube. Não desta maneira — respondeu, compreendendo sua pergunta não feita. — Adoto como política não assinar com um cliente não importa que sentimentos possam surgir. Ela tinha aparência e uma voz maravilhosa. Mas, além disso, possuía a energia. Não sei para quantos testes a enviei nas primeiras semanas. Mas concluí que se sobrevivesse a isso, iríamos deslanchar. — Ela viu o próximo set reluzente de *Empire* aparecer na tela. — E estamos deslanchando.

— Foi preciso coragem para acampar numas daquelas agências famosas de Hollywood.

— Se não tiver coragem nesta cidade, você será moído em seis meses.

— É isso que a mantém no topo, A. J.?

— Parte disso. — Ela achou a curva do ombro dele um lugar cômodo para repousar a cabeça. — Não vá me dizer que acha que está onde se encontra hoje porque teve sorte.

— Não. Você começa pensando que trabalhar arduamente é suficiente. Depois percebe que tem de correr riscos e derramar um pouco de sangue. Então, justo quando tudo se encaixa e um projeto é concluído com êxito, você tem de recomeçar e provar seu valor outra vez.

— É um negócio nojento. — A. J. enroscou-se nele.

— É.

— Por que está nessa então? — Esquecendo a série, esquecendo sua cliente, A. J. virou a cabeça para olhar para ele.

— Masoquismo.

— Na realidade, não.

— Porque toda vez que vejo algo que fiz naquela telinha, é como se fosse Natal. E ganho todos os presentes que sempre desejei.

— Eu sei. — Nada que ele pudesse ter dito acertaria o alvo mais diretamente. — Estive presente na entrega do Oscar há alguns anos e dois de meus clientes ganharam. Dois deles.

— Ela deixou os olhos fecharem quando se encostou nele. — Fiquei sentada na plateia assistindo, e foi a maior emoção da minha vida. Sei que algumas pessoas diriam que você não está pedindo o bastante quando tem suas emoções através dos outros, mas é suficiente, mais do que suficiente, saber que teve participação em algo desse tipo. Talvez seu nome não seja conhecido mundialmente, mas você foi o catalisador.

— Nem todo mundo quer que seu nome seja conhecido mundialmente.

— O seu poderia ser. — Ela mudou outra vez de posição para olhar para ele. — Não estou dizendo isso só por... — *Porque te amo.* A frase quase saiu antes que ela a refreasse. Quando David levantou a sobrancelha diante de seu silêncio repentino, ela continuou rapidamente: — Por causa do nosso relacionamento. Com o material correto, a equipe certa, você pode ser um dos dez maiores produtores do ramo.

— Aprecio isso. — Os olhos dela eram tão sinceros, tão intensos. Ele gostaria de saber a razão. — Acho que você não distribui elogios sem pensar neles antes.

— Não, não distribuo. Vi seu trabalho, e vi a maneira como trabalha. E estou no negócio tempo suficiente para saber.

— Não tenho nenhum desejo, não a esta altura, em todo caso, de me atrelar a nenhum dos grandes estúdios. A tela grande é para fantasias. — Ele tocou-lhe o rosto. Era real; era suave. — Prefiro lidar com a realidade.

— Então produza algo real. — Era um desafio. Ela sabia disso. Pelo olhar nos olhos dele, ele também sabia.

— Como por exemplo?

— Eu tenho um roteiro.

— A. J.

— Não, me escute, David. — Ela disse seu nome um pouco frustrada, quando ele a rolou e a colocou debaixo dele no sofá. — Escute só um minuto.

— Prefiro morder sua orelha.

— Morda o quanto quiser. Depois preste atenção.

— Negociações novamente? — Ele se elevou só para olhar para ela. Os olhos dela estavam iluminados de entusiasmo, o rosto corado com a expectativa da excitação por vir.

— Que roteiro? — perguntou, e viu seus lábios se curvarem.

— Fiz negócio com George Steiner. Você o conhece?

— Fomos apresentados. Ele é um excelente escritor.

— Ele escreveu um roteiro. O primeiro. Por acaso apareceu na minha mesa.

— Por acaso?

Ela havia feito alguns favores para ele e estava pedindo outro. Fazer favor sem ganho pessoal no final não se encaixava com a imagem que ela se esforçara para construir.

— Não precisamos entrar no mérito. É maravilhoso, David, realmente maravilhoso. Trata dos índios cherokee e o que eles denominavam Trilha das Lágrimas, quando foram expulsos da Geórgia para as reservas em Oklahoma. Grande parte do ponto de vista é mostrado através do olhar de uma criança. Você sente a perplexidade, a traição, mas há um forte fio de esperança. Não é um filme de faroeste do estilo "cavalgar até o pôr do sol", e não é uma história bonita. É real. Você poderia torná-la importante.

Ela estava vendendo, e fazendo um trabalho danado de bom. Ocorreu-lhe que provavelmente nunca tinha fechado um negócio aninhada num sofá.

— A. J., o que faz com que pense que se eu estivesse interessado, Steiger estaria interessado em mim?

— Por acaso mencionei que o conhecia.

— Por acaso novamente?

— Sim. — Ela sorriu e passou as mãos pelo quadril dele. — Ele viu seu trabalho e conhece sua reputação. David, ele precisa de um produtor, o produtor certo.

— E então?

Como se desinteressada, ela deslizou as pontas dos dedos pelas suas costas.

— Ele me perguntou se eu mencionaria o fato a você, tudo muito informalmente.

— Isso é seguramente informal — ele murmurou enquanto encaixava seu corpo no dela. — Está bancando a agente, A. J.?

— Não. — Os olhos dela ficaram repentinamente sérios quando tomou seu rosto nas mãos. — Estou sendo sua amiga.

Ela o tocou, de forma mais profunda, de forma mais doce do que qualquer ato de seu amor, de sua paixão. Por um momento, ele não conseguiu encontrar nada para dizer.

— Toda vez que penso que encontrei uma pista sobre você, você troca de faixa.

— Vai ler?

Ele beijou um lado do rosto, depois o outro, num gesto que ele a vira usar com a mãe. Significava afeição, devoção. Ele se perguntava se ela compreendia.

— Acho que isto significa que pode me dar uma cópia.

— Por acaso eu trouxe uma para casa comigo. — Ela deu uma risada e lançou os braços em volta dele. — David, você vai amar.

— Prefiro amar você.

Ela ficou rígida, mas apenas o tempo de uma batida do coração. Seu amor era físico, ela se lembrou. Profundamente gratificante, mas apenas físico. Quando ele falava de amor, não significava as emoções, mas o corpo. Era tudo o que ela podia esperar dele, e tudo o que ele queria dela.

— Então me ame agora — murmurou ela, e encontrou a boca dele com a sua. — Me ame agora.

Ela o puxou para junto de si, seduzindo-o a tomar tudo de uma vez, rapidamente, acaloradamente. Mas ele descobriu que o prazer tomado de forma lenta, dado de forma gentil, podia ser muito mais gratificante. Como era ainda tão recente, ela reagiu à ternura com hesitação. Seu estômago tremeu quando ele roçou os lábios nos dela, oferecendo, prometendo. Ela ouviu seu próprio suspiro escapar, um suave som de doação que sussurrou pelos lábios dele. Ele então murmurou seu nome, baixinho, como se fosse o único som que precisasse ouvir.

Nada de pressa. Os seus desejos pareciam combinar com os dela. Sem pressa. Satisfeita, ela permitiu-se apreciar os beijos dóceis que despertaram a alma antes de seduzir o corpo. Relaxada, permitiu-se o prazer das carícias suaves que a tornaram bem forte para aceitar sua fraqueza.

Ela queria senti-lo de encontro a ela sem fronteiras. Com um murmúrio de aprovação puxou a camisa dele pela cabeça, e passou suas mãos num longo afago pelas suas costas. Havia a força que ela percebera desde o começo. Uma força que ela respeitava, talvez ainda mais agora que as mãos dele estavam dóceis.

Quando ela havia buscado delicadeza? Sua cabeça já estava anuviada demais para saber se já o fizera. Mas agora que a havia encontrado, não queria perdê-la. Nem a ele.

— Quero você, David — sussurrou as palavras junto ao rosto dele, enquanto o trazia para mais perto.

Ouvi-la dizer isso fez seu coração martelar. Já ouvira estas palavras antes, mas raramente dela e nunca com tamanha aceitação tranquila. Levantou a cabeça para fitá-la.

— Fale de novo. — Quando lhe tomou o queixo na mão, a voz dele soou baixa e rouca de emoção. — Fale de novo quando eu estiver olhando para você.

— Eu quero você.

A boca dele comprimiu a dela, sufocando quaisquer outras palavras, quaisquer outros pensamentos. Ele parecia precisar de mais; ela achou que podia sentir isso, embora não soubesse o que dar. Ela ofereceu sua boca, da qual a dele poderia ir avidamente ao encontro. Ofereceu o corpo, que o dele poderia gulosamente tomar. Mas refreou o coração, temerosa de que ele o tomasse também e o danificasse.

As roupas eram retiradas à medida que a paciência diminuía. Ele queria senti-la, todo o seu corpo, de encontro ao dele. Tremeu ao tocá-la, mas estava quase acostumado a tremer por ela agora. Ele ardia de desejo, como sempre ocorreu. Leve e sutil ao longo de sua pele era o caminho do seu perfume. Ele podia segui-lo a partir da garganta até o vale entre os seios e a pulsação na parte interna dos cotovelos.

Ela estremeceu. O corpo dela parecia pulsar, depois suspirar, a cada toque, a cada carícia. Ele sabia onde o roçar da ponta do dedo excitaria, ou onde a mordida de seus dentes inflamaria. E ela conhecia o corpo dele de forma igualmente íntima. Os lábios encontrariam cada ponto de prazer; as carícias de suas palmas aumentariam cada chama.

O desejo dele aumentava. Sempre que a amava, ele vinha a precisar não apenas do que ela daria, mas do que podia. Toda vez em que estava mais desesperado para retirar mais dela, sabia que se não encontrasse a chave, suplicaria. Ela podia, simplesmente porque não pedia nada, deixá-lo de joelhos.

— Diga-me o que deseja — exigiu enquanto ela grudava-se nele.

— Você. Quero você.

Ela estava pairando nas nuvens que se agitavam com o relâmpago e o trovão. O ar estava denso e pesado, o calor fazia redemoinhos. O corpo dela era dele; ela o cedia de bom grado. Mas o coração que lutou tão arduamente para defender perdeu-se para ele.

— David. — Todo o amor, toda a emoção que ela sentia, tremeluziu em seu nome quando ela comprimiu seu corpo contra o dele. — Não me abandone.

Eles cochilaram, ainda enroscados, ainda sonolentamente satisfeitos. Embora grande parte do corpo dele estivesse sobre ela, ela se sentia leve, livre. Toda vez que faziam amor, a sensação de sua própria liberdade se fortalecia. Sentia-se presa a ele, porém mais liberta do que jamais estivera em sua vida. Então ficou deitada quieta enquanto o coração dele batia lenta e constantemente de encontro ao dela.

— A TV ainda está ligada — murmurou David.

— Hã-hã. — O filme do final da noite passou, as sirenes trombeteando, as armas explodindo. Ela não se importou.

Ela prendeu as mãos atrás da cintura dele.

— Não tem importância.

— Mais alguns minutos assim e terminaremos dormindo aqui esta noite.

— Isso não tem importância também.

Ele riu e virou o rosto para beijar seu pescoço onde a pele ainda estava quente de excitação. Relutantemente, ele mudou o corpo de posição.

— Sabe de uma coisa? Com algumas pequenas mudanças poderíamos ficar muito mais confortáveis.

— Na cama — ela murmurou em sinal de concordância, mas simplesmente aconchegou-se a ele.

— Para começar. Estou pensando mais a longo prazo.

Era difícil ter qualquer pensamento quando ele estava quente e firme de encontro ao seu corpo.

— Que longo prazo?

— Nós dois costumamos correr muito de um lado para outro e arrumar as malas a fim de passarmos a noite juntos.

— Mmmm. Não me importo.

Ele se importava. Quanto mais satisfeito ficava com ela, mais insatisfeito ficava com o acordo deles. *Eu te amo*. As palavras pareciam tão simples. Mas ele nunca as dissera antes para uma mulher. Se as dissesse para ela, quanto tempo levaria para ela cair fora e desaparecer da sua vida? Alguns riscos ele não estava disposto a correr. Cauteloso, abordou do jeito prático que achava que ela entenderia.

— No entanto, acho que poderíamos pensar num acordo mais lógico.

Ela abriu os olhos e se mexeu um pouco. Ele podia ver que já havia uma linha entre suas sobrancelhas.

— Que tipo de acordo?

Ele não estava abordando isto exatamente do jeito como planejara. Mas então descobriu que seus planos geralmente meticulosos não funcionavam quando estava lidando com A. J.

— O seu apartamento é de fácil acesso à cidade, onde por acaso estamos trabalhando no momento.

— É. — Os olhos dela haviam perdido aquela suavidade onírica que sempre tinham depois de fazer amor. Ele não tinha certeza se devia xingar a si próprio ou a ela.

— Só trabalhamos cinco dias por semana. Minha casa, por outro lado, é conveniente para relaxar. Parece que um acordo lógico seria vivermos aqui durante a semana e passar os finais de semana na minha casa.

Ela ficou em silêncio por cinco segundos, depois dez, enquanto dúzias de pensamentos e o dobro de alertas dispararam pela sua cabeça.

Um acordo lógico, ele o denominara. Não um compromisso, um "acordo". Ou, mais precisamente, uma alteração do acordo que já tinham feito.

— Você quer que moremos juntos.

Ele tinha esperado mais dela, algo mais. Um tremor momentâneo de prazer, um brilho de emoção. Mas sua voz estava fria e cautelosa.

— Estamos basicamente fazendo isto agora, não estamos?

— Não. — Ela queria distanciar-se, mas o corpo dele mantinha o dela preso. — Estamos dormindo juntos.

E isto era tudo o que ela queria. As mãos dele comicharam para sacudi-la, sacudi-la até que olhasse, realmente olhasse, para ele e visse o que sentia e do que precisava. Em vez disso, ele se sentou e, do jeito desinibido que ela sempre admirou, começou a se vestir. Sentindo-se nua e indefesa, ela esticou o braço para pegar a blusa.

— Você está com raiva.

— Digamos apenas que não achei que teríamos que ir para a mesa de negociações por causa disso.

— David, você nem me deu cinco minutos para pensar.

Ele virou-se para ela então, e a fúria em seus olhos fez com que ela se preparasse.

— Se precisar — disse ele perfeitamente calmo —, talvez devêssemos simplesmente acabar com isso.

— Você não está sendo justo.

— Não, não estou. — Ele então se levantou, sabendo que tinha de sair, fugir dela, antes que falasse demais. — Talvez eu esteja cansado de ser justo com você.

— Droga, David. — Parcialmente vestida, ela ficou de pé para encará-lo. — Você informalmente sugere que deveríamos unir nossos acordos de moradia e então explode porque preciso de alguns minutos para resolver. Você está sendo ridículo.

— É um hábito que adquiri quando passei a vê-la. — Ele deveria ter ido embora. Sabia que já deveria ter saído pela porta. Como não tinha, ele agarrou os seus braços e a puxou para mais perto. — Quero mais do que sexo e café da manhã. Quero mais do que um rápido revirar nos lençóis quando nossas agendas permitem.

Furiosa, ela se virou e se afastou dele.

— Você me faz parecer uma...

— Não. Eu faço com que nós pareçamos isso. — Ele não tentou tocá-la novamente. Não rastejaria. — Faço com que nós dois pareçamos exatamente o que somos. E não me importo com isso.

Ela sabia onde terminaria. Tinha dito a si mesma que estaria preparada quando acontecesse. Mas queria gritar e esbravejar. Agarrando-se ao orgulho que lhe restava, ficou ereta.

— Não sei o que você quer.

Ele ficou olhando-a até ela quase perder a batalha que travava com as lágrimas que a ameaçavam.

— Não — disse ele baixinho. — Você não sabe. Este é o maior problema, não é?

Ele a deixou porque ele queria suplicar. Ela o deixou partir porque estava pronta para isso.

Capítulo 12

Nervosa como um gato, A. J. supervisionou quando as cadeiras dobráveis foram colocadas em fila no jardim de sua mãe. Ela as contou — mais uma vez — antes de ir preocupar-se com as mesas cobertas com *ombrelones* colocados no quintal. O pessoal do bufê estava ocupado na cozinha; o florista e os dois ajudantes davam os retoques finais na arrumação. Vasos de lírios e tinas de rosas foram colocados estrategicamente em volta do terraço, de modo que seus aromas fossem transportados pelo ar e se juntassem aos das flores do jardim de Clarissa. Parecia um conto de fadas.

Tudo estava indo de modo perfeito. Com as mãos nos bolsos, ela parou na luz do sol do meio da manhã e desejou que tivesse uma crise para entregar-se de corpo e alma.

Sua mãe estava prestes a se casar com o homem que amava, o tempo era uma bênção e todo o seu planejamento estava tendo êxito. Não conseguia se lembrar de já ter se sentido mais triste. Queria estar em casa, no seu apartamento, com a porta trancada e as cortinas fechadas, a cara enterrada sob as cobertas. Não tinha sido David que uma vez lhe dissera que autocomiseração não era algo atraente?

Bem, David estava fora da sua vida agora, lembrou. E estava havia quase duas semanas. Era melhor. Sem tê-lo por perto, confundindo suas emoções, ela poderia prosseguir com os negócios. A agência estava com tanto trabalho que até pensara em aumentar o número de empregados. Devido ao aumento da carga de trabalho, estava à beira de cancelar suas próprias férias de duas semanas em Saint Croix. Negociara pessoalmente dois contratos de vários milhões de dólares e um passo em falso poderia mandá-los por água abaixo.

Ela se perguntou se ele viria.

Amaldiçoou-se até mesmo por pensar nele. David tinha saído do seu apartamento e da sua vida. Saíra quando ela se manteve num estado de perturbação, lutando para ater-se estritamente aos termos do acordo deles. Ele ficou com raiva e desarrazoado. Não se importara em ligar e ela certamente não ia telefonar para ele.

Talvez o tivesse feito uma vez, pensou, soltando um suspiro. Mas ele não estava em casa. Não era provável que David tivesse perdido o interesse e o ânimo. A. J. Fields era independente demais, e por certo ocupada demais para sentir-se indisposta.

Mas ela sonhara com ele. No meio da noite, retirava-se dos sonhos porque ele estava lá. Ela sabia, melhor do que a maioria das pessoas, que os sonhos podiam ferir.

Esta parte da sua vida estava acabada, disse a si mesma mais uma vez. Tinha sido apenas um... episódio, concluiu. Os episódios nem sempre terminavam com flores, luz do sol e palavras bonitas. Ela olhou rapidamente e viu um dos ajudantes contratados derrubar uma fileira de cadeiras. Grata pela distração, A. J. foi ajudar a colocar as coisas no lugar.

Quando entrou na casa novamente, a equipe do bufê ocupava-se com a quiche e Clarissa estava sentada, contente, de roupão, anotando a receita.

— Mamãe, você não deveria estar se arrumando?

Clarissa levantou os olhos rapidamente, dando um vago sorriso, e acariciou o gato enroscado em seu colo.

— Ah, tem muito tempo, não tem?

— Uma mulher nunca tem tempo suficiente para se aprontar no dia do casamento.

— Está um lindo dia, não está? Sei que é ridículo tomá-lo como um sinal, mas eu gostaria.

— Você pode tomar o que quiser como sinal. — A. J. começou a caminhar até o fogão em busca de café, mas depois mudou de ideia. Por impulso, abriu a geladeira e pegou uma das garrafas de champanhe que estavam gelando. Os fornecedores resmungaram e ela os ignorou. Não era todo dia que uma filha via sua mãe se casar. — Vamos lá. Vou ajudá-la. — A. J. girou pela sala de jantar e pegou duas taças.

— Será que eu deveria beber antes? Eu não deveria ficar de pileque.

— Você deveria sem dúvida ficar de pileque — corrigiu A. J. Ela entrou no quarto da mãe e deixou-se cair na cama como fazia quando era criança. — Nós duas deveríamos ficar de pileque. É melhor do que ficar nervosa.

Clarissa sorriu de modo formoso.

— Não estou nervosa.

A. J. tirou a rolha, que foi bater no teto como um canhão.

— As noivas têm que estar nervosas. Estou nervosa e tudo o que tenho a fazer é assistir.

— Aurora. — Clarissa pegou a taça que ela ofereceu e sentou-se na cama a seu lado. — Você deveria parar de se preocupar comigo.

— Não consigo. — A. J. inclinou-se para beijar um dos lados do rosto, e depois o outro. — Eu te amo.

Clarissa pegou sua mão e a agarrou firme.

— Você tem sido sempre um prazer para mim. Nem uma vez, nem uma única vez na sua vida inteira você me deu algo que não fosse felicidade.

— É tudo o que quero para você.

— Eu sei. E é tudo o que quero para você. — Ela aliviou o aperto na mão de A. J., mas continuou a segurá-la. — Converse comigo.

A. J. não precisava de detalhes para saber que sua mãe falava de David. Ela largou o champanhe que ainda não tinha bebido e começou a se levantar.

— Não temos tempo. Você precisa...

— Vocês tiveram uma discussão. Você está magoada.

A. J. deu um longo e desesperançado sorriso e afundou novamente na cama.

— Eu sabia que isso aconteceria desde o começo. Meus olhos estavam abertos.

— Estavam? — Clarissa balançou a cabeça e colocou a taça ao lado da de A. J. a fim de que pudesse pegar suas duas mãos. — Por que é que tem tanta dificuldade em aceitar afeição de qualquer pessoa que não seja eu? Sou responsável por isso?

— Não. Não. Só que as coisas são assim. Seja como for, eu e David... Nós simplesmente tivemos uma atração física muito intensa que se extinguiu.

Clarissa pensou no que havia visto, no que tinha sentido, e quase suspirou.

— Mas você está apaixonada por ele.

Com qualquer outra pessoa, ela poderia ter negado. Com qualquer outra pessoa, poderia ter mentido e talvez acreditassem.

— É problema meu, não é? E estou tratando dessa paixão — acrescentou depressa, antes que ficasse tentada de novo à autocomiseração. — Hoje dentre todos os dias, não deveríamos estar falando de nada que não fosse coisas bonitas.

— Hoje, dentre todos os dias, quero ver minha filha feliz. Como acha que ele se sente em relação a você?

Não se podia esquecer o quanto Clarissa às vezes era teimosa.

— Ele estava atraído. Acho que ficou um pouco intrigado porque não cedi imediatamente, e nos negócios nós ficávamos pau a pau.

Clarissa tão tinha esquecido de como sua filha conseguia ser evasiva.

— Eu te perguntei como acha que ele se sente.

— Não sei. — A. J. passou uma das mãos pelo cabelo e se levantou. — Ele me quer... ou me queria. Nós nos damos muito bem na cama. E então tenho certeza. Ele parecia querer mais... entrar na minha cabeça.

— E você se importa com isso.

— Não gosto de ser examinada.

Clarissa viu a filha andar de um lado para outro de seu jeito rápido e nervoso. Tanta emoção contida, pensou. Por que ela não conseguia entender que só a sentiria de verdade quando a liberasse?

— Tem certeza de que era isso que ele estava fazendo?

— Não tenho certeza de nada, mas sei que David é um sujeito muito lógico. O tipo que faz uma pesquisa meticulosa sobre qualquer assunto que o interesse.

— Já pensou que foi você quem o interessou e não suas habilidades mediúnicas?

— Acho que ele pode ter se interessado por uma e se sentido desconfortável com a outra. — Ela queria, até mesmo agora, poder ter certeza. — De qualquer forma, está encerrado agora. Ambos compreendemos que o compromisso estava fora de questão.

— Por quê?

— Porque não era o que ele... o que nós... — ela se corrigiu rapidamente — buscávamos. Nós estabelecemos regras no começo.

— Sobre o que discutiram?

— Ele sugeriu que vivêssemos juntos.

— Oh. — Clarissa parou por um momento. Ela era bem antiquada para ficar ansiosa e bastante sensata para aceitar. — Para algumas pessoas, um passo desses é uma forma de compromisso

— Não. Era mais uma questão de conveniência. — Era isto que doía?, ela se perguntou. Não quis analisar. — De qualquer forma, eu quis pensar e ele ficou com raiva. Com muita raiva.

— Ele está magoado. — Quando A. J. olhou para ela, surpresa, com um protesto na ponta da língua, Clarissa balançou a cabeça. — Eu sei. Vocês conseguiram se magoar profundamente por puro orgulho.

Isso mudava as coisas. A. J. disse a si mesma que não deveria, mas viu-se perdendo forças.

— Eu não queria magoar David. Só queria...

— Se proteger — concluiu Clarissa. — Às vezes fazer uma coisa só pode levar à outra. Quando se ama alguém, se ama de verdade, tem que se correr alguns riscos.

— Você acha que eu deveria procurá-lo.

— Acho que você deveria fazer o que está no seu coração.

O seu coração. O seu coração estava partido. Ela se perguntou por que ninguém conseguia ver o que havia nele.

— Parece tão fácil.

— E é a coisa mais apavorante do mundo. Podemos testar, analisar e pesquisar os fenômenos mediúnicos. Podemos montar laboratórios em algumas das maiores universidades e instituições do mundo, mas ninguém a não ser um poeta compreende o terror do amor.

— Você sempre foi uma poetisa, mamãe. — A. J. sentou-se ao lado dela novamente, apoiando a cabeça no ombro de sua mãe. — Ai, meu Deus, e se ele não me quiser?

— Então você vai se magoar e chorar. Depois que o fizer, pegará os pedaços da sua vida e seguirá adiante. Eu tenho uma filha forte.

— E eu tenho uma mãe linda e sensata. — A. J. se inclinou para pegar as duas taças. Depois de dar uma para Clarissa, ela levantou a sua em sinal de brinde. — A que vamos beber primeiro?

— À esperança. — Clarissa fez as taças tilintarem. — É realmente tudo o que há.

A. J. se trocou no quarto que sua mãe sempre mantinha preparado para ela. Não importava que só tivesse passado um punhado de noites nele em quase dez anos; Clarissa o tinha designado como seu, e assim permaneceu. Talvez ficasse ali esta noite, depois que o casamento terminasse, os convidados se fossem e os recém-casados partissem em sua lua de mel. Ela poderia pensar melhor ali, e amanhã encontrar a coragem para ouvir o conselho da mãe e seguir seu coração.

E se ele não a quisesse? E se realmente já tivesse esquecido dela? A. J. encarou o espelho, mas fechou os olhos. Havia tantos "e se" a considerar e apenas uma coisa da qual podia ter certeza. Ela o amava. Se isto significava correr riscos, ela não tinha escolha.

Aprumou os ombros, abriu os olhos e se examinou. O vestido era romântico porque sua mãe o preferia. Não tinha usado nada tão espalhafatosamente feminino e longo fazia vários anos. A renda cobria o corpete e acariciava a garganta, enquanto a suave seda azul saltava dos ilhós. A saia descia como um sino até os tornozelos.

Não era seu estilo de costume, A. J. pensou mais uma vez. Ela pegou o buquê de rosas brancas ornadas com fita e sentiu-se ridícula como a própria noiva. Como seria estar se preparando para se ligar a outra pessoa, alguém que te amava e te queria? Haveria calafrios no estômago. Ela os sentia na sua própria barriga. A garganta ficaria seca. Levou uma das mãos até ela. Você se sentiria tonta com um misto de excitação e ansiedade. Ela colocou a mão na cômoda para se equilibrar.

Uma premonição? Ela livrou-se dela e afastou-se do espelho. Era sua mãe que logo prometeria amar, honrar e respeitar. Ela olhou para o relógio e prendeu a respiração. Como tinha conseguido perder tanto tempo? Se não se pusesse em marcha, os convidados estariam chegando sem ninguém para recebê-los.

Os filhos de Alex foram os primeiros a chegar. Ela só os havia encontrado uma vez, na noite anterior no jantar, e eles ainda estavam um pouco sem jeito e formais uns com os outros. Mas quando sua futura irmã se ofereceu para ajudar, A. J. decidiu confiar na sua palavra. Em seguida, os carros começaram a estacionar na frente e ela precisou de toda a ajuda que pôde conseguir.

— A. J. — Alex a encontrou no jardim, acompanhando os convidados até as cadeiras. — Você está linda.

Ele parecia um pouco pálido sob o bronzeado. O sinal de nervosismo fez com que fosse branda em relação a ele.

— Espere até ver a noiva.

— Quem dera eu pudesse. — Ele puxou o nó da gravata. — Tenho que admitir que me sentiria mais à vontade se ela estivesse aqui para que eu me agarrasse nela. Você sabe como é, eu falo com milhões de pessoas todas as noites, mas isso... — Ele olhou em volta do jardim. — Isto é algo totalmente diferente.

— Prevejo índices de audiência muito altos. — Ela beijou de leve seu rosto. — Por que não entra e toma um gole de *bourbon*?

— Acho que sim. — Ele apertou seu ombro. — Acho que sim.

A. J. o viu encaminhar-se para a porta dos fundos antes de ela retornar às suas obrigações. E lá estava David. Estava parado na ponta do jardim, onde a brisa apenas balançava as pontas do seu cabelo. Ela surpreendeu-se, enquanto seu coração começava a bater forte, de não ter sentido sua presença. Quis saber, enquanto o prazer se derramava pelo seu corpo, se tinha desejado que ele estivesse ali.

Ele não se aproximou dela. Os dedos de A. J. se apertaram nos caules embrulhados das flores. Ela sabia que tinha que dar o primeiro passo.

Ela estava tão linda! Ele achava que ela parecia algo saído de um sonho. A brisa que tingia o ar com os aromas do jardim implicava com a seda na sua garganta. Enquanto ela caminhava até ele, pensou em todas as horas vazias que passara longe dela.

— Estou feliz por ter vindo.

Ele tinha dito a si mesmo que não viria, depois se vestiu e se dirigiu para o sul. Ela o tinha atraído até ali, através dos seus pensamentos ou através das próprias emoções dele. Não fazia diferença.

— Você parece ter tudo sob controle.

Ela não tinha nada sob controle. Queria chegar até ele, dizer a ele, mas David parecia tão frio e distante.

— Sim, estamos quase prontos para começar. Assim que eu acomodar o resto do pessoal, posso ir buscar Clarissa.

— Eu cuidarei deles.

— Não precisa. Eu...

— Eu disse que cuidaria deles.

Sua resposta curta serviu como um corte para ela. A. J. engoliu seus anseios e assentiu.

— Obrigada. Com sua licença, então. — Ela se afastou, entrou na casa e no seu quarto, onde podia se recompor antes de encarar sua mãe.

Droga! Ele deu a volta, amaldiçoando-a, amaldiçoando a si mesmo, amaldiçoando tudo. O fato de apenas vê-la fazia com que desejasse rastejar. Não era homem de viver de joelhos. Ela parecia tão fria, tão revigorada e linda, e, por um momento, apenas um momento, pensou ter visto nos olhos dela todas as emoções de que necessitava. Ela então sorriu para ele como se fosse apenas mais um dos convidados do casamento.

Ele não ia ficar assim. David forçou-se a fazer comentários educados e a conduzir os convidados aos seus lugares. Hoje, antes que terminasse, ele e A. J. Fields iam acertar os termos do acordo. Os seus termos. Ele tinha planejado assim, não tinha? Estava mais do que na hora de seus planos em relação a ela funcionarem.

A orquestra que A. J. tinha contratado depois de testar pelo menos meia dúzia tocava baixinho sobre uma plataforma de madeira na grama. Uma treliça de ervilhas-doces estava alguns metros à frente das cadeiras. Recomposta e com os olhos sem sinal de choro, A. J. atravessou o jardim para assumir seu lugar. Ela olhou rapidamente para Alex e lançou-lhe um leve sorriso de encorajamento. Então Clarissa, vestindo seda rosa-escura, saiu da casa.

Ela parecia uma rainha, pensou A. J. enquanto seu coração se dilatava. Os convidados se levantaram quando ela passou, mas ela só tinha olhos para Alex. E ele, A. J. notou, olhava como se não existisse ninguém mais no mundo além de Clarissa.

Eles uniram as mãos e fizeram as promessas.

A cerimônia foi curta e tradicional. A. J. viu sua mãe fazer suas juras e lutou para conter um sentimento de perda que concorria com a felicidade. As palavras foram simples, e, no final, tão complexas. As juras foram eternas, e, de certa forma, completamente diferentes.

Com os olhos cheios de lágrimas, a garganta doendo, ela abraçou a mãe.

— Oh, seja feliz, mamãe.

— Eu estou. E serei. — Ela se afastou só um pouquinho. — E você também será.

Antes que A. J. pudesse falar, Clarissa se virou e foi tomada pelo abraço de seus novos enteados.

Havia convidados a alimentar e taças a serem enchidas. A. J. descobriu que ficar ocupada ajudava a manter suas emoções em suspenso. Algumas horas depois ela estaria sozinha. Então permitiria que elas viessem. Agora ela ria, beijando as pessoas de leve, brindava e se sentia completamente entorpecida.

— Clarissa. — David havia propositadamente esperado até que ela tivesse a chance de respirar antes de se aproximar dela. — Você está linda.

— Obrigada, David. Estou tão feliz por ter vindo. Ela precisa de você.

Ele se enrijeceu e apenas inclinou a cabeça.

— Precisa?

Clarissa deu um suspiro e pegou suas duas mãos. Quando ele sentiu a intensidade, quase se afastou.

— Os planos não são necessários — disse ela baixinho. — Os sentimentos são.

David forçou-se a relaxar.

— Você não joga limpo.

— Ela é minha filha. De muitas maneiras.

— Entendo.

Custou-lhe apenas um minuto, e ela então sorriu.

— Sim, compreende. Talvez devesse dizer a ela. Aurora é especialista em conter os sentimentos, mas lida bem com as palavras. Vai falar com ela?

— Pretendo.

— Bom. — Satisfeita, Clarissa afagou sua mão. — Agora acho que deve experimentar a quiche. Convenci o fornecedor a me dar a receita. É fascinante.

— Você também é. — David inclinou-se para beijar seu rosto.

A. J. quase se exauriu. Ia de grupo em grupo, bebericando champanhe e mal provou da impressionante variedade de comida. O bolo, com seus cisnes e corações cobertos de glacê, foi cortado e devorado. O vinho rolava e a música tocava. Os casais dançavam na grama.

— Achei que gostaria de saber que li o texto do Steiger. — Depois de ficar a seu lado, David manteve os olhos nas pessoas que dançavam. — É extraordinário.

Negócios, ela pensou. Era melhor manter a conversa no nível dos negócios.

— Está pensando em produzi-lo?

— Pensando. É um longo caminho até fazê-lo. Tenho uma reunião com Steiger na segunda-feira.

— Isso é maravilhoso. — Ela não conseguiu conter a onda de prazer por ele. Não conseguia deixar de demonstrá-lo. — Você será sensacional.

— E se o roteiro um dia chegar à tela, você terá sido a catalisadora.

— Gosto de pensar que sim.

— Não danço valsa desde que tinha 13 anos. — David colocou a mão em seu cotovelo e sentiu o movimento brusco. — Minha mãe me fez dançar com uma prima e, na época, eu achava que as garotas eram uma forma inferior de vida. Desde então, mudei de opinião. — O braço dele deslizou em volta de sua cintura. — Você está tensa.

Ela concentrou-se na contagem, em combinar seus passos com os dele, em qualquer coisa que não fosse a sensação de tê-lo abraçando-a novamente.

— Quero que tudo seja perfeito para ela.

— Acho que não precisa mais se preocupar com isso.

A mãe de A. J. dançava com Alex como se eles estivessem sozinhos no jardim.

— Não. — Ela não conseguiu conter o suspiro. — Não me preocupo.

— Você tem permissão para se sentir um pouquinho triste. — O cheiro dela estava ali do jeito que ele lembrava, silenciosamente tentador.

— Não, é egoísta.

— É normal — corrigiu ele. — Você é dura consigo mesma.

— Sinto-me como se a tivesse perdido. — Ela ia chorar. Revestiu-se de coragem.

— Você não a perdeu. — Ele roçou os lábios pela sua têmpora. — E o sentimento passará.

Quando ele era afetuoso, ela ficava perdida. Quando ele era gentil, ela ficava sem defesa.

— David. — Os dedos dela se apertaram no seu ombro. — Eu senti sua falta.

Custou-lhe dizer isso. A primeira camada de orgulho que cobria todo o resto dissolveu-se com as palavras. Ela sentiu a mão dele retesada, e depois gentil em sua cintura.

— Aurora.

— Por favor, não diga nada agora. — O controle com o qual contava não a protegeria agora. — Eu só queria que você soubesse.

— Precisamos conversar.

Exatamente quando ela começava a concordar, o anúncio trombeteou pelo microfone.

— Todas as jovens solteiras, preparem-se agora porque o buquê será lançado.

— Vamos lá, A. J. — Sua nova meia-irmã, rindo ansiosa, agarrou seu braço e a puxou. — Temos que ver quem vai ser a próxima.

Ela não estava interessada em buquês ou jovens frívolas. Sua vida estava na corda bamba. Distraída, A. J. olhou em volta procurando por David. Ela olhou novamente a tempo de levantar as mãos em sinal de defesa antes que o buquê de sua mãe aterrissasse no seu rosto. Constrangida, aceitou as felicitações e as provocações bem-intencionadas.

— Outro sinal? — comentou Clarissa quando deu um beijo no rosto da filha.

— Um sinal de que minha mãe tem olhos na nuca e uma excelente pontaria. — A. J. deliciou-se ao enterrar o rosto no buquê. Estava doce e promissor. — Você deveria guardar isso.

— Ah, não. Daria azar, e não quero ter isso.

— Vou sentir falta de você, mamãe.

Ela compreendeu — sempre compreendera — mas sorriu e deu outro beijo em A. J.

— Estarei de volta em duas semanas.

Ela mal teve tempo para outro abraço arrebatado antes que sua mãe e Alex disparassem numa chuva de arroz e vivas.

Alguns convidados foram embora. Outros permaneceram. Quando os primeiros vestígios do pôr do sol se aprofundaram no céu, ela observou a orquestra guardar os instrumentos.

— Longo dia.

Virou-se para David e não pôde deixar de esticar uma das mãos.

— Pensei que você tinha ido embora.

— Só me afastei um pouquinho. Você fez um bom trabalho.

— Não consigo acreditar que acabou. — Ela olhou quando a última das cadeiras foi dobrada e levada.

— Eu tomaria um café.

Ela sorriu, tentando convencer-se a ficar leve.

— Sobrou algum?

— Coloquei para fazer antes de sair novamente. — Ele caminhou com ela até a casa. — Onde eles vão passar a lua de mel?

A casa estava tão vazia! Estranho. Ela nunca notara o quanto Clarissa a preenchia completamente.

— Velejar. — Ela riu um pouco, e depois se pegou olhando impotente em volta da cozinha. — Tenho muita dificuldade em imaginar Clarissa içando velas.

— Aqui. — Ele retirou um lenço do bolso. — Sente-se e chore bastante. Você tem o direito.

— Estou feliz por ela. — Mas as lágrimas começaram a cair. — Alex é um homem maravilhoso e sei que ele a ama.

— Mas Clarissa não precisa mais que você tome conta dela. — Ele entregou-lhe uma caneca de café. — Beba.

Ela assentiu com a cabeça e deu um gole.

— Ela sempre precisou de mim.

— Ainda precisa. — Ele retirou o lenço e secou ele mesmo o rosto dela. — Só que de maneira diferente.

— Sinto-me como uma idiota.

— O problema com você é que não consegue aceitar que deve se sentir como uma idiota de vez em quando.

Ela assoou o nariz, de forma deselegante e indignada.

— Não gosto disso.

— Não tem que gostar. Acabou de chorar?

Ela ficou aborrecida por um instante, fungou e depois tomou mais café.

— Acabei.

— Diga-me novamente que sentiu minha falta.

— Foi um momento de fraqueza — ela murmurou para dentro da caneca, mas ele a tirou dela.

— Sem mais subterfúgios, Aurora. Você vai me dizer o que quer, o que sente.

— Quero você de volta. — Ela engoliu e desejou que ele dissesse alguma coisa em vez de só ficar olhando para ela.

— Vamos.

— David, você está dificultando isso.

— É, eu sei. — Ele não a tocou. Ainda não. Precisava de mais do que isso. — Por nós dois.

— Tudo bem. — Ela respirou fundo e ficou firme. — Quando você sugeriu que vivêssemos juntos, eu não estava esperando. Queria pensar, mas você ficou com raiva. Bem, desde que você se foi, tenho tido a chance de pensar. Não vejo por que não podemos viver juntos nesses termos.

Sempre negociando, ele pensou enquanto esfregava a mão no queixo. Ela ainda não ia dar o último passo.

— Tive a chance de pensar também. E mudei de opinião.

Ele poderia tê-la esbofeteado e não teria tirado seu entusiasmo com tanto êxito. A rejeição, quando vinha, era sempre dolorosa, mas nunca tinha sido assim.

— Entendo. — Ela virou-se para pegar o café, mas suas mãos não estavam bem firmes.

— Você fez um excelente trabalho neste casamento, A. J.

Ela fechou os olhos e ficou se perguntando por que tinha vontade de rir.

— Obrigada. Muito obrigada.

— Parece-me que você poderia planejar outro plantando bananeira.

— Ah, claro. — Ela pressionou os dedos nos olhos. — Talvez eu entre para o ramo.

— Não, eu só estava pensando em apenas mais um. O nosso.

As lágrimas não iam rolar. Ela não as deixaria. Ajudava a concentrar-se nisso.

— Nosso o quê?

— Casamento. Não está prestando atenção?

Ela virou-se lentamente e o viu olhando para ela com o que parecia ser um leve ar de riso.

— Do que está falando?

— Notei que você pegou o buquê. Sou supersticioso.

— Isso não tem graça. — Antes que ela pudesse sair de lá, ele a agarrou firme.

— Droga, isso não é certo. Não tem graça eu passar 11 dias e 12 noites pensando em outra coisa que não você. Não tem graça o fato de toda vez que dava um passo à frente, você recuava um passo. Toda vez que eu planejava alguma coisa, tudo ia para o espaço após cinco minutos com você.

— Não vai adiantar nada gritar comigo.

— Não vai adiantar nada até você começar a prestar atenção e parar de se prevenir. Veja bem. Eu não queria isso nem um pouquinho mais que você. Gostava da minha vida exatamente como era.

— Está bem, então. Eu gostava da minha também.

— Então nós dois temos um problema, uma vez que nada vai ser exatamente o mesmo de novo.

Por que ela não conseguia respirar? O mau humor nunca a deixava ofegante.

— Por que não?

— Adivinhe. — Ele então a beijou, firme, com raiva, como se quisesse dar prazer a eles dois. Mas foi preciso apenas um instante, uma pulsação. Os lábios dele se suavizaram, seu abraço tornou-se mais gentil e ela moldou-se a ele. — Por que não lê a minha mente? Só desta vez, Aurora, se abra.

Ela começou a balançar a cabeça, mas sua boca estava sobre a dela novamente. A casa estava quieta. Do lado de fora, os pássaros faziam serenata para o sol que se punha. A luz estava se turvando e não havia nada a não ser aquele único cômodo e aquele único momento. Os sentimentos derramaram-se dentro dela, sentimentos que outrora teriam trazido medo. Agora eles ofereciam, pediam e lhe davam tudo pelo qual ela temera desejar.

— David. — Os braços dela se apertaram em volta dele. — Preciso que me diga. Eu não poderia suportar estar errada.

Ele não tinha precisado de palavras? Ele não tinha tentado repetidas vezes arrancá-las dela? Talvez estivesse na hora de dá-las a ela.

— Na primeira vez que encontrei sua mãe, ela me disse algo sobre eu precisar compreender ou descobrir minha própria ternura. Naquele primeiro fim de semana que você passou comigo, cheguei em casa e a encontrei dormindo na cama. Olhei para você, a mulher que tinha sido minha amante, e me apaixonei.

— Eu já tinha. Eu não achava que você...

— O problema era que você realmente achava. Demais. — Ele a afastou, simplesmente para olhar para ela. — Eu também. Seja civilizado. Seja cauteloso. Não foi assim que combinamos as coisas?

— Parecia ser o modo correto. — Ela engoliu e chegou para mais perto. — Não funcionou para mim. Quando me apaixonei por você, só conseguia pensar que arruinaria tudo por querer demais.

— E eu achava que se eu perguntasse, você partiria antes que as palavras fossem ditas. — Ele roçou os lábios sobre a sua testa. — Desperdiçamos tempo pensando quando deveríamos estar sentindo.

Ela deveria ser cautelosa, mas havia tanto bem-estar, tanta tranquilidade em apenas abraçá-lo.

— Eu temia que você nunca conseguiria aceitar o que sou.

— Eu também. — Ele beijou um lado do rosto, depois o outro. — Estávamos errados.

— Preciso que você tenha certeza. Preciso que saiba que não faz diferença.

— Aurora. Eu te amo, quem você é, o que é, como é. E não sei de que outra maneira te dizer.

Ela fechou os olhos. Ela e Clarissa estavam certas de brindar à esperança. Era tudo o que havia.

— Você acabou de encontrar a melhor maneira.

— Existe mais. — Ele a abraçou, esperando que ela olhasse para ele novamente. E ele viu, como precisava ver, o coração dela nos olhos. — Quero passar minha vida com você. Ter filhos com você. Nunca houve outra mulher que me fez querer estas coisas.

Ela tomou o rosto dele nas mãos e levou sua boca à dele.

— Vou providenciar para que nunca haja outra.

— Diga-me como se sente.

— Eu te amo.

Ele a abraçou firme, satisfeito.

— Diga-me o que deseja.

— Toda uma vida. Duas, se pudermos dar conta.

Este livro foi composto na tipologia Minion Pro,
em corpo 10/12,6 impresso em papel
Offset 63g/m², no Sistema Cameron da Divisão
Gráfica da Distribuidora Record.